JN307546

新潮文庫

天才画の女

松本清張著

新潮社版

2891

天才画の女

1

八時十分に赤坂の料亭の前をはなれた車は、同四十分には渋谷南平台界隈《かいわい》のゆるい坂にかかっていた。ネオンをまじえた賑《にぎ》やかな光が溜《た》まっている下とは反対側、高台に落ちついた灯が暗い木立や植込みの間にばらついていた。三月終りの夜空にはまだ寒さが眼に映った。

寺村素七は八時になるのを待って料亭の座敷を立った。あとは打合せどおりに常務に任せた。こちらは招待されている側なので、早目の退席もそう失礼ではない。招《よ》んでくれているのは、ある企業の経営陣であった。寺村は陽和相互銀行の社長で、六十三歳になる。

六十三歳といえば、まだ身体《からだ》を大事にして宴席を早く切り上げる年齢《とし》ではない。頭はうすいが、血色もいいし、肥《ふと》っているほうである。いまの相互銀行が陽和無尽会社といったころからの社長で、父親と二代つづけてのオーナーであった。

九時前にはわが家の玄関に入った。背のよく伸びた妻が出迎えた。

「葛野《かどの》先生の画《え》は出してあるだろうな？」

寺村素七は靴を脱ぎながらスラックスの膝《ひざ》を敷物の上に突いている妻にきいた。

「応接間に置いてあります」

「どうだね？」

画の印象のことだった。

「やっぱりいいわ。素敵ね。お昼に中久保さんに見せてもらったけれど」

声は若かった。

「そうだろう。中久保のとこで昨日見てからどうしても手に入れたかった。ほかからもたくさん口がかかっているとあいつがぐずぐず云《い》っていたのを捻《ね》じ伏せたんだ」

「あなたにはかなわないわね、中久保さんも」

「今日の二時ごろに持ってきたって？」

「そう。番頭さんの山岸さんといっしょでした」

「決ったとなると、早いんだな」

当代ならびなき大家の画である。十五号の小品だが、光彩堂画廊の社主中久保がまだ未練を残して届けるのも遅れるかと寺村は思っていた。

葛野宏隆は七十歳の半ばを超すが、いまだ大作主義をつづけ、小品は少ない。それだから珍しがられ、希望者が多いはずである。二千二百五十万円という値段も手頃であった。

寺村素七は応接間にむかった。

「あら、お召し替えは？」

「あとにする。画を見たい。そのために宴席をおれだけが早く切りあげたんだ」

「たいへん」

笑い声にも顔にも若いはなやぎがあった。服装の色はいくらか抑えているが、化粧に遠慮はなかった。夫とは三十近く違う。むろん素七にとって二度目の妻で、前はフランス料理の「ラ・リユーヌ」の女主人だった。小さなレストランだったが、タレントや文化人を気どる連中が来ていて華やかな店だった。その雰囲気《ふんいき》が結婚後二年経《た》ってもまだ妻に残っている。素七は四年前にはじめの妻を喪《うしな》った。

応接間のスイッチを素七は自分で捺《お》した。輝きがいちどきに室内に満ちわたった。装飾品は見なれたものだが、壁に茶色の外装函《ばこ》が立てかけてあった。真上にはピカソの三十号が掲げられてある。

「トミに手伝わせましょうか？」

妻は女中を呼び入れようとした。

「いや、ぼくがやる」

上衣《うわぎ》を脱いだのは、外函から画をとり出して適当なところに掲げるのに粗相があってはならないからである。

「風邪を召しますよ」

暖房《スチーム》は下げてあった。

「なに、大丈夫だ」

若い妻の手前、強がった。

外装函から気をつけて中の重いものをとり出した。十五号に額縁をつけた重く大きなものに黄色い布が入念にかけられていた。包みの布をめくった。盛り上った絵具の奔流がガラスを押し上げそうであった。まず、そのまま見詰めてから、眼を小さくした。画家がイーゼルの上の画を仕上げるさい効果を眺めるときにする半眼だった。

「懸けてごらんになったら?」

「うむ。マントルピースの上に置いてみるか。壺《つぼ》を下ろしてくれ」

紅梅に流水をあしらった仁清《にんせい》の壺を妻は両手に抱えてほかの場所に移した。それから素七は画を両手で支え、飾り暖炉の上にたてかけた。その大理石の幅は二十センチくらいあって、金色唐草文様の額縁を十分に安定させた。ちょうどその上のバロック風な燭台《キャンデラブラ》の先から電灯の光が降りそそいでいた。

光がガラスや絵具の艶沢《えんたく》を反射するので、夫妻は立っている位置をあちこちと少しずつ変え、ようやく決った場所に佇《たたず》んだ。四つの瞳《ひとみ》はその距離から画に集中した。

「やはり、いい」

素七は賞讃の言葉を発した。

「よいお買いものをなさいましたわ」

葛野宏隆という稀有《けう》な大家の画だったら、その死後になれば、三千万円が五千万円にも七千万円にも騰貴《とうき》するだろうという計算が妻の微笑に含まれていた。隅っこに入ったKadonoのサインに名状しがたい感動がある。その画よりも。——

画は、南仏の風景である。青い空、橄欖《かんらん》の森に蔽《おお》われたオリーブ色の低い丘陵の連なり、それを背景にして別荘地らしい白や赤の建物の行列、前景の蒼《あお》い海にはヨットの白い帆が奔《はし》り交うている。海には波が黒い線で爪状《つめじょう》に描かれ、建物や丘陵の輪廓《りんかく》が朱色でしめくくられていた。青い空には白雲が浮ぶかわりに、どういうわけか金泥《きんでい》の絵具が棚引き、金色はオリーブの丘にも刷《は》かれてあった。絵具はすべて厚塗りだった。

「この画は、いつごろのお作なの？」

妻は大家の制作時期を夫に訊《き》いた。

「中久保の話だと、最近作だそうだ。葛野先生がフランスに八回目に行かれて帰国されたのが一年前だから、これはそのあとだろうね。まだ絵具の色が新しいよ」

「そお？」

妻はなおもしばらく画を眺めていたが、

「手なれたものね」

と呟《つぶや》いた。

素七は、気づかないところを衝《つ》かれたようにぎくりとなった。

手なれたもの——たしかにこのような画は今まで葛野宏隆の画としてさんざんに見てきたものだった。色の使い方も画題もである。展覧会でも美術雑誌のカラーページでも眼にしてきた。それがまさに葛野宏隆の特徴となっている。サインを見なくとも、画を一瞥《べつ》しただけでだれにもそれとわかるのだ。葛野宏隆は多作だけに、その画はあらゆる機会に、たとえば画廊の展示場でも、デパートの美術部でも、印刷物でも眼にふれる。画の特徴は定着しているのである。とくに金泥をつかって装飾画風にしているところは、他に追随者がない。他の者がそれをやると、模倣とすぐにわかるからである。

しかし、たしかに同じような画が多すぎる、と絵画のコレクターと目されている寺村素七は妻に云われて思った。絵画の蒐集《しゅうしゅう》は先代のころからはじまっている。明治・大正期の著名な洋画家の作品が蔵の中にしまってある。洋画だけでなく日本画家のもあった。素七はそれを引きついでその後のを蒐《あつ》めているが、画商仲間にも鑑賞眼は高いと云われてきた。

葛野宏隆の壮年期の作品、つまり戦前から戦後十数年にかけての絵も百二十号のが一点、八十号のが一点、蔵の中に格納されてあった。朱と緑の配色を主調としたもので、葛野の「朱の王朝」といわれたころの作品だった。そのころから金泥が塗られていた。展覧会があると、所蔵の画をかならず美術館や画商が借りにくる。

たしかにあのころの葛野宏隆の油画はいい。生命力とエネルギーが充実している。エコール・ド・パリの新印象派の流れから出てその殻を破り、前人未踏の画境をうちたてた。葛野は現代日本美術史の上で特別な待遇を与えられ、いまもその栄誉を持続している。だから号百五十万円もする。

眼前にたてかけたこの画は、あまりにも似たものが多すぎて、それが「手なれたものね」という思わざる妻の呟きになったのであろう。「手なれた」というのは手法が安定し、定着しているからで、それこそ多年描きつづけてきた葛野宏隆の芸術的成就《じょうじゅ》を意味する。素人眼《しろうとめ》には「手なれたもの」と映るかもしれないが、それは断じて職人芸でない。完熟の域なのだ。

素七は自分にむかってそう主張してみたが、絵画芸術に不案内な妻の洩《も》らした感想の一言が、心に空いたわずかな隙間《すきま》から入りこんできて、どうにも気持が晴れなかった。

「明日、昼の光線でよくこの画を見たい。もう仕舞うことにしようか」

彼は画から視線を外した。

はい、と妻は答えたが、夫が不機嫌そうになったのが、じぶんの不用意に云った呟きからとわかったようだった。勘のいい女で、それから夫の気分を戻すように云った。

「ねえ。もう一つ、大きな紙包みを中久保さんが持ってきてるわ。なんでも新人の作品なんだけど、進呈したいからお気に入ったらもらっといてください、気に入らなかったらそちらで適当に処分してください、焚《た》きものにするなり、屑屋《くずや》さんに払い下げるなりしていただいてけっこうですが、八十号もある大きいものでは屑屋さんも始末に困るだろうから、じぶんのほうで処分するからお返しくださってけっこうです、と云ってましたわ。……ねえ、ついでにちょっとその新人の作品というのをごらんになる？　わたし、見たいわ。屑屋に払下げしろなんて、一生懸命に描いたその新人にたいして画商もずいぶんひどいことを云うのね。わたしたちがちょっとでも見てあげないと悪いわ」

妻がそう云い出した意味は、新人の稚拙《ちせつ》な作品とならべてみれば、もちろんそれは較《くら》べるほうが無茶なのだが、超大家の「手なれた」画が神々《こうごう》しい芸術性を放ってきて、いまの夫の不機嫌がたちまちなおるのではないか、と図ったからだった。

「その画なら無名の新人が描いたもので、光彩堂に持ちこんだのだ。なんとか画商に認めてもらおうと持ちこむ手合いが多く、たいていは断わっているのだが、少しはマシだと思われるものは小遣い銭ぐらいで買い、そういうのが倉庫の中に積み上げてあるらしい。そいつを画を買った客におまけとして付けているんだ。内情がわかっているだけに、見る気も起らないよ」

寺村は、妻に云われてはじめて隅にハトロン紙で包んだ大きな板のような形に眼をちらりと走らせた。それが板状に薄いのは、画は額縁にも入ってなく、木の枠《わく》に画布《キャンバス》を貼《は》っただけだと知れた。

「光彩堂のような一流の画廊にわるびれもなく自作を持ちこむくらいだから、新人でもかなりの自信家だわ。それに、きびしい中久保さんが、少しはマシな画だと思って、たとえ小遣い銭ぐらいででも買いとったのなら、きっと見どころがあるんだわ。ねえ、ちょっと包み紙をほどいて見ましょうよ」

「じゃ、ちょっとだけ見ると云ったのが、意外な結果になった。

——ちょっとだけ見るとといったのが、

ハトロン紙の包みをとりのけると、じかにキャンバスだった。外装函もなく、鬱金《うこん》の布の包みもなく、ガラスのはまった華麗な額縁もなかった。八十号の細い木枠だけでは、立てかけると折れるようにたよりなくしなってくるのである。

だが、その油画に素七の眼は吸いついた。はじめ莫迦《ばか》にしてかかっただけに、おどろきが大きかった。

具象画ではなかった。しかし、抽象画でもなかった。抽象だと、それは眼に映じるいっさいの写実的な現象を否定し、思いきり崩壊させたうえ、画家の意識が画布につくられる。その不可知的な形状と直観的な色彩による構図はついさきごろまでさんざんお目にかかったものだ。新印象派やフォーヴィズム、せいぜいのところキュービスムの揺曳《ようえい》から脱し得ない具象画のことはいうまでもない。近ごろは、さしも全盛を誇った抽象画が傾き、ふたたび具象画がおこっているものの、ひとたび抽象画の洗礼を受けたあとでは、具象画もたんなる復古であってはならないのだ。そこで「画家の心象を主体とした形と色」の新具象絵画が求められているが、ビュッフェではもう定形化して新鮮さを失っている。それ以外の創造を若い画家は模索し彷徨《ほうこう》している。

ところが、この新人のは一口に云いあらわすと幻想画とでも云うのだろうか。風景画の範疇《はんちゅう》には入るが、写真《カメラ》的な風景を写しとっているのではもちろんない。しかし、部分部分に具象の崩れが散らばり、その細部には克明な写実の筆さえほどこされている。だが、その水平線は歪《ゆが》み、山容は曲り、添景物は人物かとみれば虫であり、虫かとみれば動物である。繁《しげ》るは樹木かとみれば頭髪であり、そうかとみれば鳥の巣とも深海に沈む海底の草ともうつる。だが、けっしてグロテスクでもなく、不快感も与えない。それは色彩の処理が抜群に新鮮だからだ。色は分裂しているように見えて、諧《かい》調《ちょう》ある統一がおこなわれている。その諧調が、部分にまったく異様な色彩の混入を許しながら混乱をおこすことなく、えもいわれぬ絶妙な破調となり、渾然《こんぜん》たる夢幻の雰囲気をかもし出している。これこそ画家の心象を主体とした新しい「形」と「色」といえないか。主調色は青である。サインをのぞくと“Y. Oda”と上手でない字がならべられてあった。

これと比較すると、大家の葛野宏隆の十五号がにわかに見劣りしてきたからふしぎだった。八十号と十五号の大きさの差ではむろんない。「南仏風景」がなんと貧しいことか。そこには老大家の衰弱と、マンネリズムをも通りこした恐るべき職人的な惰性との拡大があるだけだった。金泥を刷く光琳《こうりん》風な装飾画を油彩画に輸入した新鮮な豪華さは、当初のみなぎる力強いエネルギーによってこそ溌剌《はつらつ》としていたのだが、いまやその金泥もなにやらうらびれて見える。妻が「手なれたもの」とはよう云《い》うた。しらじらと残るのは、ここまで法外な値に吊《つ》り上げてきた画商たちの商魂だけであった。

直感というものは正直なもので、あらためて眼にしたいため宴席をいそいで切り上げてきたくらい光彩堂画廊で昂奮《こうふん》した素七だったが、この応接間にかかえこんで二度目に見たとき、賞讃《しょうさん》の言葉は口にしたものの、思わず発する感動の叫びは出なかった。やはり迫ってくるものがなかったからだ。

奇妙なことになった。大家の画《え》を引き立たせるつもりの無名新人の画が、逆に相手を圧倒した。おまけの画が、附録のような画が、二千二百五十万円の画を征服していた。

「中久保にすぐ電話をしなさい」

素七は妻に云った。

「この時間ですもの。光彩堂は閉ってますわ」

「中久保の青山南町の自宅に電話するのだ。やつ、まだ、寝てやしない」

眼がすわっていた。

銀座界隈《かいわい》の商店街は、だいたい午前十時に店の扉を開ける。光彩堂画廊の開店時間もそうだった。

支配人の山岸孝次が十時半に出勤すると、社長の中久保精一がすでに出てきていた。いつもは午後の二時か三時でないと姿をあらわさない。もっともそのあいだに画家や顧客の家を回ってくる。社長は働き者だ。遊んでいるわけではない。

その中久保が自分より早く出てきているうえに、事務室でワイシャツ姿になって店員の岡部や女店員を指図しているらしいので、何ごとが起ったのかと山岸は思った。

だが、おどろきをすぐには顔にも様子にもあらわさないマネージャーのことで、お早うございますと社長に云って、奥まった自分の机に書類鞄《かばん》を置いた。

見ると、中久保は岡部の机の上に三十号の画を置いて、腕組みしながら眺めていた。まわりにはこの画を包んだ新聞紙やハトロン紙が散乱していた。

山岸君、と社長は呼んだ。

「この画をどう思うかね？」

山岸はのぞきこんで、

「一カ月くらい前に女の画描きが持ちこんだ画ですね。これは五枚持ってきたうちの一枚です」

と云った。山岸が自分で買いとったのでもちろんよくおぼえていた。

「それはわかってる。君から報告を聞いたからね。そういうことじゃないんだ。この画のどこが面白いかと聞いてるんだ」

「さあ。どこが面白いかと云われると困りますが、ちょっと変ってるでしょう。なんとなくファンタスティックな感じがするじゃありませんか。画の技術はたいしたことはありませんが、だれの真似《まね》もしてないところが見どころでしょうね。新人や無名の画家の画にはかならず先人の模倣がどこかにあります。そういう亜流がみられないところが長所でしょうね。といって、新人として売り出せるほどの画じゃないです」

「この画は描いた本人が持ってきたのか？」

「そうです。三十前後の女でした。こざっぱりとした、いい服をきていましたよ。あんまり貧乏はしてないふうです」

「卒業した美術学校とか画塾とか、そういう経歴を聞いたかね？」

「世田谷のほうにある何とかいう画塾に毛の生えたような小さな私立美術学校に二年間ほど居たことがあるそうです。それくらいで、あとのことは面倒だから聞きませんでした」

「独身の女かね？」

「それも聞いてません」

「美人かね？」

「あんまり美人とは思えませんな」

　山岸は中久保の女好きを知っているので、くすくすと笑いながら云った。

「……そうですね。眼は切れ長で、鼻が大きく、唇が厚いです。ほほ骨が出ていました。色は白いですがね。その欠点をかくすようにロングヘアの前髪が眉《まゆ》のところまで長くしてありました。あんまり可愛気《かわいげ》のある顔じゃありませんな。背は百六十センチくらい、中肉というよりも瘠《や》せてるほうです」

「よく憶《おぼ》えているな」

　まわりにいる女店員二人が笑った。

「画の買い上げ値段を交渉しましたからね。五枚で十五万円なら買ってもいいと云ったところ、三十万円にしてほしいと降田良子《おだよしこ》というその女は云うんです。それなら残念ながらお断りする、よその画廊に持ってらっしゃい、とぼくは云ってやりました。ズブの新人の画というので、おそらくどこも買ってくれないでしょうよ、と云うと、向うはしばらく考えていたが、じゃそれでもいいと承知したのです。そのときの言い草がいいじゃありませんか、こちらの画廊には、画のわかるお客さんが多いと聞いているので、安くても手放しますってね。まさか、こっちではお添えもの用にタダでさし上げるんだから一枚平均三万円でも高い、とも云えませんしね」

「その降田良子の住所は東中野のアパートだね？」

「そうですか。ろくに聞きもしませんでしたが」

「領収証をさがし出させたんだ」

中久保社長は紙片を読んだ。

「……中野区東中野七ノ二〇三、玉泉荘アパート六号室」

「いったい、何があったんですか？」

山岸ははじめてきいた。

「その降田良子の五枚の画は、一枚が昨日葛野先生の画に付けて寺村さんのところへ、三枚は一カ月のあいだに矢野先生の画に付けて堀口さんのとこへ、海江田先生の画に付けて石井さんのとこへ、木村先生の画に付けて桜井さんのとこへ、とそれぞれ行っている。一枚がここにあるこれだ」

「はあ」

山岸にはまだ事態が呑《の》みこめなかった。

「それで今朝、堀口さん、石井さん、桜井さんのお宅に電話をかけたところ、堀口さんはオマケに付けてもらったほうの画は邪魔になるから屑屋に売ってしまった、石井さんは友人にくれてやった、桜井さんは焚きものに燃してしまった、とこういうことなんだ。いま、石井さんにはその友人から回収できるようにお願いしてるんだがね、堀口さんが売ったという屑屋は流しできた屑屋だからどこの者とも知れない」

「社長、いったい、何があったんですか？」

山岸は狐《きつね》につままれた思いで訊《き》いた。

中久保は、昨夜、寺村素七から自宅に電話がかかって、葛野宏隆画伯の十五号の風景画に付けられた降田良子の画をできるだけ多く持ってきてくれとの依頼があったことを山岸に話した。

「へえ、おどろきましたね」

山岸ははじめて眼をまるくした。

「電話だけではよくわからんかったけど、寺村さんはあの一枚の画を見て、降田良子という女の無名画家の描いたほかの画を集めてみたくなったらしいな。寺村さんは聞えた美術好きだし、コレクターだ。寺村さんがあの画を気に入ったからには、こりゃ高く買ってもらえる。寺村さんは新人を発見したつもりでいるらしいよ。できるだけたくさん持ってこいというのは、先物《さきもの》買いのつもりらしいんだ」

中久保はかなり昂奮した口調だった。商売上の利益が露骨にそれに出ていた。

「ちょっと面白い画とは思ったけど、寺村さんが乗気になるほど、この画はいいんですかねえ」

山岸は眼の前の画をもう一度のぞきこんだ。

青が主調色で、朱が飛沫《ひまつ》の斑点《はんてん》のように飛び散っている。その斑点が森であり、得体の知れぬ動物であった。細部《デイテール》に写実の筆がある。ぜんたいを蔽《おお》うブルーには黒の細い線で女の横顔の輪廓《りんかく》が入り、その眼の部分にだけ細密画のような描写があった。白雲の断片が漂い、それに叮寧《ていねい》な陰影が施されて量感を出していた。ぐにゃぐにゃとした感覚的な線がふしぎと画面の調子《トーン》を統一していた。

「寺村さんは画の鑑賞眼も高いほうだ。ご自分では専門家のつもりでいる。電話だが、ひょっとすると、こういう画が新具象画としての傾向になるかもしれんと云っておられたよ」

「新具象画ねえ。どうですかねえ。……」

山岸は首を傾《かし》げてその画に見入っていた。

「君は寺村さんの鑑賞眼を批評せんでもいいよ」

画廊の社長は支配人にずけずけと云った。

「……こういうことだったら、降田良子の画を附録としてタダで付けてやるんじゃなかった」

「しかし、持ちこみの無名画家や新人の画をそんなふうにしろというのは社長の発案ですよ」

「そうは云ったが、なにも降田良子の画を付けてやれとは云ってない」

中久保は無理なことを云った。

彼は女店員に、おい、この画を入れる三十号の外装函《ばこ》はないか、なかったらいま入っている画を出してこれと替えろ、と命令した。にわかに勿体《もったい》ぶった体裁にしたのは、寺村邸に持参するためであった。

「山岸君、包装ができたら、すぐに寺村さんのお邸《やしき》に届けてくれ」

中久保は山岸に汗ばんだ顔をむけた。

「ぼくが、ですか?」

山岸は社長自身が持参におよぶと思っていたのだ。

「そうだ。いま、寺村さんのお宅に電話したら、寺村さんはこれから銀行に出勤するので、画は届けておいてくれということだった。ただ届けるんじゃなくて、奥さんと話して、社長の先見的なご眼力にはおそれ入りました、われわれ画商も社長に教えられてはじめてこの新人の画の素晴らしさがわかりました、これは将来性のある新人画家です、ブームをはらんでいる画家です、いまにきっと高い値段が作品につく画家です、と云うんだ。あの奥さんは美術品を財産の保全どころか増殖の方法と思っているからね」

「いいんですか、そんな当てにもならないことを云っちゃって」

山岸は危ぶんだ。

「当てにならないって？　そんな消極的なことじゃ駄目だよ。いい画だったら、宣伝しないでも売れる。よくない画だからこそ宣伝するんだ。悪い画をブームにつくりあげて売るのが画商の腕というものだ」

「なるほど」

山岸は感心して、

「この降田良子という無名の女画家をそういうふうに売り出してやるつもりですか？」

と、社長の顔を見た。

「なんにもないところから宣伝するんじゃない。火種はすでにあるじゃないか。寺村さんだよ。著名なコレクターの寺村さんが眼をつけて降田良子の画を集めはじめているとなれば、ＰＲもしやすい。その作戦は例のとおりにやればよい。これはいけそうだよ」

「はあ」

「ぼくは、これから東中野へ行く。降田良子の受領証には番地とアパートの名はあるが、電話番号が書いてない。電話局に問い合せたが、その名前では電話帳に見当らないというんだ。仕方がないから、これからぼくがそこへ行くよ。降田良子をウチで押えておくようにね」

2

玉泉荘アパートの番地は、国電東中野駅からそう遠くないところにあり、狭い道路沿いだったので、中久保は広い通りに車を待たせて歩いて行った。

その前に出ると、思ったよりは立派な二階建てのアパートで、場所といい、家賃も高そうだった。まわりを杉垣で囲ってあった。横には駐車場もある。降田良子はわりあいにいい服装をしていたという山岸の言葉を中久保は思い出した。

管理人の家がそのアパートの裏手にあるので、中久保はそこを訪ねた。女一人で住んでいるかもしれないので、相手に警戒心をおこさせないために管理人に案内をたのむつもりだった。玄関のドアを開けたのは五十歳ばかりの神経質そうな女だった。中久保の渡した名刺に眼を落して、その顔色がいくらかやわらいだ。

「降田さんは、いまお留守ですが」

管理人の妻は云《い》った。

「ははあ。お帰りは何時ごろになるかわかりませんか?」

「新宿に買物に行って一時までには帰れそうだと云っておられました」

腕時計を見ると正午前だった。

「わたしはその名刺にも書いてあるように銀座の画商ですが、降田さんには画《え》のことでお話ししたくてお訪ねしたのです。それではあと一時間半ばかりしてまたお訪ねしますから、降田さんがお戻りになりましたら、そうお伝えねがいます」

「わかりました」

中久保は行きかけたが、この際だと思って訊いた。

「あの、つかぬことをおたずねしますが、降田さんは独身でいらっしゃるのでしょうか?」

「独身です。おひとりで住んでおられますよ」

中久保はなんとなく安心した。交渉ごとには本人以外の者が居ないほうがやりやすかった。

「毎日、画を描いてらっしゃるんですか？」

「毎日ではありませんが、よく画を描いておられるようですよ」

それだと相当に画が溜《た》まっているかもしれないと思った。

「外観を拝見したところでは、おたくのアパートは３ＤＫのようですが、降田さんはその部屋の一部を画室代りにしておられるんですか？」

洋画の画室は板の間でないと不便である。３ＤＫの洋間をそれに充《あ》てているのかと思った。

「いいえ。お隣の七号室をアトリエにしておられます。ダイニングルームをそのままアトリエになさっています」

管理人の妻はアトリエという言葉を使った。中久保がおどろいたのは、アトリエのために女一人が二室を借りているという贅沢《ぜいたく》さだった。新人画家でも生活は貧乏ときまっている。まして無名の女画描きだとなおさらである。そう貧乏そうには見えなかったという山岸の言葉がまたしても思い出された。

ははあ、と中久保がひとりで合点したのは、降田良子にはパトロンが居るということであった。むろん画のパトロンではなく、彼女を愛人としている男の存在である。降田良子は三十ぐらいというから、そのスポンサーは五十台の男ではあるまいか。それだったら金がありそうだ。

「降田さんはご両親の家がとてもいいんです。地方では有名な銘菓の老舗《しにせ》ですよ」

神経質そうなだけに、中久保の考えていることを見透かしたように管理人の妻は云った。

「あ、そうですか」

中久保は想像を見抜かれたようにすこしあわてた。

「……道理で。じゃ、その親もとからの十分な援助があるんですね?」

「そうでなくては、お勤めもなさらないのに、こんな高い家賃のアパートが二室も借りられませんよ。いえ、一室でもふつうの勤め人には無理でしょう。一室十万円の家賃ですからね。新築で、便利な場所ですから」

「そうでしょうとも。実家はどこですか?」

「福島県の真野《まの》町です」

「ああ城下町ですね。道理で銘菓の老舗があるんですね」

中久保はうなずいた。が、これ以上、降田良子の留守に根掘り葉掘りの内偵質問は拙《まず》いと思って、

「では、わたしは一時間半あとに来ますから、降田さんが帰られたら、よろしくお伝えください」

と云って、そこを離れた。

大通りに待たせてある車に戻って、昼飯を食べるから新宿へ行ってくれと運転手に云った。出直すまでの時間利用だった。

眼についたレストランに入ってテーブルにつくと、

「おや、社長」

と声をかけて、向うのテーブルで腰を浮かした眼鏡の男がいた。東銀座の画廊「叢《そう》芸洞《げいどう》」の支配人小池直吉だった。

「やあ、君も新宿で昼飯かね」

この際、あんまり会いたくない男に遇《あ》ったと中久保は思った。

「いえ、ぼくはいま済んだところです。社長が新宿で昼飯とはまた珍しいですな」

小池は、にこにこ笑いながら中久保よりはひと回りは大きい肥《ふと》った身体《からだ》をこっちのテーブルに運んできた。

叢芸洞は光彩堂に劣らぬ画商で、東銀座にその大きな店舗を張っている。

支配人小池直吉はなかなかのやり手であった。一つには社長の大江信太郎が病弱で、自宅に引きこみがちなため、支配人の小池が切りまわしていた。同僚の宮原に店の管理や経理を手伝ってもらい、小池は外務で画家や顧客のあいだをこまめに回っていた。そういう切れ者なのに、小池は表面にその鋭さを毛筋ほどにも出さず、肥った身体をだるそうに動かし、まるい顔を絶えずにこにこ笑わせていた。一見、鈍感にみえるところが曲者《くせもの》で、光彩堂の社長中久保は彼を最も手ごわい商売上の競争相手の一人と思っていた。

その小池直吉がいつに変らぬ明るい笑顔で、社長が新宿で昼飯とはまた珍しいですな、といって寄ってきたので、時も時、場所も場所だったので、中久保はちょっとイヤな気がした。

しかし、悪い顔は見せられず、彼が横に坐《すわ》るのを歓迎した。

「うん、新宿にはね、顧客《とくい》先が一軒あるのでときどき来るよ。君もこっちにはよく来るのかね？」

中久保は軽い調子で訊《き》いた。

「はあ。下落合に福村先生が居《お》られますので、いま、お宅にお寄りしての帰りです。ちょうど昼どきになったもんですから」

と、食事をいまこのレストランで済ませたばかりだという小池は答えた。日展審査員の福村玄治画伯は近ごろ叢芸洞に画を渡すことが多い。これも小池の腕にちがいない。

小池にしても、テーブルを立つときに中久保を見かけたので、黙って出て行くわけにもゆかず、挨拶《あいさつ》のつもりでこっちに来たのであろう。

「大江さんの様子はどうだね？」

中久保は病気で長く寝ている叢芸洞社長のことをきいた。

「ありがとうございます。このごろは前よりはすこし元気になりました」

小池はライバル社長の見舞の言葉に頭をさげて感謝の意をあらわした。

「それは結構。大江さんも息子さんがまだお小さいから元気にしていただかないとね」

「小さいといっても、もう中学二年生ですよ」

「ほう、もうそんなになったか。たしか進治君といいましたね？」

「はい。よく名前をおぼえていただきまして」

「なにしろ大江さんの一人息子だからね」

大江社長の後妻に生れた子というのは画商仲間にも知られていた。

「ウチの社長が眼に入れてもいたくないようで」

「そうでしょう、そうでしょう」

中久保はうなずいて、

「進治君が成長してアトをとるまでは、君にも頑張ってもらわないとね」

と小池の横顔にちらりと視線をむけた。

「はい。ぼくも大江社長にはご恩がありますので、できるだけ働くつもりでおります」

中久保の前に注文の料理が運ばれてきた。

「失敬しますよ」

中久保はナイフとフォークをとった。

「どうぞ、どうぞ」

小池は煙を吐きながら、口を動かす中久保を遠慮がちだが、眼を細めて眺め、

「社長は相変らずお元気ですね。こうして新宿にもお出かけになってのご活躍ですから、その運動がますます体力にいいんですね。お羨《うらや》ましいですよ」

と、自分の社の病弱な社長にくらべるように云った。

「ぼくの店には君のような腕のいい店員がいないのでね。ぼくが病気で仆《たお》れたらおしまいだ。だからこうしていまだに自分で動きまわっている。ぼくは君のようなマネージャーを持っている大江さんがうらやましいよ」

「冗談じゃありませんよ。おたくには山岸さんが居られるじゃありませんか。ぼくらには怕《こわ》い相手ですよ」

「そういってくれるのはありがたいが、山岸と君とは勝負にならないね。福村先生をトリコにしたのは君だろう？」

「まあそういったところですが、正直いって福村先生をおさえたところで大した手柄にはなりません。申しわけないけど、画の値段もとうに峠を超えていますからね」

それは正直な言葉だった。老大家福村画伯の画の人気も降《くだ》り坂にかかっていた。一時期の多作がマイナスになってきたといわれている。

「わたしらが欲しいのはパンチのきいた新人作家の出現ですよ。このごろはネオ具象画がまだ模索状態で、どの画家も、もひとつパッとしませんし、この低迷をうち破るような、眼をみはるような新人が発見できないもんですかねえ？」

小池は中久保の顔をのぞきこむようにして云った。

「そりゃ、こっちが渇望《かつぼう》してるところだ。しかし、金の卵は現実には居ないものさ。これは気長く時を待つしかないね」

中久保は、降田良子を想《おも》い浮べて云った。彼女が金の卵かどうかはわからない。また、小池のいう眼をみはるような新人になるかどうかも不明だった。その画が著名なコレクターの陽和相互銀行社長寺村素七の眼にとまったとはいえ、かならずしも寺村氏が降田良子に肩入れするとは限らなかった。店に残っていた彼女のもう一枚の画を、いま山岸が寺村邸に持参におよんでいるが、それが寺村氏にパスすれば、有望な新人という可能性が出てこないでもないが。

中久保は自分の表情にいま想っていることがあらわれないように、かたいビフテキを嚙《か》むのに、さらに顔ぜんたいをくしゃくしゃにした。

小池は中久保が飯を食べているので、遠慮してそれ以上は雑談せず、

「社長、どうもお邪魔をいたしました」

と頭を下げ、大きな身体をゆっくりと立ち上らせた。

「や、そうかね」

中久保は紙ナフキンで口のまわりを拭《ふ》き、

「大江社長に、どうぞお大事に、と伝えてください」

と、ちょっと腰を上げた。

「申し伝えます。では、失礼します」

小池は満面に笑みを浮べてもういちど一礼した。

中久保はそのあと二十分かけて食事を終え、コーヒーを飲みながら腕時計を見た。留守の降田良子が新宿の買物からアパートに帰る時刻を見当で測ったのだが、そのとき、ひとりで思わず、ぎょっとなった。

小池直吉が新宿をうろついていた理由に、ふと疑惑が起ったからである。小池が下落合の福村先生の家に行っての帰りというのは本当だろうか、と中久保は思いはじめた。

降田良子が新宿に行っているという時間と、小池が新宿に現われていた時間とが一致するのである。まさか、とは思ったが、まったく打ち消しはできなかった。小池は円満福相な顔に鋭い商売感覚を蔵している男だ。

あいつは新宿のどこかで降田良子と会っていたのではなかろうか、その帰りにこのレストランによって食事をしたのではなかろうか。中久保は疑念をふくらませてみた。

この疑いを成立させるには、小池が降田良子の画《え》を前に見たという前提が必要である。まったくあり得ないことではなかった。降田良子はその画を光彩堂だけに持ちこんできたとは限らないからである。

もしそうだとしたら、叢芸洞の顧客先に彼女の画を認めるひとがあり、しかもその人に相当な財力と鑑賞力があれば、小池が降田良子に接触することも十分に考えられる。

そういえば、小池は自分に、社長が新宿で昼食とはまた珍しいですな、と云《い》って寄ってきた。小池にも東中野と新宿の近距離が頭に泛《うか》んだのではなかろうか。

ふつうなら挨拶だけで出てゆくのに、飯をすませたという小池は、これから食事をはじめる自分の傍の椅子《いす》に坐りこんだ。叮寧《ていねい》な挨拶だと思っていたが、模索の状況で低迷しているネオ具象画の世界に眼をみはるような新人が発見できないもんですかね、などと云って、こっちの顔をのぞきこむようにしたものである。あれは彼の探りであり、自分の反応を見ようとしたのではあるまいか。

中久保は、小池が先まわりして早くも降田良子を押えにかかっているような想像に駆られた。もしそうであればこれから降田良子との交渉が少々厄介になる。小池のことだから、彼女と今後の画作の契約を話したところで、それほどいい条件ではあるまい。小池はその好人物げな顔つきにもかかわらず、新人画家にたいしては慇懃《いんぎん》にして酷薄なことで定評がある。叢芸洞という一流画廊の看板に新人が弱いことを知っての強引さであった。

光彩堂の中久保にしてもだいたい同じで、他人《ひと》のことは云えないが、もし小池が降田良子を発見したとなると、いまのうちに彼女に好条件を出さないといけないと彼は思った。小池が出てきたとなると、たがいがせりあうような状態になって面倒である。早いところ決めておかねばならない。

新人にとって魅力ある条件とは、パリに旅費を出して「留学」させることだった。留学といってもかならずしも、画学校に入るとか、著名な先生につくということではなしに、なんとなく「画の修行」に出すことであった。一年間の「留学」中は月に五十万円も送金してやればいい。そのあいだ向うで描いた画はみんなタダで引きとるのである。

「新人の育成」というのは、茫漠《ぼうばく》とした先物買いだから、当りはずれが多い。投資というよりも賭《かけ》に近い。早い話、パリに行かせたが向うで男女関係の誘惑に落ちこみ破滅した奴《やつ》、才能の相違を見せつけられて絶望感に襲われノイローゼになった奴、逆に意識だけ高くなって芸術家気どりで仲間と遊びまわりかんじんの画技がダメになった奴など、いろいろである。

パリに行かせなくても、こっちで当人が勉強して努力すればするほど画が下手になってゆく新人も少なくない。才能と努力とは関係がないのである。これは画商のほうが当初の見込み違い、目利《めき》き違いである。

さてまた見込んだ新人を売り出すために、いろいろな手を使うのだが、これにもけっこう金がかかる。その新人画家のために個展を開いてやり、新聞社の学芸部・文化部といったところの「美術記者」に頼んで記事の末尾あたりの数行で触れてもらうとか、美術雑誌のベタ記事でとりあげてもらうとか、もっと肩入れしてあるいは美術評論家に批評してもらうとか、こんなのは常套《じようとう》手段だけど、やはり売り出しには効果はある。また、展示会では画廊どうしの「赤札」（売約済）の貸し借りもある。

けれども、はじめは有望そうでも、だんだん先細りとなり、そのうちに消えてしまうか、一般から権威あると見られている展覧会ではただ平凡な入選が重なるといった程度で、それ以上には伸びない。画商がつかないため、キャンバスを広い風呂敷《ふろしき》に包んで画廊から画廊へと見せに歩く気の毒な姿になる。そこでは足もとをみられて画商に値を叩《たた》かれる。

しかし、新人が商売になるまでにはいくたの難路があって、ギャンブルにもひとしい。まして無名の画家を育てるというのは、冒険も冒険、はじめから金銭を捨てるつもりでいなければならぬ。

しかし、これなくして掘り出しものは見つからないのである。

中久保は待たせた車に乗って東中野の玉泉荘アパートに引返した。車には大きな果物籠《かご》を積んだ。管理人の部屋をそっとたたくと、午前中に会った神経質そうな女房がドアから半分顔を出して、六号室のほうへ頤《あご》をしゃくった。

中久保は心得て、ポケットから三千円入りの熨斗《のし》袋を出して、お土産代りですが、といって手に握らせた。女房の尖《とが》った眼が細くなった。

中久保は運転手に果物籠を持たせ、管理人の女房の案内で六号室のドアの前に立った。

女房がドアを二、三度軽く叩き、

「降田さん、降田さん、お客さまですよ」

と声をかけた。

内側からロックを外す音が聞え、ドアが三分の一ほど開いた。

「一時間半前においでになった社長さんがお見えになりました」

「社長」は女房に渡した名刺の肩書による。横に立っている中久保のほうからは部屋主の顔はまだわからなかった。

「そうですか」

声だけを聞くと四十女のように艶《つや》がなくて乾いていた。

サンダルをつっかける音がして、当人の顔が出た。ロングヘアで、前髪が眉《まゆ》までかくし、眼だけが出ている猫のような顔であった。粗い赤の格子《こうし》模様のワンピースをきていて、二十三、四ぐらいの若さに見えた。もっともあとでこれを訂正したが。

「わたしは、お留守中に名刺をこちらにお預けした光彩堂の中久保です。先日、店にお見えになったそうですが、わたしが居なくて失礼しました。けど、お話は支配人の山岸から聞いております。今日はそのことで、通りがかりのついでにちょっとお目にかかりにお寄りしたのですが」

中久保は、はじめて見る降田良子に云った。この言葉の使いかたもむつかしい。あまり叮寧だと対手《あいて》をいい気にさせそうだし、ぞんざいな調子でもいけなかった。通りがかりのついでに、と云ったのは、わざわざ訪問したのではないというこちらの貫禄《かんろく》も見せたのだった。

「どうぞ、中におはいりください」

降田良子は頭もさげずに云った。

中久保は、おやと思った。通りがかりとは云ったが、銀座の一流画廊の経営者が訪ねてきたのだから、無名の画家、しかも先日画を持ちこんだ画家にとっては感激のはずである。それが、ほとんど無反応なくらいの応対ぶりであった。

中久保は、降田良子が福島県真野町から出てきたという管理人の女房の言葉を想い出し、田舎者だから、まだ洗練されてないのだと思った。いま聞いた短い言葉にも東北弁のアクセントがあった。

中久保は運転手から果物籠をうけとって、部屋主のうしろに従い、中に入った。山岸は瘠《や》せ型だと云ったが、降田良子のうしろ姿は、どちらかというと中背で、骨ぐみが太く、肩も臀《しり》も張っていた。管理人の女房は運転手といっしょに引返した。

六号室の中は、普通の住居《すまい》と変りなかった。女ひとりで3DKは広すぎる。このアパートはそういう部屋ばかりなので仕方がないといえばそれまでだが、だったら2DKのほかのアパートに入ってもいいわけである。最近出京したとすれば、そういうアパートがすぐには見つからなかったのか。だが、それにしても隣の七号室まで借りているのだ。一室十万円というから、二十万円の家賃である。いくら親の家がよくて、そこからの仕送りだとはいっても勿体《もったい》ない。管理人の女房が云ったように新築で、部屋の中は明るかった。

降田良子は彼を洋間の椅子に坐《すわ》らせ、じぶんはキチンに立って茶の支度をした。中久保はそのあいだに、部屋の様子を見まわしたのだが、たしかに木も壁も新しく、窓からは陽光がゆたかに射《さ》しこんできていてあかるくはあるのだが、それは建築の明るさであって、装飾性によるものではなかった。カーテンはどれも白地に青の縞《しま》といった無愛嬌《ぶあいきよう》なものだし、華やかな飾りというのが少しもなかった。画家だというのに、画が一枚掲げてあるわけではなかった。これでは男の独身者の部屋よりもまだ殺風景であった。

「あなたの画は?」

茶を出されたときに中久保はきいた。

「隣の七号室に描きかけのものが置いてあります。隣室は、角部屋《かどべや》になっているので光線の採りぐあいがよくて画室にしています」

「ちょっと見せていただけますか?」

中久保は頼んだが、このとき降田良子の顔をよく見た。外で瞬時にみたときは二十三、四歳かと思ったが、それよりも少しいっていて二十六、七歳ぐらいであった。色は白い。が、色気のある顔ではなかった。

「画は、お隣のアトリエで毎日描いておられるのですね?」

中久保精一は、降田良子にきいた。

「ええ。描くには描いております」

彼女は中久保をじっと見つめるようにして答えた。前額を蔽《おお》って垂れた髪の下に二つの大きな眼が見開かれていたが、黒々とした瞳《ひとみ》とはいいがたかった。どちらかというと白い鞏膜《きょうまく》のほうが勝ち、瞳の部分は小さかった。

「やはり、大きなものを描いておられるんですか？」

「そうとはかぎりません。気ままなんです」

「そうでしょうね」

中久保はなんとなく相槌《あいづち》を打った。画家のあいだを回っているあいだに、そういう癖がついていた。しかし、降田良子ならそんな勝手気ままな制作をしていそうであった。

「どこか画の団体に所属しておられるんですか？」

「いいえ」

「展覧会といったものへの出品は？」

「出したことはありません」

「美術学校とか画塾といったようなところに居《お》られたことは？」

「とくに名前を申し上げるような学校には入っていません。強いて申しますと、世田谷の豪徳寺の南に林台《りんだい》女子美術学校という私立がありますが、そこの洋画科で二年ほど勉強したことがあります。女子美術学校といっても服飾デザイン科もあれば、室内装飾科もあり、パッケージなどの図案をする商品美術科もあるといった学校です」

「ははあ」

中久保にはだいたい見当がついた。洋画科があるというのも、いちおうの体裁をつけただけにすぎまい。そんなところに、彼女の画《え》をここまで育ててきた教師が居たのだろうか。

「栗山弘三《くりやまこうぞう》先生というかたに教わりました。六、七年前でしたが、先生はもう七十歳近いお方で、上野の美術学校を出られるとアメリカに長いこと行っておられたということです。それも画家としてではなく、いろんな職業をされているあいだに画も描いておられたということです」

降田良子はやはり眼をまっすぐに中久保にむけたまま答えた。その声には潤《うるお》いがなく、少し嗄《か》れていた。眼の次の特徴はまんなかの隆《たか》い鼻だが、これもまるみがなく、うつくしい感じではなかった。

中久保は、そんな観察を働かす一方、彼女の履歴のせんさくにも熱心だった。

「その栗山先生の画が、あなたの現在の画の傾向に影響を与えたのですか?」

「いいえ。栗山先生の画はまるきり違います。大正期の画風をそのまま持ちつづけていらっしゃるような画でした」

だいたい見当はつく。その栗山という人は上野の美校を出て画の勉強にパリに行こうとしたが、旅費も学費もないので、その資金かせぎにアメリカに渡り、労働して金を溜《た》め、しかして後に渡仏するつもりであったろう。だが、アメリカの生活がその意志をくじけさせ、志成らずして日本に帰った。東京にいてもほかの仕事をしているうちに年をとり、曾《かつ》て洋画家志望者だったところから、町のデザイン塾のような私立学校の洋画科の老教師に、縁故をもって拾われたのであろう。

そんな教師に洋画技術の手ほどきを受けて、大コレクター寺村素七の眼にとまるような、ああいう画がよく描けたものだと、中久保は降田良子を見る。その後にまただれかの指導を受けたのだろうか。

「大正期の画風というと、後期印象派ですね。エコール・ド・パリふうな?」

「そうかもしれません。とにかく栗山先生は美校で葛野宏隆先生とは同期だと云《い》っておられましたから」

「え、葛野先生と?」

中久保はすこし愕《おどろ》いた。あんがい近いところに因縁があると思った。

だが、そう聞くと合点がゆかないでもなかった。いまの栗山某は七十すぎだろうから、葛野宏隆とはほとんど年齢が同じである。葛野も以前はセザンヌばりの画ばかり描いていた。ただ、葛野がそれから脱皮したのに対し、栗山老教師は大正期のその画風をそのままもちつづけているらしかった。

ところで「大正期の画」というのは彼女の表現である。普通なら、後期印象派と云ってもよさそうなものなのに彼女はそういう言葉を口にしなかった。そうかもしれません、と答えた。栗山先生の画を見ているはずなのに、そうかもしれませんと云い、とにかく、と話を転じたところを見ると、後期印象派の名もエコール・ド・パリの言葉もよく知らないのではないか、とさえ中久保には思われた。まともな洋画学習をしていないために、あまりに常識的な、そういう美術史用語すらもわかっていないのではないか。

すると、この降田良子という女は、意外に大物になる新人かもしれないぞ、と中久保は考えた。彼女の無知を軽蔑《けいべつ》するよりも、そこに未知の未来性を感じた。もとよりそれは画商たる商魂と結合していた。

商売上、画家との交際はひろい。いちがいにはいえないが、なべて口かずの多い画家ほど画が見劣りする。西洋絵画史への造詣《ぞうけい》をふりまわしたり、巨匠論を弁じたり、または専門用語で塗りつぶした芸術論を滔々《とうとう》としたりするところなど、むしろ美術評論家になったほうがよいくらいだ。また自作について「解説」をする画家もある。とくに一世を風靡《ふうび》したアブストラクトでは、それが世間一般の写実に慣れた眼には理解しにくいため、この種の自作解説が必要であった。その理論は、かれらの感服しがたい画の出来栄《できば》えに反比例して、高踏的であり、抽象的であり、また高圧的であった。

「あなたは葛野先生の画をどう思われますか?」

中久保は試みに降田良子に質問した。彼女の教師だった人が葛野宏隆と上野で同期生と聞いたからでもあるが、この巨匠に対する評価を知りたかった。

じっとひとところにすわっているような彼女の瞳がはじめてわずかだが動いた。

「大先輩にたいして申し訳ありませんが、葛野先生から学びとるものは何もありませんん。むしろ、あの画に接していると、マイナス面の影響を受けることを恐れます」

「ほほう」

これはまた手きびしいと思った。が、その言葉に中久保もひそかにうなずけるものがあった。言い方は違うが寺村素七も葛野宏隆の画に批判をもっている。

「あなたの光彩堂画廊では、葛野先生の画を扱っておられるんですか?」

はじめて彼女のほうから訊《き》いた。

「はあ。それは、まあ商売でございますから」

中久保は、なんとなく負い目に似た弱い心持で答えた。

「葛野先生の画はやっぱり値段がお高いんでしょう?」

「はい。なにしろ世評が世評ですから。葛野先生は別格ですよ」

葛野画伯の画を超弩級《ちょうどきゅう》の値段にした大半は画商の責任である。ここでも中久保はうしろめたさをおぼえた。

「わたしの画は一般むきではありませんから、画廊さんのご商売にならないと思います。認めてくださる方があっても、ごく一部に限られると思います」

降田良子はふたたび視線を中久保の顔に当てて云った。

「じつは、あなたの画に感心された方がおられるんですよ。お名前は、いまちょっとお預りしておきますが、画のことがよくわかるコレクターなんです。先日、あなたからいただいた画をその方に買ってもらったのですが、その方はあなたの画をもう少し見たいと云われるのです。もしかすると、その方があなたの云われるごく一部の理解者かもわかりませんよ」

画商として、このへんの呼吸が微妙であった。画は欲しいし、激励も必要だったが、今のうちから相手をあまりいい気にさせてもいけなかった。寺村素七という聞えたコレクターの名を伏せたのも手綱のとり加減であった。

「そうですか」

かりにも一流画廊の主人がきてそう云うのだから、普通だと大よろこびしそうなものなのに、降田良子はそれほどうれしそうな表情でもなく、その色気のない顔とともに様子も無愛想だった。鈍感なのか、大物なのか、判断に迷ったが、中久保は後者に分量をふやした。というのは彼女にはみじんもつくったところがないからである。

「それで、もし作品がありましたら、それをみんな頂戴《ちょうだい》したいのですが。むろん、この前のケースとは違いますから、相当なお値段でいただきますが」

この前は彼女からの持ち込みであった。こんどは社主みずからが依頼に来たのである。中久保は、もしこの言葉に誘われて彼女が法外な値を吹っかけてきたときにはどのように対応したらよいか、と早くも作戦を心で考えた。

もし、新宿で見かけた叢芸洞の小池直吉がこっちの推量どおりすでに降田良子と接触していたら、うかつには画の値段も云えないのである。もっとも小池がそうだったとしても、かれもほかの画商が接近しているとはまだ思っていないのだから、云い出し値はずっと安かったにちがいない。小池は新人には辛《から》いことで定評があり、それだけ商売上手であった。

「作品は一枚もありません」

降田良子は答えた。

「え？　しかし、毎日描いておられるということでしたが」

頭に浮んだのは、さきまわりした小池が彼女の画を一枚残らず持ち去ったという想像であった。

「描いてはいますが、みんな習作の画とデッサンです。タブローとして制作したものはいまのところありません。わたしは気がむいたときでないとタブローの制作ができないのです」

「そうすると、わたしのほうでいただいた五枚の画が、いままでのタブローの全部ですか？」

「あれが全部です」

「あの、もしかすると、ほかのほうに画を渡されて、それで、いま一枚も残ってないというのではありませんか？」

小池直吉が眼の前に出ていた。

「いいえ。そういうことはありません」

降田良子は、きっぱりと答えた。

3

「奇妙な女だよ」

中久保は光彩堂画廊の社長室で、支配人の山岸孝次に話していた。

「隣の七号室がアトリエだというので、ぼくがちょっと拝見したいといったら、それも断わられた。だれにも見せられないというんだ。素人《しろうと》がたのむんじゃないよ、画廊のおやじが頼むんだ。それが駄目なんだなア。タブローはウチに持ってきた五枚が全部で、あとは制作してないという。気がむかないと描かないというんだな」

「芸術的衝動が起ったときですね？」

山岸は微笑して云《い》った。

「そういうことらしい。ぼくはね、タブローが一枚も残っていないというから、叢芸洞の小池直吉が前に来て、持って行ったんじゃないかと思ったよ」

「小池君がですか？　まさか」

「新宿のレストランで小池に会ったからね。はじめにアパートに行ったとき、降田良子も新宿に出かけて留守だと管理人のおばさんが云ってたから、こっちは邪推をはたらかしたわけだ。小池は下落合の福村先生のとこへ行っての帰りだと云っていたが、それを嘘《うそ》だと思ったくらいだ」

「小池君は福村先生にべったりですよ」

「それはわかっているが、あいつに、まるい顔でにこにこされると、本当のことを云っているのか、嘘をついているのかわからないからね」

「たしかに、そういうところはあります」

「油断のならん奴《やつ》だ。そう思っているから、いまの邪推も起ったのさ」

「邪推でしたか？」

「降田良子が、ほかにはやってないときっぱり否定したからね。まあそれはそれとして、彼女は習作画《エチユード》があると云ったから、それをほしいとぼくがいうと、これもいけないんだな」

「どうしてですか？」

「エチュードはあくまでもエチュードで、完成した画《え》ではないというんだな。タブローになる前の部分にすぎないし、タブローを制作するとき、それがどう発展し変化するかわからないので、エチュードは事実上の作品ではないというんだ」

「理屈ですな」

「しかし、習作でも欲しかったな。寺村さんがそんなに気に入ったのなら」

社長室には、山岸が寺村邸に持参に及び、持ち帰った画があった。店に残っていたあの一枚である。

持ち帰ったのは、それを見に、わざわざ会社から途中で抜けて戻った寺村素七が、すぐにいい額ぶちにおさめてくれと性急に注文したからである。

「で、デッサンのほうは？」

山岸はあとを訊《き》いた。

「これは、やっとのことで見せてもらった。クレオンだったが、十枚ぐらいあったかな」

「十枚ね」

「それと、大型のスケッチブックの写生画が二冊」

「デッサンにしてもスケッチブックにしても、案外と数が少なすぎますね。まだ、ほかにあるんじゃないですか？」

「あるだろうが、それ以上に見せてくれとも云えなかった。なにしろ彼女は一風変っているよ。無愛想というか、俗人ばなれがしているというのか、ちょっと寄りつきにくいところがあるね。色気のない顔なのに、なにか威厳に近い雰囲気《ふんいき》をもっている。

奇妙な女だ」

「わかりますよ、その感じ」

店に画を売りに来た降田良子と会っている山岸は笑いながらうなずいた。

「奇妙といえば、そのデッサンやスケッチブックの写生画だが……」

このとき、女店員が沢木先生がお見えになりました、と知らせにきた。その女店員の肩の上から、A大学の教授沢木庄一の長身があらわれていた。瘠《や》せぎすな、丈の高い身体《からだ》の上には眼鏡をかけた五十男の顔が載っていた。

「あ、先生」

中久保は椅子《いす》から立ち上り、山岸といっしょに頭をさげた。沢木教授は大学で美学を講じ、新聞や雑誌では美術評論の筆を執っている。

「こんにちは」

けっして野放図に笑うこともなく、高い声でものを云うこともない教授兼美術評論家は、いまもいくらか青白い顔にうすら笑いを浮べ、小さい声で中久保に会釈《えしやく》した。

山岸がすすめる椅子に腰をおろしかけた沢木は、そこに立てかけてある画に眼をとめて、

「ほほう。なんですか、あの画は?」

と、口の中にこもった声で云い、銀ぶち眼鏡のツルにあたる眼尻《めじり》に、はじめから冷笑の皺《しわ》をよせていた。

美術評論家としての沢木庄一は、上品で冷徹な批評で知られていた。彼が社長室に置かれた画に眼をとめて、ほう、なんですか、あの画は、と眼尻を冷たく笑わせたとき、彼の口からどういう言葉が出るかおよそ予想された。

「はあ、新人女流作家のものを預かっているんですが」

山岸がうろうろと眼を動かして云った。

「新人？」

沢木は椅子に腰をおろした。位置が画の方向とずれているので首をねじってそのほうへ莫迦《ばか》にしたような視線を投げ、

「アマチュアですね」

と、顔を普通に戻して中久保と対《む》かい合った。

「はあ。まあ」

中久保は答えようがないので曖昧《あいまい》に笑っていた。

「女流といったが、若いの？」

「若いほうかもしれません。三十前でしょうか？」

「ということは、あなた、その人、見たんですか？」

「ちょっとだけ会いましたが」

「美人ですか？」

眼が別な興味に移った。

「十人なみといったほうが無難でしょうね。けど、すこし個性のある顔です」

女店員がコーヒーを運んできたので、評論家は黙り、もう一度首を回して画に一瞥《いちべつ》をくれた。

「たしかに画にも個性がありますね」

眼鏡をずり上げ、コーヒーをゆっくりとかき回しての感想だった。

「先生もそうお思いになりますか」

「ただし、拙《まず》いという点でね。画面がおそろしく混乱している。むろん意図的なものじゃなくて、技術の拙劣さからですね。素人の未熟だな。絵画以前の段階じゃないですか」

とるにも足りないといった評だった。もの静かな声で、それも口の中にこもったように低いのである。冷たい理知と他人への軽蔑《けいべつ》といったものがその形のいい鼻の先に貼《は》りついていた。

教授は若いときウィーンの大学に留学し、母校の教授となってからもアメリカの大学に交換教授として三年間ほど居た。アメリカが好きで、その後もしばしば渡米した。

「先生のお言葉はいつも峻烈《しゆんれつ》でございますね」

支配人の山岸が追従《ついしよう》めいた笑顔で云った。

「そうですかね。ぼくはそうは思いませんが」

含み笑いしてコーヒーを一口すすったが、前こごみのままで、

「あのアマチュアの画がどうしてここに置いてあるんですか?」

と訊いた。コーヒーを口の中に残しているのでよけいに含み声になった。

「じつは」

中久保が複雑な顔で云った。

「額縁に入れるために、コレクターから預かっているんです」

「ははあ。この画をあなたのほうで売ったわけ?」

「はあ。そういうことです」

「いくらで売られたか知らないが、額縁のほうがその三倍ぐらい高いんじゃないです

か。どうせ金箔《きんぱく》を張った金ピカの額縁でしょう。買った人の趣味でね」

「いえ。そうでもありません。そのコレクターは洗練された額縁を好まれますので」

「コレクター？　あなたね、おたくはご商売がら、つい、そういう言葉が出ると思いますが、コレクターというのは画についてそれ相応に鑑賞力のある人の謂《いい》ですよ。アメリカではコレクターについての定義があるくらいです。こう云っては悪いが、三、四年前に異常な絵画ブームがありましたね。おたくらはじめ画商さんはずいぶん利益を上げられたと思いますが」

「いえ。それほどでもありません。あれは噂《うわさ》のほうが高うござんして」

「ま、それはどちらでもいいんですが、その画を投資のつもりで買い漁《あさ》ったのは田畑を不動産業者に売った田舎の土地成金というじゃありませんか。そんな手合いがいくら画を買い集めたところで、コレクターとは云いませんね。それと同じで、この画学生の習作にもなっていない画を買った人がどれだけ同類の画をあつめている金持か知りませんが、それをしもコレクターと不用意に呼べば、それはコレクターに対する冒《ぼう》瀆《とく》にもなりかねませんね」

評論家は上品な口調で画廊の社長と支配人をたしなめた。

中久保と山岸はちらりと眼を合わせた。中久保が恐縮を装《よそお》って答えた。

「はい。そのへんはわたしどもも言葉には注意しているつもりです。わたしがこの画を買ってくだすった方をコレクターと申しましたのは、まずコレクターとしては一級の方だと思いますので」

「ほう。どなたですか?」

「弱りましたね。こういう商売で、買っていただいた方のお名前は、その方の許可がないと、申上げにくいのですが」

「そう」

評論家沢木庄一の表情にかすかな動揺が見られた。一流の画廊の主人がそう断言するのである。評論家には、たったいま、たしなめた言葉の手前もあった。

「まあ先生ですから、そっと申上げます。この画をお買いになったのは、寺村素七さんでございます」

「なに、寺村さんが?」

沢木はおどろいて問い返した。

「はい。寺村さんは、この女流新人作家の作品を蒐《あつ》めてみたいとおっしゃっています」

いた。沢木庄一は冷めたコーヒーの残りに眼を落してスプーンでゆっくりとかきまわしていた。気どり屋で名の通った評論家である。ちょいとした身ぶりにもアメリカの知性をひけらかすところがある。他を見下した態度でもあった。鼻もちならないね、と彼に反感をもつ者は云った。

が、いま、洗練された指先でスプーンを動かしている沢木の動作には、みじんもそうした衒《てら》いは見られなかった。のぞいているのは引込みのつかないことを云ったのをどう訂正するかの思案ぶりだった。銀ぶちの眼鏡がずり下がったそのかたちのいい鼻の頭に脂汗《あぶらあせ》がうっすらと浮んでいた。眉《まゆ》の間に立て皺を寄せていた。沈黙は、評論家が自らの軌道修正のためにレトリックを案出すべく思索中であった。

三分間ぐらいはそうしていたろうか。沢木はコーヒーを酒のようにぐっと飲み干すと、とつぜん椅子から腰を上げ、画の前に立ちはだかった。こんどは正面からである。二メートルくらいの距離から頤《あご》に片手をやって画面を凝視し、次には画に近々と寄ってきて近視眼の眼鏡をはずし、中腰になってキャンバスを舐《な》めるように見入った。美術評論家は、画の下塗りや上塗りに詳しくなく技術には弱いとされているが、画布に近接した沢木の眼はメチエの細部にわたって技法を点検しているかのようだった。絵具など材料の扱い方、色の塗りぐあいといったマチエール、筆触などに瞳《ひとみ》を吸い寄せているのである。それがすむと、ふたたびもとの位置に戻ってその距離から着想や構図や色感といったものを、また頤に手を当てて見つめた。

沢木はそこから離れようとはせず、ときどき首をかしげていた。が、それは疑問をあらわすのではなく、感歎《かんたん》のそれだった。

「うむ」

彼はうめくように云った。

「さっきは、ちらっと見ただけでよくわからなかったですがね。なるほど、この画はいいですね。いま、よく見たので、それがわかってきましたよ」

画に対する直感的な印象は、今の場合、この美術評論家には無用のようにみえた。

「ははあ。先生もそうごらんになりますか」

中久保は評論家の豹変《ひょうへん》にたいする皮肉な笑いをかみ殺し、煽《あお》るような笑いを表に出して評論家とならんだ。

「思いますね」

沢木は瞑想《めいそう》的なうなずきかたをした。

「一見、混乱した画面に映りますが、それは企図的なもので、よく見ると細心な整理がなされてありますよ。混乱を企図したのは、アブストラクトにフィギュラティフを接合してファンタスティックなアトモスフェアの面をもりあげるためでしょうね。メチエが稚拙に見えるけど、これも部分的にアルカイックな効果を計算したものでしょう。それに着想がいい。新人とは思えぬ意想です。いや新人だからこそ得られる意想でしょうね。既成作家にはないものです。中久保さん。いま作家たちが暗中模索の状態にあるネオ具象画というのは、案外、こういう新人のものが新鮮な曙光《しょこう》となるかもわかりませんよ」

「これは、先生。たいそうなお賞《ほ》めで」

「いやいや。あとで賞めすぎだとわかるかもしれませんが、刹那《せつな》の感動をそのまま口にしたんです。セザンヌ、マチス、ルノアール、ピカソ、御舟《ぎょしゅう》、劉生《りゅうせい》、古径など質的水準の高い内外の画を蒐めておられる寺村さんで、さすが見る眼はたしかなものです。ぼくも、この有望な新人画家の作品をもっと見たくなったなア」

果物が運ばれてきたので、沢木庄一はようやくもとの椅子に戻った。それでも気持はなおも画に惹《ひ》かれた様子で、首をねじむけたりした。めずらしく昂奮《こうふん》のていだった。

「名前は何というのですか。サインは〝Y. Oda〟とあるようだけど」

評論家は手帖《てちょう》を出した。

「降田良子というんです」

どういう字を当てるのかと彼は聞き、わざわざ手帖に書きとめた。

「どうも、この人はだれからの影響も受けてないようですが、どうですか？」

評論家によっては、展覧会などの画を見て、このお手本はどこにある、下敷きはどの画によっている、などと「技術批評」するのもいた。もっとも画の世界は、「だれだれを追及する」と称してその模倣がまかりとおるところでもあった。

「そのとおりです。だれの指導もうけていないし、尊敬する先輩画家も居ないと降田良子さんは云っていました。画の技法の手ほどきは世田谷辺の私立女子美、これはまあ家事学校か塾に毛の生えたようなところらしいですが、そこの老教師から習ったといっていました。その教師も専門の画家じゃなくて、若いとき上野の美校を出ると、アメリカへ渡り、画とは関係のないいろんな仕事をしてきた人らしいです」

「うむ。彼女の先生はアメリカへ行ってたのですか？」

「けど、それは画家としてではなかったといいます」

中久保はアメリカ好きの評論家による「深読み」を前もって制止した。

「けれど、その人は美校を出てアメリカに行ったのでしょう。たとえ画家としてでなかったとしても、画家の魂はもちつづけていたと思いますね」

やはり静かな言い方だった。

「ははあ」

「それが彼女にうえつけられたんですよ。彼女の天分にそれが開花しはじめたのかもわかりませんね。ぼくはアメリカに居るとき、美術評論家のジョン・ペローと何度も会って話をしましたがね、ほら、例のコンセプチュアル・アートなる言葉を発明した男ですよ」

「有名ですね。概念美術ですか」

「そのとおり。ペローといえば日本ではメチエもマチエールも否定する前衛作家の連中に反芸術制作の教祖的指導者のように担《かつ》ぎ上げられているが、そうじゃないんですね。彼は制作のイディーやプロセスを芸術の本体だと見ているのです。そんなところからデッサンもろくにできない連中にその理論が都合よく歪曲《わいきょく》されているのですよ。そういう意味で、独自な意想をもつこの新人女流画家の出現をぼくは大いに注目したいですね。ひょっとすると、この人は天才かも、いや、すくなくとも天才的な素質がありそうですよ」

有名なコレクター・寺村素七の名に沢木庄一が降参した裏には、近い将来に建設される寺村美術館が視点に入っているせいかもしれなかった。先代から蒐集《しゅうしゅう》した寺村家の数多くの美術品は、新しく美術館を建ててそこに収蔵する計画が風聞として流れていた。そこの館長になりたい美術評論家の自薦・他薦の運動がすでにはじまっているという噂もひろまっていた。寺村美術館の完成は、早くてあと五、六年さきになるだろう。そうすると沢木教授の停年退官と時期がほぼ一致する。

「先生。じつは寺村さんも降田良子さんの画《え》にこれから肩入れされるんじゃないかと思います。いまでも、降田さんの画はみんな持ってきて見せてくれとおっしゃってるんです」

中久保が揉《も》み手せんばかりの口調で云《い》った。

「ほほう。で、画を集めて寺村さんとこに持って行ったんですか？」

「それが、画がないのです」

「ない？」

「降田さんは描き溜《た》めたタブローを一枚も持ってないのですね。習作は何枚かあるが、それは制作ではないので渡せないと云うんです」

「それはまた新人にしては珍しい……」

「そうなんです。それで寺村さんもよけいに欲しがっておられるんですが」

「いよいよ天才肌かもしれませんね」

「そういうわけで、先生、降田良子について新聞でも美術雑誌にでも、紹介的な文章をごく短くて結構ですから、ちょっと書いていただけませんか。先生のお名前でそれが出ると、彼女も脚光を浴びると思うんです。寺村さんもよろこばれますよ。なにしろ降田良子の発見者になられるんですからね」

「うむ。そうですねえ……」

画商の最後の言葉は、寺村美術館の館長を狙《ねら》う美術評論家ならだれしも吸引力をおぼえるものにちがいなかった。

だが、さすがに沢木庄一はすぐに承諾を口にしなかった。一つにはそれによる意図が露骨に見えすぎるのをおそれているのと、もう一つは高尚な評論家としての面目にかかっていた。さらにいうならば、その拒絶によって一流画廊の光彩堂画廊との関係が気拙《きまず》くなることへの配慮もあった。評論家と画廊とは相互に「受益者」関係にあった。

「考えておきましょう」

沢木教授は答えた。それはすでに承諾の意志であった。

ちょっと姿を消していた支配人の山岸が四角い紫の風呂敷《ふろしき》包みを抱えて戻ってきた。

「先生。これを……」

「なんですか?」

「葛野先生のデッサンが二枚です」

「え、葛野画伯の？　しかし、そんなものをもらっては、悪いですなア」

「いいえ。今回のお願いのこととは関係ありません。これまでずいぶん先生には御指導いただいておりますので」

とり澄ました顔が喜色満面で帰って行った。

社長と支配人とは黙って笑い合った。

それから二十分も経《た》たないうちに女店員が、

「R新聞社の中村さんがお見えになりました」

と知らせてきた。

「山岸君。早くその画をかくしなさい」

中久保があわてて指示した。

4

R新聞社文芸部の中村誠治が親しそうに社長室へ入ってきた。色白の顔、細い身体《からだ》つきである。髪が長めなのは美術記者を表示しているつもりらしかった。

「こんちは」

はじめから気楽そうに笑い、すすめられる前に自分から客用の椅子《いす》にどっかと腰を落して脚を組んだ。

「どうですか、景気は?」

社長の中久保は回転椅子をまわした。

「どうもよくありませんな」

さりげなく壁の電気時計に眼を投げた。五時十分だった。近くのレストランに誘ったものかどうか。

「この前の高度成長ブームの再来を望んで夢よいま一度、という切実な願いが中小画廊の声ですね。……ありがとう」

中村は女店員から紅茶をうけとった。

「ご多分に洩《も》れませんよ、ウチなども」

「おたくなんざ、いいお客さんがついているからビクともしないでしょうがね」

「とんでもない。四苦八苦ですよ。中村さん、また何かいい展覧会の企画案はありませんかね?」

中久保は煙草《たばこ》をふかす。

「谷口君や村井君に話してみましたか？」

中村とX社の谷口義郎とL社の村井忠男、それにZ社の梅林誠造の四人に、光彩堂画廊は企画評議員を委嘱していた。

「いや、まだですよ。中村さんの意見を聞いてから、他《ほか》の三人の方に相談してみようと思いましてね」

中久保は心得ていた。

はたして中村誠治は満足そうな顔になって紅茶茶碗《ぢやわん》を抱えたまま眼を別な方に向けた。そこにはたったいままで降田良子の画《え》が置いてあったのを山岸が急いで片づけていた。いま、中村あたりに降田良子の画で下手に騒がれると困るのである。ほかの画商にすぐ知れてしまう。

「どう、絵画のルーツ展というのは？」

中村は眼を中久保に戻し、したり顔をした。

「ルーツ展……ですか？」

「ほら、近ごろはルーツ流行《ばやり》でしょう？　画の根源を見せるんですなア」

「とすると、原始絵画展のようなものですか？」

「それだけじゃない。べつに原始絵画と限らなくてもいいけど、源流を現代絵画に探るといった趣向ですな。これはいま思いついただけですが、たとえば九州の装飾古墳の壁画がありますね。あの六世紀か七世紀初頭の画には、フォーヴィズムの巨頭の蟹《かに》原《はら》善之介が随喜している。壁画の解説などで書いているでしょう、モダンだ、新鮮な感覚と力強い描法だ、単化されたタッチ、素晴らしい原色の使用、などとまるで野獣派の先駆のような激賞ぶりです」

「拝見したことがあります」

「それですよ。九州の古墳壁画は模写もされているから、その模写を借りてきてフォーヴィズム画家の作品とならべるんです。そうすると、フォーヴィズムなんてのは、なにもマチスやブラマンクあたりの発明じゃなくて日本の古代壁画画家がちゃんと描いている、ということになる」

「なるほど。面白そうですな」

「解説に、もしかするとドランやブラマンクなどは九州の壁画を何かで見てフォーヴィズムを発想したのかもしれないってね」

「まさか」

「ユーモアがあっていいですよ。もう一つ、壁画のついでに云《い》えば、例の高松塚の壁画です。あれの原色写真を壁面いっぱいに伸ばして貼《は》る」

「どういう画のルーツになるんですか?」

「さしずめ倭絵《やまとえ》の源流ですな。あの繊細な描法と優雅な色彩とは倭絵のハシリといっていいです」

「しかし、倭絵は日本画ですからなア」

「洋画でも日本画からの影響や暗示のがありますよ。まず、輪廓《りんかく》をつけた描線のデリケートなところは室田欽治です。その倭絵的装飾性はさしずめ葛野宏隆というところですかね」

「うむ。なるほどね」

「ルーツの流行がさめないうちにそういうのをやったらどうですか。高松塚は有名だし、この展覧会は一般のアマチュアの参観を集めますよ」

「アイデアがいいですな。ひとつ考えておきましょう」

「あんた、そんな展覧会じゃ画が売れないと考えて、あまり乗気じゃないんじゃないですか?」

中村は椅子に小柄な身体《からだ》を大きく伸ばした。

「はあ。実はそうなんです。着想は結構ですが、それは博物館か美術館むきの展覧会ですね。室田の画なんか売る画はないし、蟹原さんの画ではどうもね。どのように工夫しても赤札はつきそうにありませんね」

「近ごろの中堅画家の画に、室田の系統やフォーヴィズムの系統を無理にでも見つけて、その画をならべるんですよ。われわれがそんなふうに書けば、一般もそれにつれてその眼で見ますよ」

美術評論家が中堅や新人の作品、とくに新人のそれを批評するとき、当の画家の意図したものとは違った点を評価することがある。画家はおどろき、狼狽《ろうばい》するが、やがて自己の気づかざる才能を批評家に指摘されて「眼覚め」、それへ似合わしからぬ才能を絞り出して集中的に努力する。もちろん結果は自明である。

新聞社や雑誌社の美術記者と美術評論家とはどこが違うかという問題はしばしば取《と》り沙汰《ざた》される。けれども美術記者は新聞や雑誌を背後に持っている。たとえ記者本人の署名はなくとも、その個人的な感想は、その新聞や雑誌の名において公共的な意見となる。「展覧会評」「展示会評」「個展評」などといったものはその典型であろう。その影響の大は、あるいは美術評論家の署名を超えるかもしれぬ。

中堅や新人画家の作品を無理してそれにあてはめれば、中村の思いつきによる「ルーツ展」のアイデアもまんざらではなかった。それだと展示した画が売れる。降田良子の画がどのルーツの分野に挿入《そうにゆう》できるかわからないにしても、とにかく売出し方法で一つの工夫ではあると思った。

画商の胸算用は動いた。と同時に、先刻から低迷していた近所のレストラン行きが肚《はら》で決った。壁の時計が五時四十分であった。

「中村さん。ちょっとそのへんで食事しませんか。そこでいろいろとお話をうかがいたいのですが」

中久保は腰を浮かしかけた。

が、中村は笑って手を振った。

「今日はこれから芝の雅風苑に行かなくちゃなんないのでね」

「ははあ、座談会か何かですか？」

中久保は腰を椅子の底に落した。

「いや。それも、ルーツと関係があるんです」

「へえ、雅風苑とルーツとがですか？」

　雅風苑は、もと華族の屋敷を買いとって料亭にしたもので、その庭は「名園」として知られていた。

「直接にはもちろん関係はないですがね。じつは、こんど文芸欄で、わが芸術の心の源流を語る、といったカコミものを連載することになったんです。おっと、これはその連載がはじまるまで内緒にしておいてくださいよ」

「むろん、だれにも云いません」

中村の口止めは、とくにX社の谷口、L社の村井、Z社の梅林が対象のようだった。

「それはね、現代画壇の大家といわれる連中に、影響を受けた前時代の画家について書かせるんです。それも師匠などというんじゃなくて、一般ではあんまり気づかない関係の画家ですな。それも画風とか流派とかがまったく違ったほうがいい。意外性があってね。要するに画風が違おうが、流派が別であろうが、その技法の部分とかエスプリとかに学ぶべきものがあったなら、それが自己の芸術形成の上でルーツの一要素でもある、というわけですね。これはぼくがアイデアを出して部内で通ったんです」

中村は自慢そうな表情をかくさなかった。

「おもしろそうですね」

「で、第一回は田井孝良に、守橋慎平のことを書かせるんです」

「あ、なるほど。それは意外だが、そう云われてみると、うなずけるところがありますね」

田井孝良は画壇の大家で、守橋慎平は大正期に若くして死んだ「異端の画家」であった。画風はまったく違うが、指摘されてみると、そのモチーフに共通点がないでもない。守橋慎平は古典に好んで題材を求めたが、田井孝良のロマンチシズムにも民話風な雰囲気がある。

「ね、興味があるでしょう?」

中村は中久保の顔色が動くのを見て念を押した。

「ありますな」

中久保の表情が動いたのは、守橋慎平を「心のルーツ」とする田井孝良の話とはまったく別のことを考えていたからであった。

「その話をね、田井孝良に持ってゆくと大乗気でね、それは面白いからやると云うんです。で、雅風苑の主人が守橋慎平の画を三枚ほど持っている。近代美術館のほかに個人でまとまって所蔵しているのは雅風苑しかない。で、田井孝良はその画を見に行って、ついでにぼくを食事によんでくれるというんですよ。それが七時からでね」

雅風苑と、この近所のレストランとでは、食事の価値が大違いであった。

「それは結構ですね」

「いや、あまり結構でもないな。ぼくはそんな窮屈なところでメシを食うのは嫌いだけど、まあ仕事ですからね」

「けど、田井先生がお引きうけになったのは大成功でした」

「ああ。田井孝良には第一回を書かせるんですよ」

中久保はちょっと奇妙な気がした。画壇の大家に原稿を書いてもらうのに、この美術記者はふた言目には「書かせる、書かせる」と平気で云っている。背負った新聞社の大看板がその口癖になっていた。しかも当人は気がつかないでいる。

「じゃ、これで」

中村は、もう心は芝の料亭に走っている顔つきで、勢いよく椅子から立ち上った。画廊の表には社旗を立てた黒塗りの車が待っているはずだった。

「あ、中村さん」

出て行こうとする彼を支配人の山岸が呼びとめて近づき、白い角封筒をそっと出した。

「なんですか、これは？」

中村はそれに眼を落した。

「企画評議員の今月ぶんのお礼です」

「ああそう」

中村は封筒をかんたんにポケットに押し入れ、

「どうも」

と、中久保を見返って片手を挙げた。

「山岸君、いまの中村の話を聞いたかい?」

「はあ、聞きました。新聞記者らしい発想ですね」

山岸は社長の横の椅子《いす》に坐《すわ》り、自分でいれた茶を飲んでいた。

「けど、ちょっとおもしろい」

「思いつきではありますね」

「わたしが云うのはR社の紙面企画じゃない。中村の話を聞きながら、ふと考えたのは、降田良子の画にいわゆるルーツがあるかということだがね」

中久保は机の抽出《ひきだ》しから薬の小瓶《こびん》をとり出して二錠を口の中に投げこんだ。

「と、おっしゃると?」

「つまりだ、降田良子の画の師匠だよ」

「それは世田谷のほうにいる栗山とかいう老画家じゃなかったですか?」

「君ものみこみが悪いね」

中久保は抽出しをがたんと閉めた。

「その老画家は降田良子が何とか女子美という私立家政女学校のようなところに通って

いたころ油画の手ほどきをしたという程度だろう？　ぼくが云うのはそれとは違う。彼女のあの変った画をだれが指導したかということなんだ」

「しかし、降田良子は栗山という人以外にはだれからも指導を受けていないと云っていますし、だれからの影響も受けていないと云ってましたが」

山岸は茶を一口音立てて飲んだ。

「うん。ぼくにもそう云っていた。しかし、そういうことが考えられるだろうか、君」

「………………」

「ある日、突然に独自の画風が開眼《かいげん》する、ということがね。寺村さんのようなコレクターの眼にとまった彼女の画だ。寺村さんに導かれたわけじゃないが、降田良子の画はたしかにいい。あれは今後かならず人気が出るよ。画壇を沸かすだろう。それにはこっちも適当に働きかけねばならんがね。げんに寺村さんの話を沢木先生にしたら、先生、だいぶんあわてて前言を訂正したじゃないか」

「あれはおかしかったですな。ぼくも笑いが出そうなのをこらえていました。沢木先生のような評論家がいるんですから、画壇への働きかけは、容易かもしれませんな」

「それにしてもだ、だれからの指導もうけずにああいう画が出来るものかね。降田良子のことだが」

「画集か何かを見て、ヒントをとったんじゃないでしょうか？」

「ぼくも一応はそう思って外国《むこう》の現代画家の画集をひっくりかえして見た。心当りのものはないね。むろん古典的な画家や近代画家の画はぼくらにも詳しくわかっているが、それにも彼女に影響やヒントを与えた画はない」

「近代画家以前のものにはありませんね」

「そんなことが考えられるだろうか。どんな偉い画家でも系列の中に入っている。影響を濃厚に受けた先輩画家がいる。それは絵画史が教えるところだ。しかし、降田良子にはそれがない。いうなれば突然変異だ。突然変異というのは自然科学の世界ではよく聞く話だけど、芸術の世界、絵画の世界にもあるのだろうか」

中久保はふしぎそうに首を振って、

「げんにぼくがね、彼女と東中野のアパートで会ったとき、フランスに行きたければ二年間ぐらいの費用は全部こちらで持ってもいいと云った。その前例もあると話したんだがね。たいていの者がとびついてくるその話に彼女は眉《まゆ》一つ動かさないで、フランスに行っても学ぶところは何もない、と即座に云ったよ。実に無愛想にね。これには、あっと思ったね」

と打ちあけた。

「岸田劉生《りゅうせい》は、こっちからパリに行っておれがピカソたちに教えてやるんだと豪語したといいますね。降田良子も成長すると、そんなことを云いかねませんかな」

山岸がいった。

「君、冗談じゃないよ。こっちはこれから金の卵にできるかどうか切実な問題だよ」

中久保は支配人の他人事《ひとごと》みたいな軽口をたしなめた。

「はあ。すみません」

「突然変異とすれば……しかし、どうも信じられんなア」

中久保はふたたび首を振っていたが、にわかにその顔をあげた。

「君、うっかりしていたぞ」

「なにがですか？」

「彼女が六、七年ぐらい前に油画の手ほどきをうけていたという老画家の栗山という人だ。その人かもしれないよ」

「しかし、彼女の話だと上野の美校を出たきりアメリカに渡ってほかの仕事をしていたのが年とって帰国し、それで家政女学校のようなところで洋画のアルバイト講師をしていたということですが」

「やはりそれだよ。そこがわれわれの盲点だった。その栗山という老画家にあんがい降田良子の画の源泉があるかもしれんぞ。……そうだ、山岸君、明日にでもさっそく世田谷に行ってその栗山弘三という人に会ってくれんか」

「わかりました」

支配人がうけあったとき、女店員が入ってきて、

「京都の原口さんが見えましたが」

と云った。よく人が訪ねてくる日である。

「原口が……」

中久保は山岸と眼を合わせて顔をしかめた。

「なにか画を包んだような風呂敷《ふろしき》包みでも抱えているのか?」

中久保は眉間《みけん》に小皺《こじわ》を寄せたまま女店員に訊《き》く。

「いいえ」

「ひとりで来ているのか?」

「いいえ。いつもの女の方とごいっしょです」

「ふうん」

山岸にまた眼をむけたのは、どうしよう、忙しいからまたの日に来てくれと云って

断わらせようか、という相談だったが、山岸が仕方がないからちょっとだけ会って帰したら、とこれも眼顔で答えた。

女店員が店に引返したあと、中久保はそのへんを見まわし、

「降田良子の画《え》はそのへんに出てないな?」

と、たしかめるように訊いた。

「さっき中村が来る前に隣の倉庫へ入れておきましたよ」

「うむ。それでいい。原口の眼についたら、何を云《い》い出すかわからん。また、ねだられでもしたら困るからなア」

しずかな靴音と草履の音とがつづいて入ってきた。

「こんにちは」

背の高い、瘠《や》せぎすの、色の白い、上品な顔だちの中年紳士が、頭をさげながら、にこにこしてあらわれた。

「社長、いつもお世話になります。山岸はん、まいどおおきに」

彼は中久保と山岸へ叮寧《ていねい》に挨拶《あいさつ》した。

「やあ、いらっしゃい。いつ、こっちへ?」

二分前の曇った顔を消した中久保は、原口とそのうしろに従う中年の女性とを迎え

た。それでもあんまり愛想がよいとはいいかねた。

「ま、どうぞ」

山岸が女性へ椅子をすすめた。

「へえ、おおきに」

和服の女はおじぎをして、遠慮そうに椅子に浅くかけた。その動作にちょっとした嬌態《しな》がみえた。彼女は膝《ひざ》に原口のアタシェ・ケースをのせた。

「いつもおたくはご繁昌《はんじょう》でけっこうどすなア。お店に入った瞬間から、もう活気がふわっと顔をうってきよりますがな」

三分の一は白い髪をきれいに分けた原口は中久保の前の椅子に腰を深くおろし、静かな声で云った。顔も首も長い。撫《な》で肩で、脚も長かった。顔の正面にある鼻は筋が徹《とお》っていて、形のいい唇の下の顎《あご》も長かった。端正な容貌《ようぼう》の五十男である。洋服がぴったりと似合うが、よくみるとその生地がかなり疲れている。ただ手入れがよいのでアラが見えないといったところである。

――原口基孝《はらぐちもとたか》といって、その名刺には「画商」とあるが、店舗をもたぬ仲介画商だった。俗に画を大風呂敷に包んで持ち歩くので「風呂敷画商」などと云われている。あるいは一定の顧客をもち、各画商からの画を借り出して顧客にすすめては買わせる。あるいは所蔵家の画を顧客に世話したり、画商に持ちこんだりして利潤や世話料を収入としている。オモテに出ないから、税金がかからぬトクがあった。しかし、すぐに話がまとまることは少ないので、根気よく両者の間をかけまわらなければならない。したがって、風呂敷画商仲間で一つの売りの物件（画）に何重もの口がついていることもあり、そのへんは不動産業者と共通する点がある。要はかれがいい顧客を持っているかどうかに妙味がかかっている。なかには商売不振のあまり画商から借り出した画をウヤムヤにしてしまう不届者もあった。

原口基孝は、もとからの画商ではない。父親は関西の財界人で、画のコレクターとして知られていた。一流の画商が東山麓《ふもと》の岡崎の原口邸によく出入りしていたので、一人息子の基孝も大学生のころから画にも親しみ、画商たちとも顔馴染《かおなじみ》となった。その父親が死ぬと、基孝は遺産を蕩尽《とうじん》した。若いときから好男子だったので祇園界隈《ぎおんかいわい》でもてた。父親の会社も屋敷も人手にわたった。所蔵の画も売り払った。最初の妻は自殺し、祇園から迎えた二度目の妻は逃げた。その後は正式に結婚せず、いっしょに暮した女は二人だったが、いまの梶村《かじむら》とみ子は三人目の内妻である。大阪の料理屋でヤトナとして働いていたらしい。女を変えるたびに落ちてゆく。気がついたとき原口基孝には何も残っていなかった。そこで学生時代に知っていた出入りの画商たちに頼んで、画の世話をはじめた。売り先は亡父の関係で財界人が少なくなかった。そのほうに「顔」がきく。これが彼の強味であった。

だが、亡父の友人や知人も死亡する者がふえ、ただそれだけでは行きづまった。先方の二代目、三代目にとり入る。このばあい原口基孝の高尚《ノーブル》ともいえる上品な顔だちと、いい育ちを思わせる貴公子ふうな様子とが役立った。父親の影響と、当時出入り画商からの耳学問を基礎に自分でも勉強してきたので、画の鑑賞眼も相当な域に達していた。素人《しろうと》には、あの男のすすめるものならまず間違いないという評判をとった。

彼は関西だけではなく、伝手《つて》から伝手で、東京方面にも商売をひろげてきた。それで、東京には一カ月に一度くらいのわりあいで出てきて、画廊や顧客のあいだをまわる。

店舗をもつ画商にとって風呂敷画商が便利なのは、店で売れない画をほかで上手に捌《さば》いてくれることと、画商の知らない出物、たとえば旧家などに所蔵されている画を探しては持ちこんだりすることである。後者は数が少ないが、ときには意外な掘り出しものがある。裏の商売だけにそのほうの才能がある。画廊もかれらを内心軽蔑《けいべつ》しながらも便利がる面があった。近ごろ数は減ってきたが、原口基孝などはその少なくなった風呂敷画商の一人であった。

彼らの商売はいわゆる「千三つ」で、千口あたって三口しか商談がまとまらぬたとえのとおり、苦労の多い仕事であった。といって彼らは服装をあまり落すわけにはゆかない。身なりが整っていることが相手の信用を得る条件の一つなので、これもまた資本であった。原口基孝がかなりくたびれた英国製生地の、趣味のいい洋服を手入れしいしい着ているのもエナメルの爪先《つまさき》が光るしゃれた靴をはいているのも、その理由からだし、東京にくるときに伴《つ》れて歩く内妻の和服や帯がわりと凝ったものになっているのもまた同じであった。態度も余裕たっぷり、けっして窮迫した顔は見せない。顧客への手土産も、それが資本《もとで》と思って高価《たか》いものを持って行く。

画廊のほうは、ヒマなときはいいけれど、忙しいときに風呂敷画商に来られるのは迷惑であった。中久保が、原口の来訪を聞いたとき思わず顔をしかめたのはそうした気持からである。

「いま、ここへお寄りしたときに展示場で拝見しましたけど、いつもけっこうな画がぎょうさんならんどります。ぼくなんぞは、こちらへ寄せてもろうたびにえらい眼福《がんぷく》をさせてもらうのをたのしみにしとります」

原口基孝は、ものしずかにお世辞を述べた。

「原口さん。店の展示場のほうもなんとかやりくりしてならべてるけど、どうも近ごろは画壇も低迷気味で、いい新作ができませんでね。いきおい、古典的な画をならべるしかないのですが、それもあちこちの展示会に出したようなのが多くてね、新鮮味がない。あんたはお顔がひろいから、どこかで蔵《しま》いこんでいなさる名画を世話していただけませんかねえ？」

中久保はいちおう云った。気のなさそうな語調はいまどきそんな出物が簡単にあろうはずがないことと、早いとここの上品な「担《かつ》ぎ屋」を退散させるにあった。そろそろ表のシャッターをおろす時間でもあった。これから原口に、お顧客《とくい》さんに依頼されているのでだれそれ先生と、だれそれ画伯の画を一カ月ほど拝借できないものかと云い出されるのを封じているようだった。原口は画を「寸借詐欺《さぎ》」する男ではないが、粘られると長くなる。それが面倒であった。それにいまは降田良子の手あてのことで頭がいっぱいになっていた。

「そうどすな。二、三カ所、心当りのないこともおへんけど」

原口は眼を閉じ、隆《たか》い鼻を仰向《あおむ》けて仔細《しさい》らしく考えていたが、その眼を開けると横の内妻へ、おい、と声をかけ、その耳に口をよせて何ごとかささやいた。内妻の梶村とみ子は、黙ってこっくりとうなずいていた。その様子は「心当りの家」について彼女に確認を求めているようであった。

梶村とみ子は、控え目というよりも寡黙《かもく》な女で、挨拶のほかはほとんど口をきかなかった。原口とは十ほど年齢《とし》が違って、四十前後のようだが、そのふっくらとした顔には化粧らしい化粧もしていなかった。眼もとにどこか色気があって、男好きする顔ではある。原口も半分は自慢でどこへでも伴れて歩いているらしいが、彼女のほうも心得ていて、人前に出しゃばるようなことはなく、こうして鞄持《かばんも》ちのつつましさだった。もっとも表と裏とでは違い、家では勝気な彼女に原口がやられ放しだろうとは画商仲間の評判であった。

「そういう先があったら、紹介してください。まあそう急ぎはしませんが」

中久保は口さきだけで云った。

「そら、こないなことは急いだかてあんじょういきまへん。じっくりと話しこまんことにはね。社長、まあ、ぼくに任しといておくんなはれ。そのうちにセザンヌやゴッホが出てくるかもわかりまへんで」

「そんな凄《すご》いのが出ますか?」

「旧家の蔵にはまだまだ何が眠ってるかわかりまへん。セザンヌやゴッホというのんは、大正期の白樺《しらかば》派の文士たちが文芸雑誌でさかんに吹聴《ふいちょう》してはりましたさかい、そのころの金持ちがフランスから買ったのもおす。そういう先代や先々代が死んでしもうて、遺族がその画を紙に包んだまま蔵に仕舞いこみ、画に関心のない子や孫がそのまま忘れたように放ってはる家もおす」

「なるほどね。そういう旧家がまだありますかね?」

「東京周辺や関西にはおへんけど、地方に行くとまだおす。ぼくに心当りがあるというのも、山口県下に二軒と高知県の田舎に一軒どす。どっちゃも死んだ親父《おやじ》の知り合いどしたけど」

「あなたにはお父さんの顔という強味がありますな」

亡父の身上《しんしよう》を潰《つぶ》した不肖の伜《せがれ》の顔を中久保はあらためて眺めやった。

もっともそれだけでなく、「担ぎ屋」のなかには年中「掘り出しもの」を求めて全国を歩いていて彼らの収集能力や捜索の嗅覚《きゆうかく》は発達していた。

「おおきに。これもオヤジのおかげどす。ぼくはえらい不孝息子どすが、オヤジは草葉のかげからぼくをあたたかく守ってくれてはるようどす。えらいありがたいことで」

「まあまあ、精を出してくださいよ」

「へえ、おおきに。そういう掘り出しものが出よったら、ぼくは間違いのういちばんにこの光彩堂画廊はんに持ってきます。東京ではここにいちばんよう可愛《かわい》がられてるとおもてますさかいになア」

「ほかの画商のところにも回ってなさるでしょう?」

「へえ、そ、そら、やっぱり商売どすさかい」

原口は少しあわてたようにどもったが、

「そやけど、社長、それに山岸はん、こないなことを云うとえらい申しわけないけど、叢芸洞画廊はんには、ぼくはあんまり出入りしておりまへん。こちらとは、やっぱりその張り合うてはるお店やさかいに、義理を立てる気持がおしてなア」

と中久保の顔色を見るようにして云った。

「いや、原口さん。そんな義理なら無用にしてくださいよ。なるほど叢芸洞さんはウチの競争相手ですが、それは商売上のこと、叢芸洞の社長の大江さんとも支配人の小池君とも何ら個人的な感情対立はありません。商売上のライバルということで、こっちは叢芸洞さんからいい刺戟《しげき》をうけて感謝しています。切瑳《せっさ》琢磨《たくま》という言葉がありますが、われわれはそれにあたるのですな。原口さん、ぼくのほうには遠慮しないで、叢芸洞さんとこにもどうぞ頻繁《ひんぱん》に出入りしてください。ことにあそこは大江社長が病気で長いこと休まれておりますからな。ま、小池支配人がよくやっていますが」

中久保は、叢芸洞とは「不倶《ふぐ》戴天《たいてん》の商売仇《がたき》」という誤解をとくように述べた。こういう連中の口から噂《うわさ》が拡大してゆくのである。

「へえ。ようわかりました。……けど、やっぱり叢芸洞はんにはこれまでの行きがかり上、敷居が高うおしてなア」

原口は困ったふうに云った。その困惑した表情の下には中久保への追従《ついしょう》があらわれていた。

光彩堂画廊には、こうした風呂敷《ふろしき》画商が一週間に二、三人は回ってくるのだった。

5

光彩堂画廊の支配人山岸孝次は、電話帳を調べて世田谷の林台《りんだい》女子美術学校というのにダイヤルした。昨夕、社長の中久保に云《い》いつかった用事の遂行である。

庶務課の女職員が出た。

「栗山先生は三年前に本校の講師をおやめになりました」

事務的な声だった。

「あの、よそにお勤めがかわられたのでしょうか?」

「そういうお話は聞いていませんが」

「おやめになったのはご健康上の理由からでしょうか?」

「はあ。なにぶんお年でいらっしゃいますからね。それに、本校とは講師の契約期限が切れましたから」

冷たい口調であった。

降田良子の話だと、栗山弘三は七十をすぎていると思われるので、その返事はもっともだが、あまりにも飾り気がなかった。この学校に洋画の講師で居たときの栗山の待遇ぶりが想像できた。

「わたしは栗山さんと郷里がいっしょの者ですが、済みませんが栗山さんのご自宅の電話番号を教えていただけませんか?」

「ちょっと待ってください」

女職員は面倒臭そうに云い、名簿でも繰っているようだったが、やがてまた乾いた声を聞かせた。

「電話はないようです。住所を云います」

「あ、ちょっと待ってください」

山岸はメモを引きよせたが、ボールペンが見あたらないのであわててさがした。

「どうぞ」

「世田谷区豪徳寺中台町三ノ四二、泉アパート一ノ八です」

「あの、その住所にいまも居られるのでしょうか?」

「それは知りません。三年前に講師をやめられてからは本校には一度もお見えになっていませんから」

「ありがとうございました」

山岸は、手土産にメロンの一個詰化粧函《ばこ》を提げて新宿駅から小田急線に乗った。豪徳寺駅で下車すると、ここのホームは高いところにあって、急な石段を降りると、狭い駅前の商店街だった。その混雑の中を車が通る。菓子屋で番地を聞くと、それは線路から南側だった。

「何か目標になるものはありませんか?」

「さあ知らないね」

買いもの客でない者に商人は冷たかった。

ガードをくぐると、坂道だった。主婦も学生も降りた自転車を押して坂を登っていた。のぼり切ると、大きくない住宅が台地上に密集していた。それでも家の裏にはケヤキの疎《まば》らな木立が空に伸びていた。

近くの住人だと思われる通りがかりの人に訊《き》いても中台町三ノ四二はわからなかった。交番も見当らない。山岸は家の前に出ている町名番地の標示板をたよりに歩いたが、この辺の幅のせまい道路は昔の畔道《あぜみち》そのままに曲りくねっていて、枝道もいくつも岐《わか》れていた。ところどころにケヤキの高い梢《こずえ》が屋根の上にそびえていた。知らない土地をぶらぶらと歩くにはいい日和《ひより》なのだが、番地探しにあせっている山岸は汗をかいた。

ようやく交番を見つけて豪徳寺までの道順を教えてもらった。その寺の近くだという。しかし、それも途中で二度ほどたずねた。

寺は城あとの公園を曲った高台にあった。門前に「井伊《いい》直弼《なおすけ》墓」の石標がある。道路から見ても境内のケヤキ・クヌギ・モミジの新緑がむせかえるばかりで、銀座では肺に吸いこめない青い空気だった。

泉アパートは寺の外塀《そとべい》に沿って少し入った横にあった。三階建てが五棟ならんだ小さな団地だった。ずいぶん前に建てたらしく、よごれた壁の窓々にはフトンや敷布や下着などの乾《ほ》しものがにぎやかに出ているが、老朽が目立った。

前に立っている団地案内図の掲示板を見ると、一ノ八は一号棟の八号室であった。その一号棟は寺の塀に近いところで、境内の高く繁《しげ》った林のために日光が遮《さえぎ》られ、そのほうの側は壁も窓も影に蔽《おお》われていた。

山岸は入口をはいった。この一号棟だけの住民表が出ていた。八号室は間違いなく

「栗山」と書いてあり、そこは漆喰《しっくい》の中通路を進んだ左側のまんなかであった。

そこに肥《ふと》ったエプロンがけの四十くらいの主婦があらわれて、住民表をのぞく山岸を胡散《うさん》臭そうな眼つきで見るので、彼は栗山さんの八号室に行く者です、と断わった。あ、そう、と銀座のフルーツ店の包み紙の函に眼をちらりと向けた主婦は、つんとした顔で表に出ようとした。それを山岸は低い声でひきとめた。

「栗山さんには、ご家族が大勢いらっしゃるんでしょうか?」

人数が多いと、手土産のメロン一個が気になったのである。

「栗山さんには家族はありませんよ」

主婦は小さな眼を彼にむけて云った。

「え?」

「栗山さんは、独りです。奥さんも子供さんも居ません」

「ははあ。でも、かなりなお年寄りと聞きましたが」

「年寄りでも独り者は独り者です。自炊していますよ」

八号室のドアの横に出ている「栗山」の標札は手製のもので、ケヤキの枝を小刀で削ってあり、「栗山」の名も肉太な筆でなぐり書きしてあった。それが部屋主が芸術家であることを見せていた。

ドアを低く二度たたくと、それだけで内から、

「どなた？」

と、案外に大きな声がした。張りのある声だったので、山岸ははじめだれかよその若い男が来ているのかと思った。

「銀座の山岸という者ですが」

隣近所の耳をはばかって、ドアの外では光彩堂画廊の名は口にしなかった。

「どうぞ」

それ以上には問いもせず、ドアが開かれたが、そこでいきなり両の耳にまばらに垂れている白い長い髪と、皺《しわ》の波打ったすすけた顔と、見開かれている鈍い眼とに山岸は近々と対面した。

皺の筋張った頸《くび》から上はそうだが、その下は赤の地に黒の粗い格子縞《チエツク》が入っているシャツと、空色のズボンというアメリカ生活をしてきた者らしい派手なとりあわせだった。もっともよく見ると、それは相当に着古したもので、赤いシャツはくろずんだレンガ色に変り、ズボンのもとは冴《さ》えていたであろう空色も濁った鳶色《とびいろ》を帯びていた。そうしてシャツの衿《えり》もとはすり切れ、ズボンの裾《すそ》もケバが立っていた。

山岸は叮重《ていちょう》に頭をさげた。

「失礼ですが栗山弘三先生でいらっしゃいましょうか?」

「栗山です」

山岸は名刺を出した。

「ええと、ちょっと待ってくださいのう」

栗山は年とって縮んだ背中を見せて奥に入った。間はカーテンで仕切られていたが、眼鏡をかけに行ったらしかった。

「おやおや」

奥からすでに高い声が聞え、カーテンを大きくめくって老画家が総入れ歯をむき出しにし、顔面を揉《も》み苦茶にして相好を崩しながら再びあらわれた。

「光彩堂の支配人さんでしたか。こりゃ、ようこそ。さあ、むさ苦しい独り住いの部屋ですが、どうぞ中へ入ってつかアさい」

山岸は名刺から栗山が勘違いしていると思ったものの、その場ではすぐに説明できないので、とにかく招じられるままに中へ通った。栗山は有名な銀座の画商の支配人が来訪したというので、どうやら自分の画《え》を買いに来たと思ったらしかった。

ここは2DKだが、古いながらも台所《キチン》もきれいに片づいているし、籐《とう》イスの応接セットを置いた板の間には色のさめた花模様のうすべりが敷かれてあるが、始終拭《ふ》きあげているらしくそれにも汚れはなかった。居間の一つは襖《ふすま》で仕切られているが、もう一つは大きな赤い筋の入ったカーテンが閉められてあった。老人の独り暮しとは思えぬくらい掃除が行き届いていた。

しかし、その部屋はうす暗かった。窓が豪徳寺の森に塞《ふさ》がれて陽が射《さ》してないのである。一号棟でも最も条件の悪い側にあった。家賃はたぶん他《ほか》よりは安いにちがいない。

どうぞおかまいなく、といっても栗山はジャーから湯を注いで紅茶をつくった。

「早速でございますが、じつは、今日突然に、ご都合も聞かずに参上しましたのは、降田良子さんのことを先生におうかがいしようと思いまして」

山岸は、栗山の早合点を解くためにもすぐに云い出した。

栗山は一瞬きょとんとした顔になった。はたしてこの老画家は予想と違った画廊の支配人の切り出しにとまどっているふうだった。

が、それだけでなく、降田良子の名を出しても、栗山のぼんやりとした表情は変らなかった。記憶がないらしかった。

こんどは山岸の予想が外れた。栗山と降田良子とは関係も連絡もないらしいのである。栗山が空とぼけているとも見えなかった。

「憶《おぼ》えていらっしゃらないでしょうか。先生がこの豪徳寺にある林台女子美術学校で洋画を教えておられたころの生徒さんでございますが」

「ははあ。あの学校では校長に無理にたのまれて三年前まで洋画を教えとりましたが」

無理にたのまれたというのは栗山の見栄《みえ》のようだった。電話の女職員の冷たい口調が山岸の耳には残っていた。

「降田良子さんというのは、六、七年前に先生について二年間、洋画を教えていただいたそうですが」

「六、七年前？　わたしの授業は評判がようて、女子生徒も毎年三十人以上来とりましたけん、名前だけ云われてもようわかりませんがのう」

栗山の顔には、光彩堂画廊支配人の名刺を見たときの降って湧《わ》いたような喜びが凋《しぼ》んでいた。しかし、山岸の質問に無愛想というのでもなかった。彼が記憶を積極的に呼び戻そうとしている証拠に、首をしきりとひねって、

「せめてその生徒の顔写真でもありゃええ思いますけんどのう。そしたら憶《おも》い出すのにみやすいのやけんど。それとも何か、特徴があるとええけど、それはありませんか

な？」

と、広島訛《なまり》で協力を示したことだった。

「そうですねえ、顔の特徴というと……」

山岸は一度見たことのある降田良子を説明で描写しようとしたが、いざ口で云うとなると、これがむずかしい。似たような女の顔はざらにありそうだからである。それに自分も店で一回しか遇《あ》ってない記憶なので、人にむかって特徴を正確に挙げるほどの自信がなかった。

が、山岸は中久保から聞いた話に思いあたった。

「そうそう、その降田良子の出身地ならわかります。彼女は福島県の真野町の生れだそうです。家は菓子の製造業で、それも銘菓として知られている老舗《しにせ》ということです」

中久保が東中野の降田良子のアパートを訪ねて行ったとき、そこの管理人から聞き出したという彼女の身もとであった。

「福島県真野町の菓子屋の娘ねえ。……」

下をむいてひとりで呟《つぶや》いていた栗山が、皺にかこまれたその濁った眼をにわかに挙げ、鳶色になったズボンの片膝《かたひざ》をぽんとたたいた。

「あ、それで思い出しました。福島県の菓子屋の娘ちゅうことでの。わたしは六年ぐらい前に、その親御さんの家から自分とこで造った和菓子を娘が世話になっとるお礼じゃ云うて、えっと送ってもろうたことがあります。たしか降田山湖堂というとりました。『奥の山風』というのが菓子の名前でしたの。風味のある、うまい菓子でしたわい」

老画家がもらった菓子のことばかり憶えているように云うので、山岸は少々心細くなって、

「その娘さんですが、降田良子というのにご記憶はありませんか？」

と、サンフランシスコの場末の老人ホームにでも居そうな相手の顔をのぞきこんだ。

「そういわれてみると記憶がありますな。年をとって忘れてしまうことが多うなって困るのでやんすが、顔はぼんやりとおぼえちょります。そう目立つほどきれいな顔じゃなかったように思いますけんどのう。……」

と、そこで彼は気がついたようにあわてて口をおさえ、

「支配人さん。あんたがその教え子のことでわたしのところへ来られたのは、縁談があって、その身もと調査ですかいな？」

と、窺《うかが》うように山岸を見た。

「いや、そういう話とは違いますから、ご安心ください」

降田良子が目立つほどきれいな娘ではなかったというだけでも、もとの老洋画教師には彼女の記憶が残っていた。

「それで、先生が学校で洋画を教えておられたころの降田良子の成績はどうでしたか?」

「そうじゃのう。マチエールはよかったように思いますのう。技術のうまい生徒の一人のように憶えとります」

「そのころからズバぬけた天才的な素質がありましたか?」

「さあ。そこまではだれかてもってませんがな。天才的な素質ちゅうたら、そら、あんた、えらいことでがんす」

栗山弘三はそう云《い》ったあと、怪訝《けげん》そうに山岸の顔をじっと見て、

「あんたの話ぶりからすると、降田良子は、あれからずっと画を描いておって、しかもその画があんたのような一流画廊の支配人の眼にとまるくらい評判がええように聞えますがのう。そねえに立派な画描きになっとりますのか、降田良子は?」

と、膝をイスの上から乗り出した。

ここまでくると山岸もまったく隠しもならなかった。ぼかしながらも、ある程度は

話さないと降田良子の画が、中久保の想像するように、この旧師匠とつながりがあるかどうかつかむことはできなかった。

「じつは、降田良子さんはなかなか面白い画を描いているんです。画壇の一部では最近認められつつあるんですがね」

山岸は、抽象的だが、彼女の画のだいたいのアウトラインのイメージがとれる程度に話した。

栗山弘三は、眼をしばたたきながら、またしきりと首を捻《ひね》った。

「へええ。そがいにあの子は上手になりましたかいな。へえ、おどろきましたのう。わたしが教えてから七、八年くらいしかよう経《た》ってないのにのう。……」

いかにも信じられないといった表情で、腕組みしていた。

山岸は、ここらで栗山弘三の画を見せてもらう時だと思った。

「あの、申しかねますが、よろしかったら、先生の画を拝見したいのでございますが」

山岸は栗山弘三に言った。

栗山は、降田良子の画がいま評判だと光彩堂画廊の支配人から聞いて、呆然《ぼうぜん》としているばかりである。彼自身、以前の教え子がそこまで成長しているのにとまどっていた。しかし、山岸としては栗山の画を見ることによって降田良子にひきつがれたものがそこにありはしないかと確かめたかったのである。

それと、もう一つの意図があった。社長の中久保の話だと、降田良子は変った女で画を容易に描こうとはしないという。それなら、旧師の栗山に彼女を説かせる方法もある。それには栗山の画を見て、適当におだてることが必要だと思った。

「そうですか、そうですか」

栗山は画商の番頭の申入れによろこび、さっそく立ち上った。

「どうか見てつかアさい」

話が旧弟子のことになっていささか予想とは違い、がっかりしていた栗山は再びそこにもどったので、にわかに元気づいた。

彼は奥の仕切りのカーテンを開いた。そこは六畳くらいの部屋だったが、板の間に改造してあり、まわりの壁には大小のキャンバスが何枚も重ねて立てかけてあった。まん中には画架《イーゼル》が置かれ、それにも描きかけの画が載っていた。画架の前には使い古した座布団《ざぶとん》が一枚置かれてあったが、それはこの老画家の尻《しり》でうすくなっていた。周囲には絵具のチューブが散乱し、三つの陶器壺《つぼ》には筆がかたまって投げ入れられ、きたなく絵具を融《と》いたパレットがひろがっていた。どうやら栗山画伯は年のせいか、ずぼらのようであった。

　しかし、それにしては、花模様のうすべりを敷いた居間のほうはきれいに整頓《せいとん》されすぎていた。キチンもよく片づけられていた。カーテンで仕切った六畳の乱雑さとはたいそうな違いだが、こっちは「仕事場」だからかまいつけないのであろう。

　山岸は画架に載っている三十号ぐらいの画を見た。風景画だった。未完成だが、半分以上は進行していた。この近所の風景らしく、ケヤキの林と人家とがあり、近景に赤土の畑がひろがっていた。細密に写生が描きこんである。大正期か昭和初期の印象派だったが、それよりも草土社ふうな画風だった。畑の赤土を強調しているところなどは、岸田劉生《りゅうせい》の真似《まね》だった。むろん統一も迫力もなかった。

　栗山はさっそくに画廊の支配人の意見を訊《き》いた。表情は自信たっぷりだった。

「いかがですか？」

「けっこうですね」

　山岸は仕方なく云った。

　栗山は満足そうにうなずき、

「この辺もひらけてしもうてな。畑が少のうなりましたけん、それをさがすのが骨でしてな。これは青梅《おうめ》に行ってスケッチした畑をこれにくっつけたのですわい。風景も合成せにゃなりません」

と、ふわ、ふわ、と笑って解説した。

「それでは出来上っとる画を見てつかアさい」

栗山は壁に重ねて立てかけている五十号ぐらいのキャンバスに手をかけた。

山岸は、画架上の描きかけの画を見ただけで見当がついたが、さっきいった言葉の手前、もうけっこうですともいえなかった。

その五十号は女の半身像だった。片手の指さきに百合《ゆり》の花を一本持っていた。これも大正期の画によく見かけたものだ。女の顔はむろん写実で、髪一本一本、着物のひだの一つ一つがこくめいに描きこんであった。背景は青空に白い雲片が浮いていた。

「どがアなもんですかのう?」

栗山は山岸に意見をきいた。

「けっこうですね」

栗山もいっしょにその自作を眺め、このモデルの女は自分の姪《めい》だと説明した。

次は、四十号ぐらいの静物を見せられた。リンゴと鉢。鉢の染付けの青い文様。リンゴの影の重なりと輝部《ハイライト》。背景は画面の中央を上下に二分し、下は黒、上は青。これも岸田劉生の画によくある構図だった。

「どがアなもんですかのう?」

どがアなもんですかのう、どがアなもんですかのう、と栗山は完成した自作を次々と見せては云った。しかし、それ以上には山岸の意見を訊かなかった。どれを見ても、けっこうです、という彼の返事に満足しているようだった。大きいのは八十号、小さいので二十号、全部で三十枚あまりの画を見せられて山岸はうんざりした。

最後の一枚は三十号の人物で、首の長い瘠《や》せた男の顔だった。ほほ骨が張って、眼が細く、鼻筋はとおっているが、その先が少し上を向いていた。唇はうすくて横に長かった。二十五歳前後の年齢に見え、ネクタイは火が燃えるように赤かった。

「どがアなもんですかのう?」

「けっこうですね」

山岸はこれでおしまいかと思うと肩で溜《た》めた呼吸《いき》を吐いた。

「これは、わたしの甥《おい》でがんす。いちばん下の弟の末っ子でありますがのう。わたしがよう可愛《かわい》がっとる甥ですがのう」

「ははあ。いい姪ごさんや甥ごさんをおもちで先生もお仕合せですね」

「はあ、ありがとうあります」

栗山は最後の一枚を裏むきにして立てかけると額にかかった白髪を片手で撫《な》でてあげた。

この老人には兄弟は多いらしい。が、子供はないようだ。独り暮しは妻を亡《な》くしたのか、はじめから独身なのか、そのへんはわからなかった。独身ならアメリカ生活が長かったせいかもしれない。

このとき、入口のドアがやさしくノックされた。

「はいれやア」

栗山は、その訪問者が分っているかのようにそこから大声をかけた。

部屋にあらわれたのは長めの髪をした細い身体《からだ》つきの長身の男だった。

山岸は入来者を一目見るなり、それが最後に鑑賞した人物画のモデルだとわかった。せまい額、引込んだ細い眼、出張った顴骨《かんこつ》、その下の落ちくぼんだ頰、徹《とお》った鼻梁《びりよう》と薄い唇、そして何よりも長い頸《くび》の特徴が画《え》の上半身とそっくりであった。画と違うのは、真赤なネクタイが真紅のハイネックシャツに変っていることだった。下にはジーパンをはいていた。

男はきちんと膝を折って坐《すわ》った。

「これは、さいぜんお見せした画の甥でありますがのう。池野三郎といいます」

こちらは銀座の有名な画廊光彩堂の支配人さんじゃ、と栗山はひきあわせた。

頸の長い甥は、はにかむように微笑をうかべ、細い身体を折って山岸に両手を突いた。山岸が名刺を出すと、それを女のような手つきで頂くようにうけとり、赤いシャツのポケットに叮寧《ていねい》におさめた。

「おいサブや。そのへんをすこし片づけてくれいや」

栗山は甥に命じた。

「はい」

池野三郎はやはり二十五歳前後にみえた。画ではそうでもなかったが、顔色は蒼白《あおじろ》かった。それと、画に現われてないのは三郎の動作で、彼は襖《ふすま》を開けて中に入ったが出てきたときはうす青い格子縞《こうしじま》のエプロンを前に着けていた。そのままキチンのほうへ行ったが、すぐに水音と茶碗《ちゃわん》を洗う音が聞えた。その長身のうしろ姿はきゃしゃなくらいで、さっきの歩きかたもくねくねとしていた。

「そこが済んだらのう、ここに頂戴《ちょうだい》したものがあるけに、これをお出しして、それから画室が散らかっとるけえ、きれいにしとくんやで」

「はい。わかりました」

水音の中の素直な返事だった。

山岸には、この室がきれいになっている部屋とそうでない部屋とに分れている理由がはじめてのみこめた。甥が来て片づけ掃除をしているのである。老画家のほうはものぐさで、横着者のようだった。

「いい甥ごさんがおられて、先生もお仕合せですね」

「はあまあ、あれが居《お》るけに助かってはおりますがのう」

年寄りは甥の後姿に眼を流して云った。

「ご近所ですか？」

「品川のほうに住んどります」

品川ときいて山岸はちょっとおどろいた。ここからはかなりあるし、途中面倒臭い電車の乗りかえもある。そんなところからわざわざ伯父のアパートに掃除などのサービスにやってくる甥が、近ごろ珍しかった。

「会社におつとめですか？」

「はあ、まあ、ちょっとな」

栗山ははっきり答えなかった。今日はウイークデーだ。休日でもないのに昼間から伯父の家に来ているところを見ると、工場につとめていて今日は夜勤かもしれなかった。品川や大崎あたりには工場が多い。

やがて甥は、山岸が持参した手土産のメロンを切り、二つの皿にのせ、おしぼりも添えて持ってきた。その手つきもやさしかった。

「けっこうなものを頂戴してありがとうございます」

池野三郎はきちんと両膝《りょうひざ》を揃《そろ》えてしとやかに山岸へ礼を述べた。その言葉つきもやわらかだった。

「どういたしまして」

山岸も主婦にむかっているような気持になってかたちを改めた。

優しい歩き方で向うへ行く甥の後姿は、長い髪と真赤なシャツとジーパンなので、女性と見紛《みまが》うくらいだった。

「ところで支配人さん」

老画家は山岸に切り出した。

「わたしの画がお気に入られたようじゃけエに、おたくにお渡ししてもようありますよ。ご希望によっては何枚でもようがんすがのう」

栗山の皺《しわ》の中にかこまれた濁った眼は自信たっぷりだった。それは画商の乞《こ》いに応じる大家の態度でさえあった。

6

次の日社長室に入った山岸に中久保がさっそく栗山弘三に会ってきた様子をたずねた。

「どうだった?」

山岸は首を二、三回つづけて横に振った。

「まるきりダメですな」

「やっぱりダメか?」

中久保は半分ぐらい期待していたようだったので、その程度の失望をあらわした。

「栗山さんの画《え》を見せてもらいましたがね。三十枚くらい描いているんです。みんな古臭いものばかりです。大正期の写実派ですよ。草土社風の画ですが、ひどいものです」

「草土社とはまた旧《ふる》いなア」

「劉生の周辺にいた椿《つばき》貞雄や清宮彬《せいみやひとし》らのグループに出遇《であ》ったような気がしました。それがまたおそろしく下手糞《へたくそ》なんです。思うに栗山さんが上野の画学生だったころヒューザン会や草土社の画風を追慕して、すでに故人になったはずの劉生に影響されたと思います。そこがまた変っているんですな。当時画壇に流行《はやり》の後期印象派には眼もむけてないようですからね。構図も劉生の模倣ですよ。そうして、栗山さんはそのままアメリカに渡って、向うでほかの仕事につき、何十年ぶりに日本に帰ったもんだから、画学生だったころの画がそのとおりに残っているんですな。ぼくは亡霊にでも会ったような気がしましたよ」

「ふむ。いまどき珍しい人がいたもんだな。それだと降田良子にはまったく影響を与えていないわけだね？」

「とてもとても。爪《つめ》の先ほどもありません」

山岸はまた首を振った。

「そうすると、その老洋画教師はやっぱり彼女に画の手ほどきをしたという程度か？」

「そうとしか考えられませんね」

「しかし、そこから降田良子のあの画が発生したというのは、どうもふしぎでならんなア」

「社長。それはこういうことじゃないですか。画の描き方の手ほどきと、画の才能とは違うということですな。もしかすると降田良子はその前から画のテクニックは知っていたかもしれません」

「君もそう思うか。じつはぼくも同じことを考えてはいたがね。しかし、それならなぜ彼女は家政学校のような林台女子美術というあんまり聞いたこともない私立学校に行ってその古くさいアメリカ帰りの老教師に習わねばならなかったのかね？」

「さあ。そこがよくわかりませんがね。田舎で画の初歩は習ったが、東京に出てもういちど画の勉強をしたかったということじゃないですか。ところが行く先を間違えて、あんな学校へ入った。たぶん林台女子美術という名前に錯覚をおこしたんじゃないでしょうかね」

「うむ。それは考えられるね。東京のことに不案内な地方の人間にはありがちなことだな。……それとも、降田良子と栗山という人とは前から何か縁故でもあったのかな」

「それはまったくないようですね。栗山さんにきいたら、自分の教え子に降田良子というのが居たかどうかも記憶があやふやな様子でしたよ」

「そうか」

「ただ、福島県の真野町の降田山湖堂から『奥の山風』といううまい菓子を送ってもらったのを栗山さんは思い出したらしく、あれが降田良子という教え子の親もとだったか、と呟《つぶや》いていたくらいです」

「そうか。真野町の菓子屋だとは聞いていたが、降田山湖堂というのか」

中久保は机の上にあるメモ用紙をとってその名前を走り書きした。

「社長。ぼくは、あるいは旧師弟のつながりで、栗山さんから降田良子にすすめてもらったら、彼女が画を精出して描くんじゃないかと思いましてね、栗山さんの機嫌をとるつもりで、ろくでもないその画を仕方なしに賞《ほ》めたんです。そしたら、自分の画を何枚でも好きなだけお前んとこに渡してやる、と栗山さんに云《い》われましてね。それを遠まわしに断わるのに骨が折れましたよ」

「栗山という人は貧乏しているのかね？」

「七十をすぎた老人ですからね。元気はいいのですが、奥さんも子供さんもなく独身です。兄弟が多いらしいからその共同の仕送りでも受けてるんじゃないですかね。ちょうどぼくが居たとき二十五ぐらいの甥というのが来ましたがね。これが、やさ男で、くねくねしてまるで女のようなんです。その甥が来ては、部屋の掃除なんかしていましたが……」

電話が鳴った。

話を途中にして山岸が受話器をとった。彼は先方の声を聞くと、たちまち声を改めた。

「は。山岸でございます。どうも、まいどありがとうございます。は、中久保はここに居《お》りますでございます。少々、お待ちくださいますように」

彼は見えぬ話相手におじぎして受話器を中久保のほうへさし出した。

「社長。寺村さんからです」

「はあ、中久保でございます。まいどごひいきにしていただいてありがとうございます」

中久保は型どおりの挨拶《あいさつ》ながら熱がこもっていた。

「はい、はい。降田良子さんの画でございますか。申しわけございません。いま、降田さんを催促して描かせておるのでございますが、もうちょっとお待ちくださるように。はあ、五十号ぐらいと思っておりますが、出来上ってみないとよくわかりませんし

描かせているのに何号の大きさになるのかわからないという矛盾に中久保も気がついて、

「じつは降田さんはちょっと変っておりまして、出来上った画をこちらでもらうまでは何号になるのか正確にはわからないのでございます。つまり自分の思うままにキャ

ンバスの大きさを決めてしまわれるので。そこが芸術家なんでございましょうね。はい、そういうことでございます。まだお若いけど、ああいうユニークな作品を描かれるくらいですから。……そうでございますね、あと二週間ほどお待ちくださいますか。それまでにはなるべく五十号ぐらいのをお持ちできるかと思いますが」

中久保は叮重に云っていた。

横でその声を聞いている山岸は、そんな安請け合いをしていいものかと思った。降田良子は相当に偏屈なようである。画商の注文に大よろこびしてすぐに描きあげる新人画家とは違うようだ。もっとも、二週間がきて画ができていなければ、もう少しお待ちを、と寺村に一寸延ばしすることはできる。中久保は商売人であった。

それで電話は終るのかと思っていると、先方が何かつづけて話しているらしく、中久保は受話器を耳からはなさなかった。のみならず、彼はとつぜんおどろいたような声で、

「え、それはほんとうですか、社長さん?」

と問い返したが、その眼は大きく見開かれ、瞳《ひとみ》がすわっていた。

「ほう、ほう」

中久保が寺村の電話にいちいち意外げな返事をしているので、山岸も中久保の顔を

横から見まもった。

「それは、どのような図柄で？」

中久保の声は真剣だった。

「ははあ。なるほど。そして何号でございますか？……ははあ」

中久保は緊張した面持で、やっぱり、というように受話器を耳にしっかりと当てたままうなずいていた。

「そうして、それは叢芸洞さんのだれが社長さんのところにお持ちしたのでございますか？　はあ、やっぱり小池君がねえ」

これにも顎《あご》を三度引いた。

「それは社長さん。お望みのものがお手に入ってよろしゅうございました。わたくしのほうも、降田さんの新作をせいぜい急がせますのでよろしくおねがいします。はい、ありがとうございました」

声とはうらはらに気むずかしい顔で中久保は受話器を措《お》いたが、そのままの表情で山岸へむいた。

「君、小池君が降田良子の画を寺村さんのところへ持って行ったよ。昨日ということだ」

中久保の受け答えで、山岸にも電話の内容に想像がついていた。

陽和相互銀行社長の寺村素七には光彩堂画廊がおもな出入り画商だったが、叢芸洞からもときには画を買っていた。もっとも叢芸洞の支配人小池直吉は光彩堂に遠慮して、そう繁《しげ》くは出入りしなかった。

「小池君はどんな手ヅルで降田良子に画を描かせたのでしょうか?」

山岸はそこがわからなかった。

「注文して描かせたのじゃない。ウチにあったのが叢芸洞に流れて行ったのだ」

中久保は机の抽出《ひきだ》しを音立てて開け、煙草《たばこ》をとり出した。

「寺村さんにその画をきくと、中央にひろくピンクとブルーでアジサイと菊とが抽象風に円形に描かれ、その下に圧《お》しつけられたように男の半身像が頭を両手でかかえ、女の半身像が髪をふり乱してうつむいているという。そこだけが具象になっている」

「あ、それは、海江田先生の画に付けて石井さんとこへ行った降田良子の四十号じゃありませんか?」

山岸はびっくりした。

「そうさ。こちらが石井さんにきいたら、友人のところへやってしまったという画だ。

その友人というひとの名をきくと下北沢で開業医をしている諸岡さんというので、その画を買い戻そうとしていた矢先だったやつだよ」

石井庄助は小石川のほうで外科専門の個人病院を経営している。光彩堂が海江田画伯の画におまけとして付けた降田良子の画を石井院長は仲間の諸岡医師に進呈したのである。

「こっちは石井さんに頼んでその画を諸岡というお医者さんから回収してもらおうと思って、石井さんの顔を立てていたのがいけなかったんだ。石井さんがぐずぐずしているあいだに、小池君にさらわれて寺村さんとこへ持って行かれたんだよ」

中久保は腹立たしそうに煙草をつづけてふかした。

「しかし、妙ですな。小池君にはどうしてあの画が諸岡医師のところにあることがわかったんでしょうか？」

山岸はそれがふしぎだった。

「それがぼくにもわからん」

中久保は煙を大きく吐いた。

「山岸君。ぼくが東中野の降田良子のアパートに行ったとき、はじめは彼女が留守だったので、昼飯を食いに新宿へ出たところ、そのレストランで小池君とばったり会った話はあの日帰ってから君に云ったね？」

「はあ。聞きました」

「どうも小池君が東中野に近い新宿でめずらしく昼飯などとったりして、イヤな予感がしていたが、これはその予感があたったかもしれないよ」

「というのは小池君が降田良子に接触していることですか？」

「小池君はこそこそして油断がならんからなア」

それにひきかえ君は、と云いたそうな表情が山岸を見る中久保の眼をちらりと過ぎた。

新宿で小池直吉に会ったとき、彼を持ち上げるつもりもあって、「君と山岸とでは勝負にならないね」と云ったものだ。

「しかし、社長は降田良子に会ったとき、彼女はほかの画廊からはどこも来てないと云ったそうじゃありませんか？」

「うむ。それは、まあ、そう云ってたけどなア」

中久保はそれを思い出し、降田良子が嘘《うそ》を云っているとも考えられなかった。すると、小池はどこからあの画が石井院長から諸岡医師のところへ入ったのを聞いたのか。石井院長は光彩堂でしか画を買っていないのである。

「社長。それにもまして奇妙なのは、寺村さんが降田良子の画に強い興味を持っていることをどうして小池君はかぎつけたんでしょうかねえ？」

たしかに山岸の疑問のとおりだった。

それにつけてもまた思い出すのは新宿のレストランで肥《ふと》った小池がにこにこしながら云った言葉である。

（わたしらが欲しいのはパンチのきいた新人作家の出現ですよ。このごろはネオ具象画がまだ模索状態で、どの画家も、もひとつパッとしませんね。この低迷をうち破るような、眼をみはるような新人が発見できないもんですかねえ？）

これは一般論のようにも聞えるが、その言葉はなんだか寺村氏の要望にあてはまるようである。もしかすると小池はこっそりと寺村氏のところへ行ったとき寺村氏から、先日光彩堂が持ってきた降田良子という新人の画は面白かった、葛野先生の画を買った際に景品のように付けてくれたのだが、先生の画よりもある意味で面白かった、あの新人の画をいまのうちに少しあつめてみたいと思っているよ、などという話を聞いたのかもしれない。寺村氏は画商どうしの、いわば商売仇《がたき》の間を考慮して、こっちには何も云わないのかもわからぬ。

カンのいい小池のことだから、降田良子の画が光彩堂では有名画家の画に「景品」

として付けられていることに眼をつけ、調査を開始したのかもしれない。石井院長は叢芸洞とは関係がないから、あの画の落ちつき先を小池に話すわけはない。小池は石井院長が光彩堂から画を買っているとは知っていても、「調査」はそこまでで終りである。小池が石井院長に電話して問い合せることは絶対にないし、石井も小池に答えるはずはない。

「なあ、山岸君」

中久保は思いついたというように表情がすこし柔和に変り、声もやさしくなった。雇用者が使用人を使うときの懐柔的な、いつもの調子だった。

「君、悪いが、これから下北沢に行って、その諸岡さんというお医者さんに会って、石井さんからもらった降田良子の画をどうして叢芸洞の小池君がその所在を知って買いに来たか、そのいきさつを聞いてきてくれんか？」

「はあ。ですが、それはむずかしい役目ですな。そんなことが小池君にわかれば、むこうを刺戟《しげき》しませんかねえ」

山岸は中久保の執念にも近い熱心におどろいた。

「だからさ、それは叢芸洞には内緒にしておいてくださいと頼むんだよ。手土産に値の張る果物でも持って行ってな。その諸岡さんと叢芸洞とは一回だけの縁だから、黙っていてほしいといえば、諸岡さんもこっちの商売上の立場を理解してくれるよ」

「はあ」

「そんな気のすすまない顔をしないで、これからすぐに行ってくれ。ええと、今が四時前だ。下北沢に着くのが五時半くらいかな。住所は電話帳を見ればわかる。開業医だから、家に居ることは決っている。往診中だったら待っていればいい」

「そうですね」

「小池君がいよいよ出てきたとなれば、こっちも商売の防衛をしなくちゃいけない。君だってファイトが起るだろう?」

「とにかく下北沢まで行ってきましょう」

「そうしてくれ。なんだか新人の女画描《えか》きに振りまわされているような気がしないでもないが、寺村さんがあんなに眼をつけているなら、将来のこともあるからね。立ち遅れになっても困る。ぼくはこれから東中野の降田良子に会いに行く」

中久保は性急だった。

——一時間半後、山岸は下北沢をタクシーでうろうろしていた。

諸岡医院というのは、電話帳によると産婦人科専門だった。それなら下北沢に行けばわけなく知れるだろうと思っていたが、下北沢がまた豪徳寺同様に地理のこみいったところで、ここでも坂道を上ったり下ったりして番地さがしにひと苦労であった。

中久保は東中野のアパート玉泉荘に行った。

六号室のブザーを押したが、かたく閉ったドアの中からは応答がなかった。隣の七号室は降田良子がアトリエに使っている。ここのドアも同じであった。彼女は留守のようだった。よく外出する女だと思った。

彼はアパートの裏手にある管理人の家に回った。ここの女房とはこの前から顔馴染《かおなじみ》になっている。心づけもはずんである。

管理人の家では女房がすぐに玄関のドアを細目に開けて神経質そうな顔をのぞかせた。が、立っている中久保を見ると、笑顔になった。

「あら、いらっしゃい。先日はどうも」

「またお邪魔します」

中久保も笑って頭をさげた。

「いま降田さんのお部屋を訪ねたのですが、六号室も七号室も閉っていてお留守のようですが、どこかへ出られたのでしょうか？」

「新宿に用事があるといって二時間前に出られたんですが、もうそろそろ帰ってこられるころですよ。まあ、お入りになってお待ちになりませんか」

管理人の女房は愛想よく云《い》った。

中久保はどうしようかと迷った。これからよそに回るところもないし、入れ違いに降田良子が戻ってくるような気もする。それに、このさい彼女の様子をもういちど訊《き》いてみたくもあった。

「それじゃ、お言葉に甘えて、ちょっとお邪魔させていただきましょうか。降田さんが戻られるのがあんまり遅いようでしたら帰りますから」

「どうぞ、どうぞ、そんなにご遠慮なさらないで。むさくるしい家ですが」

誘われてドアの中に入ると玄関の正面は壁になっていて色紙の丸額がかかっていて、そのせまい台の上には生花の黒い壺《つぼ》が置いてあった。管理人の女房が奥へと無理にすすめるのを断わって中久保は式台の端に腰をおろした。彼女は座布団《ざぶとん》を運んできたり茶を持ってきたりした。そうして自分は話相手になるつもりでその畳にすわった。

「降田さんは毎日画を描いておられますか?」

中久保は気になることをまず訊いた。

「はい。毎日、あの七号室のアトリエにこもって画を描いておられるようですよ」

管理人の女房はほほ笑みながら答えた。

「どれくらいの大きさの画を描いておられますか？　たとえば、ひろげた新聞紙の何倍くらいといったような大きさですが」

号数を云ってもわからないだろう。

「それがわたしにはよくわかりません。降田さんはお仕事中はわたしを七号室に入れてくださいませんから」

「ああなるほどね。では、お仕事中でないときは、描きかけの画が見られるでしょう？」

「いえ、わたしが七号室に入れてもらっても、画は別の部屋に運んでありますから、見ることはできません」

3DKだから別間のゆとりはたっぷりとある。

「では、イーゼルに載っているキャンバスの画は見られるでしょう？」

「イーゼルというのは、描いている画を載せる台ですか？」

「そうです、そうです。画架というのですが」

「それにはいつも何も載っていません。あの台だけです」

画家によっては制作中の画を他人《ひと》に見せるのを好まない人もある。降田良子もそのタイプだろうか。だが、描いた画も別間に運んでいるのだったら、よほど人目にふれるのが好きでないらしかった。

しかし、それでは進行状態がさっぱりわからない。中久保は困った。

彼は茶をすすり、

「わたしのほうでは降田さんに画をおねがいしているのですが、降田さんからそのことで何か話をお聞きになりませんでしたか？」

とたずねた。

「はい。光彩堂画廊さんから画を頼まれているということはちょっとおっしゃってましたが、そのほかは何もお話しになっていません」

降田良子は無口なのか、それとも秘密主義なのか、よくわからなかった。

中久保は左手首に眼を落した。七時五分前だった。玄関の上り框《かまち》に腰を下ろしてから二十分経《た》つ。ドアの小さな窓ガラスに外灯の光が明るいのは外がすっかり昏《く》れているからだった。

「今日はすこし遅いですねえ。でも、もうお帰りになるころですよ」

管理人の女房も腕時計を見て気の毒そうに云った。

降田良子の戻りがいつもより遅いと聞いて中久保はまたしても叢芸洞の小池直吉の

ことが胸に浮んだ。それはここにきたとき彼女が新宿に行っていると管理人の女房から聞いた直後にも起ったのだが、帰りが常より遅いと云われるとまた疑念が強くなる。

石井院長に海江田画伯の画といっしょに付けた降田良子の四十号が下北沢の諸岡医師のところへ行ったのを、小池はちゃんと嗅《か》ぎつけて買い受け、それをすぐに寺村氏に持ちこんでいる。あの離れ業からすると、小池が降田良子と接触しているのは容易に推測できるのだ。げんにこの前、新宿のレストランで小池とばったり遇《あ》っているだけに、いまごろ彼女が新宿のどこかで小池の口車に乗せられかかっているという空想の影は濃かった。

「降田さんは新宿で人と会うようなことを云って外出なさいませんでしたか?」

「いいえ。そんなことは聞いていませんけれど」

管理人の女房は中久保の顔を見ていたが、質問の意味を勝手に解釈して笑い出した。

「降田さんは外で男の人と会うような方ではありませんよ」

「いや、そういう意味ではありませんが」

「あの方くらい固い女性はいませんね。わたしはこうしてアパートを経営していますが、入居している人の生活がみんなわかっています。すぐ裏ですから自然とわかるんですよ。そりゃ、いろいろな人が部屋を借りたり出て行ったりしていますからね。面白い話がいっぱいありますよ」

「そうでしょうね」

中久保は相槌《あいづち》を打ったが、この主婦が錯覚しているようにまさに降田良子の行動を自分の愛人みたいに気にしているのに気づいた。

おりから表に車の停る音がし、ドアがばたんと閉ったかと思うと四、五人ぐらいの騒々しい靴音がアパートのほうへ流れて行った。女性を混えた若い男の話声が笑いを混えて高く聞えた。

中久保が耳を澄ますと、その足音の群れは鉄製の階段を上り、つづいて二階でドアの閉める音がした。降田良子ではなかった。

「あの調子ですよ」

管理人の女房は急に顔をしかめ、音の聞えた二階のほうへ顎《あご》をしゃくった。

「若い人ばかりのようですね」

「十二号室を借りているのはテレビタレントの女ですが、週に二度くらいはああしてボーイフレンドを連れてくるんです」

「ははあ。テレビのタレントさんですか」

「といってもまだ下《した》っ端《ぱ》ですよ。いつかも自分がドラマに出るからおばさん見てくだ

さいというので、こっちは義理で眠いのを我慢してその時間にテレビの前に坐《すわ》ってい
たら、お手伝いさんの役でちょっと現われただけでした。名前も字幕で大勢の中には
さまっている程度でしたよ」
「タレントさんは派手ですからねえ」
「ああしてボーイフレンドたちをつれてきて夜中の二時まで大きな声でしゃべったり
笑ったり、レコードをかけたりしているので、この前もわたしは怒鳴ってやったんで
す。それいらい十一時半ぐらいで帰って行くようになりましたが、ボーイフレンドの
顔ぶれもそのつど違うんですよ。いえ、泊ってゆく男が変るんです」
「そりゃ無茶苦茶ですな」
「いまは出て行きましたが、バアのホステスが居ましてね。ちゃんと家具やベッドを
もちこんでいるのに、一週間に一、二度しか恋人と寝泊りしないんです。恋人という
のは初老の立派な紳士ですよ。これは静かでいいと思っていたら、女はほかにアパー
トを二つ借りていて、三カ所に泊りにくるスポンサーがみんな違うということがわか
りました。そのかわり男が来たときはひと晩じゅうふざけ合っていて、その声が安眠
妨害だといってまわりの部屋主からわたしが怒られましてね。頼んで出て行ってもら
いました。そんなふうに三人も四人もスポンサーをもって操っているのもいるんです

から、近ごろの若い女のひとはちゃっかりしてますね」

「おどろきますね」

「もう一人は五十すぎの肥《ふと》ったマダム型の女性でした。なんでも息子が不動産会社の社長をしているとかで、嫁と合わないからひとりで部屋を借りるといってきたのです。息子さんが十分に仕送りしてくれるということでしたが、そのとおりに贅沢《ぜいたく》な暮しでした。ところが、この奥さんに始終若い男が訪ねてきて泊って行くんですよ。それも二カ月三カ月ずつぐらいで男が変ってゆくんです」

「あきれましたね」

「その若い男ときたら、ひょろひょろとした身体《からだ》で、見るからに生活能力のなさそうな者ばかりなんです。奥さんはどうやらそういうタイプの男ばかりを呼びこんで、洋服をつくってやったり、小遣い銭をくれてやったり、うまいものを食べさせたりしていたらしいのです。あれ、どういうわけでしょうね？」

「さあ。よくわかりませんが、そういうタイプの年下の男を見ると、母性本能が起るんですかねえ。世間にないことではありませんから」

「仕送りをしている息子さんが可哀想《かわいそう》ですよ。若いのに不動産会社の社長をしている甲斐性《かいしよう》のある息子だからこそ、たっぷりと仕送りができるとはいうものの、その金がお母さんのご乱行で無駄使いになっているとは知りませんからね」

「そうですね」

「その若い男らの顔を見ると、わたしは腹が立ちましたよ。この意気地なしが、と叱《しか》りつけてやりたくなりました。めそめそしていてね、ものの云い方も甘ったれていて、胸糞《むなくそ》が悪くなったものです」

「ははあ。奥さんには母性本能がないからですよ」

「母性本能？　わたしはわが子でも大きくなった今では、憎たらしいですね。とても思いもよりませんよ」

　中久保は仕方なしに管理人の女房の話相手になっていたが、降田良子の帰りの遅いのが絶えず気になっていた。けれども先方は先方で善意から、それと先日の心付けの効果もあって、降田良子を待つ間の相手をしてくれているのだから、悪い顔もできなかった。

　管理人の女房も中久保の気がかりが分ったとみえ、

「ちょっと遅すぎますね。でも、もうお戻りになりますよ。降田さんは真面目《まじめ》ですから、遊んでまわられるようなことはありません」

と、彼女のことに話を戻した。

「そうですか。でも、こうして待たせていただいては、お宅にご迷惑ではありませんか」

「いいえ。わたしのほうはいつまで居られてもちっともかまいません。社長さん。降田さんをどうか引き立ててあげてください」

「そりゃ、わたしのほうこそおねがいしたいところです。さっきも云《い》うとおり、おねがいした画ができているかどうか、それが気になってこうしてわざわざ来ているくらいですから」

「降田さんの画の値段はどれぐらいですか?」

管理人の女房は、ここではじめて声を低くした。

「さあ。それはむずかしいおたずねですね。これはご本人ともよく話し合わねばならないことですから」

「でも、だいたいの相場というものがあるでしょう? 降田さんはまだ新人でしょう。新人の画でどれくらいですか?」

「新人でもいろいろとランクがありますから」

「新聞をひろげたくらいの大きさで、およそどれくらいですか?」

「その大きさだと二十五号くらいですかね。画の値段は号が単位ですから。一号はハガキくらいの大きさです。けど、八号くらいから大きくなると割安になりますが。それに、売り値と、画家から買う値とは相当違いますから」

「八号くらいで、社長さんのほうで降田さんから買われる値はだいたいどれくらいの見当ですか？」

中久保は返事をごまかそうと努めたが、管理人の女房の追及は急で、

「一万円ですか？」

ときいた。自分のアパートに入れている女の収入だから気になるらしかった。

「いや、もっとでしょう」

「じゃ、三万円？」

「いや、もう少し」

「では、六万円？」

「いや、もう少しお出ししたいと思います」

それは中久保が目下思案している課題であった。寺村素七がどれくらいまで金を出してくれるかで決る。いくらコレクターの寺村氏が降田良子の画に目をつけているとはいっても、あんまり法外な値をいえば心証を悪くするし、安すぎてもバカを見る。いま寺村氏に渡してある一枚もまだ値を云ってないのだ。このばあい、叢芸洞の小池

が、諸岡医師の手もとからいくらで寺村氏に納めたかが問題だった。

いやいや、小池もまだ値を寺村氏には云ってないであろう。あいつだって、こっちの出方を見ているにちがいない。これは滅多に口を切れないぞ。

寺村氏に渡した最初の一枚は、どうせ葛野画伯の画に付けてタダで進上したのだから、それは仕方がないにしても、今後の新作からは事情が違うのである。

玄関先に靴音が近づき、ドアが開いた。六十近い風采《ふうさい》の上らぬ男の四角い顔が現われた。

「おかえんなさい」

管理人の女房は迎えた。ここの主人であった。中久保は腰を上げて、不機嫌そうな顔の主人にあらためて名刺を渡して挨拶《あいさつ》しながら、また出直すしかないと思った。

「降田良子さんのお帰りを待ってらっしゃるあいだに、社長さんにウチのアパートの派手な男関係の女性のことをお話ししていたのよ。ほら、スポンサーをなん人もかけもちで持っているホステスさんや、頼りない年下の男を可愛《かわい》がっている不動産会社の社長のお母さんなんかのことをね。社長さんはそれは母性本能だとおっしゃるんだけど」

管理人の女房は亭主に云ってつづけた。

「あのひとたちにくらべると、降田さんの真面目さがひときわ目立ちますと申し上げていたとこなの。降田さんばかりは、そんな浮いた様子がひとつもないんだからね。それに、こちらの有名画廊の社長さんが降田さんの画をとても高い値で買いにこられているのよ。やっぱり芸術にうちこんでいるひとは違うわね。男なんかには眼もくれないんだから」

とつぜんギターがアパートの二階から高く鳴りはじめた。さっきの若い連中だった。

翌朝十時ごろ、中久保が画廊の社長室に横幅の広い身体《からだ》を運んで行くと、山岸がその出勤を待ちかねたように入ってきた。

「社長。いまから十分前に降田さんから電話がありました」

「何だって?」

中久保は書類鞄《かばん》を机の上に放り出して山岸をふり返った。

「六十号が二、三日で描き上げられるので、三日後それを見にきてくださいということでした」

「出来たのか!」

中久保は思わず大きな声を出し、山岸の顔を見据えた。

「社長が昨日見えたけど一足ちがいでお目にかかれなかったので、電話で云います、ということでした」

「うん。昨夜は八時二十分までアパートの管理人さんの家で降田さんの帰りを待っていたんだがな」

中久保は肘掛《ひじかけ》イスに重い臀《しり》をどっかと落した。

「そうか。六十号を描いたのか」

机には向わず、山岸を見上げて満足そうであった。

「……これで寺村さんのご催促に応《こた》えられるよ」

「そうですね。しかし、降田良子はもう流行作家なみの扱いですね」

山岸の言葉はしぜんと皮肉になっていた。中久保は苦笑した。そのとおりにちがいない。が、すぐに訊《き》いた。

「君のほうはどうだった？　ほら、下北沢の諸岡医師に小池君が画《え》をもらいにきたいきさつだが」

「ああ、あれですか。あれはかんたんです。諸岡医師の奥さんが石井院長からもらった降田良子の画を事情を知らずに主人の留守に叢芸洞に電話して売ったんだそうです」

こんどは山岸が苦笑した。

「なに、諸岡さんのほうから叢芸洞に売りこんだのか?」

中久保は意外だった。

「そうです。諸岡さんというのはあのへんでちょっと大きな産婦人科医院ですが、ぼくが昨夕行ったとき、諸岡さんは往診に出かけていて、奥さんしかいませんでした。その奥さんが、主人の友人の石井さんからもらった画だが、家に置いても邪魔になるので、画廊に売るつもりで職業別の電話帳を繰ったところ、叢芸洞というのが眼についたため、そこへ電話したというのですね。そうすると小池という支配人がやってきて、サインを見るとすぐに買って行ったというのです」

「サインを見て?」

「〝Y. Oda〟というサインを見てです」

「おい、ちょっと待て。〝Y. Oda〟という画描きのサインを小池が見て買ったというのは、小池が降田良子というのを知っていたためか?」

「諸岡の奥さんにはそこまではわかりません。しかし、小池君はその画に即座に二十万円の値をつけたそうです。それで、奥さんのほうがびっくりしていました」

「あの画は四十号だった。それを小池はすぐに二十万円で買ったのか?」

「そうです。ですから社長、小池君は〝Y. Oda〟のサインでそれが降田良子の画であること、そうして彼女の画を寺村さんが欲しがっているのを知っていたんですよ。おそらく彼は乗ってきた車にその画を積んでそのまま寺村さんへ持って行ったにちがいありませんからね」

「しかし、小池はどうして寺村さんが降田良子の画を求めているというのを知っていたのか？」

「ぼくもそのことが昨夜ひと晩じゅう気になって考えました。それが今朝になって、その筋道がどうにかわかってきました」

「どういうのだ？」

「諸岡の奥さんが叢芸洞に電話したのが一昨日のことです。社長。沢木先生がここに入ってきて、寺村さんから額ぶちに入れるために預かった降田良子の画を見たのは、そのまた前の日でしたね」

「あっ」

中久保は思わず叫びを上げた。

「沢木庄一が叢芸洞に行って、しゃべったのか？」

「あのとき、社長はこの新人の画が寺村さんに気に入られていることを話したじゃありませんか。それまであの画を見てせせら笑っていた沢木先生が、コレクターの寺村さんの名を聞くと、おかしいくらいあわてて画を賞《ほ》めはじめ、降田良子の名をわざわざ手帳に書きこんだじゃありませんか」

「ううむ」

中久保は唸《うな》った。

「小池は、沢木先生からその画の傾向と画家の名とを聞いていたにちがいありません。だから、画とサインを諸岡さんのとこで見て、ぱっと頭にひらめいたのですよ。そうとしか考えられませんな」

「あのとり澄まし屋のおしゃべりめ！」

中久保は肘掛イスから立ち上って喚《わめ》いた。

「わざわざ葛野先生のデッサンを二枚もくれてやったのに。美術評論家といっても、まるで画廊の間を渡り歩くスパイだ」

身体がふといだけに罵《ののし》る声も大きかった。

7

一年ほど経《た》った。

叢芸洞の小池は、京橋のRデパート八階の陶磁器売場をうろついていた。三月中旬の午後二時すぎだった。この広い階の半分ぐらいは美術部が占め、陶磁器でも全国各地の名だたる窯元《かまもと》の作品がならべられてあった。次の売場は洋画と日本画の売り画《え》が壁間に賑《にぎ》やかに掲げられ、次は漆器類、次は古美術類、次は刀剣、次は筆墨というように、七階以下の生活の俗塵《ぞくじん》がみなぎる各売場とは隔離された、静かで、典雅な芸術的雰囲気《ふんいき》が漂っていた。

小池は各窯元が出した壺《つぼ》だの花瓶《かびん》だの飾り皿などの文様をいちいち覗《のぞ》きこんだり、姿を眺めて回ったりして、そぞろ往《ゆ》きつ戻りつしていた。が、その視野の端には四つならんでいるエレベーターのドアを絶えず置いていた。

この陶磁器売場の隣は、この八階の広い部分を占めている催場で、その入口には「熱帯植物展」と「降田良子作品展」と、二つの看板が出ていた。「熱帯植物展」がその催場の三分の二を占め、「降田良子作品展」はその残りのスペースだった。こっちの主催はデパートになっているけれど、光彩堂画廊が持ちこんだことはいうまでもなかった。

光彩堂がなぜ自分の店で降田良子展をしなかったかといえば、小池がいま会場でもらった二つ折の大型目録を見ればその理由がわかる。推薦に三名が名をつらねているが、うち二名は美術評論家で、最後の一人が寺村素七だった。それでこの作品展の推進者が陽和相互銀行社長だと察しがつく。つまり中久保は自分の光彩堂画廊の展示場でこれを開催すると、作家が新進だけに自分とこで押えた画家という印象が強くなるためそれを避けたのと、高い会場料を払ってでもデパート主催としたほうが降田良子展が派手になり、公式という感じになるからであろう。こうしたことも大顧客の寺村素七へのご機嫌とりであった。というのは、目録にあるその二十点の出品作品のことごとくが、明記こそしてないが、寺村の所有なのである。そのうちの一枚のごときは、小池が下北沢の産婦人科医諸岡氏から買って即日寺村社長へ納めたものだった。

わずか二十点の少数とはいえ、これは降田良子の個展には違いなかった。これほどまでに光彩堂が彼女の画に肩を入れているのは、たんに知られたコレクターで顧客の寺村素七に中久保が迎合しているだけでなく、降田良子を大いに売り出し、その独占による将来の利益を見こんでいるからにちがいなかった。

小池は、一年前に評論家の沢木庄一から降田良子という無名の女画描きの画を寺村が買いたがっているのを聞いた。沢木は光彩堂でそのことを知ったというのである。諸岡医師の妻からの電話はその翌日にかかってきた。売りたい画というのを諸岡家に行って見ると、それが降田良子であった。

小池はそれを寺村氏へ届けてよろこばれはしたが、それが縁で降田良子に近づいて画を求めようとはしなかった。光彩堂に対して同業としての仁義である。既成作家ならともかく、よそで育てた作家を割りこんでまでも獲得しようとは思わない。

しかし、この一年で降田良子は急に頭をもたげてきた。叢芸洞に出入りする若い画家たちも彼女の画の話をしていた。とにかく変った画をかく女画描きがあらわれたものだということで、はじめはあまり評判がよくなく、嘲笑《ちようしよう》気味だった。彼らは一つには叢芸洞への気がねもあったし、先輩の優越意識からでもあった。

だが、コレクターの寺村素七が本気でその無名女流画家の画を集めているという噂《うわさ》が若い画家仲間にわかってくると、彼らの嘲笑は引込み、おどろきに似たものが現われるようになった。寺村素七は画には具眼の士であり、新人の発見にはとくべつな感覚をもっている。いま人気作家のうち、二人は寺村が発見したものであり、同じくあと三人はそれにつづきそうであった。その実績があればこそ若手の画家たちが降田良子の画を見直す気になったのである。

それと、つい三カ月前のことだが、R新聞の文芸欄に「最近の絵画」というかなり長い記事が出た。展覧会評や個展評を主に画壇の傾向を書いたものだが、その終りのほうで、「三宅一雄、黒田吉与志、降田良子の新進三人の仕事は今後注目してよい」と書いてあった。

大新聞の文芸欄に、たとえ末尾に名前だけだとしても、そこにとり上げられたというのは若い画家たちにとってはたいそうなショックであった。とくにその記事の前半が中堅層にたいして批判的だっただけに、降田良子の作品を賞讃《しょうさん》したのと同じであった。

もっともその記事の署名が中村誠治とあったので、小池には、ははん、と合点するものがあった。美術記者の中村誠治は他社の美術記者と光彩堂画廊の企画評議員になっている。叢芸洞も似たような「嘱託制度」を持っているから、その筋道には容易に推測がつく。

しかし、「画壇の舞台裏構造」を知らない一般の人々や、純朴な新人・無名の画家たちは活字の権威にとらわれる。

小池は「降田良子作品展」を十五分前に見て出てきた。

会場には出品者の画家が出ているのが普通で、小池は作品とともにその降田良子の顔を見るつもりで来たのだが、それらしい姿はなく、顔見知りの光彩堂の手代格の岡部と女店員一人が受付のところにかけていた。中久保も支配人の山岸も来ていないのが、小池には気が楽で幸いだった。

「あ、小池さん。ようこそ」

若い岡部は椅子《いす》から起《た》って挨拶《あいさつ》した。横の女店員も頭をさげた。

「やあ、ご苦労さん。なかなかの盛況ですな」

小池は、もちまえの明るい笑顔で場内を見渡した。四十人ぐらいの男女が入っていた。

「ありがとうございます。実は隣の熱帯植物展のおかげでもあります」

岡部は正直なところをいった。熱帯植物展の流れがここに来ていることは、鑑賞者の群れに子供が混っていることでもわかった。しかし、画を熱心に見ている若い男女もあった。

「社長さんは？」

「は。午前中はここに来ていましたが、一時間前に寺村社長が見えましたので、降田さんといっしょに出て行きました」

「降田良子さんも来ていたのかね？」

「はい。でも、今日はもうここへは戻ってこられないでしょう」

たぶん、寺村素七が降田良子と中久保精一を連れて昼の食事にでも行ったのであろう。

「そりゃ残念だったね。降田さんにちょっと紹介してもらいたかったのだが」

「はあ。でも降田さんは毎日この会場に見えているわけではありませんから」

岡部はどういうわけか急によそよそしく云《い》った。

「あ、そう」

小池は鼻白んだ思いになったが、相手が若いのでべつに気にするほどでもなかった。

「山岸さんはお店のほうですか？」

「はあ」

「この盛況では、はじめて個展をひらかれた降田さんはよろこばれたでしょうな。それに寺村社長がなによりご満足でしょうね？」

「はあ。そのようです」

岡部の返事が硬くなった。

「目録をどうぞ」

女店員が積み上げた上の一枚を渡した。

「ありがとう」

開いてざっと画題のならびに眼を通し、

「この二十点のほとんどはこの一年に描かれたものですか？」

ときいた。

「はい、そのようです」

岡部はやはり言葉少なに答えた。

去年の三月ごろ、下北沢の諸岡医師から買った降田良子の画《え》を寺村社長のもとに届けたとき、社長の話ではこれで彼女の画は三枚になったと云っていた。

(発見というのはこういうのをいうんだろうね。葛野さんの画を買ったら、おまけとしてくれたのが降田良子という新人の画で、これが面白いんだな。超大家の画が附録に圧倒されて気の毒に見すぼらしく見えたものさ。君、この降田良子は有望だよ。いまに脚光を浴びると思うね。途中で故障さえなかったら、エラクなるよ。まず、ぼくの眼に狂いはなかろう。君が一枚をもってきてくれたのはありがたい。いくらだって？　四十五万円か。小切手をすぐ書くよ。)

小池はその場で二十五万円を儲《もう》けた。しかし、寺村の話は、諸岡医師の妻の話と一致する。彼女は夫が友人の石井からその降田良子の画を「邪魔になるから」とタダでもらったという。その石井という個人病院の院長は光彩堂から海江田画伯の画を買ったとき、その画をやはりおまけとして付けられたという。思うに光彩堂の中久保は持込みの新人の画を絵具代ぐらいで買い、顧客へのサービスとして渡していたようである。

もっとも、いくらサービスだといっても、中久保が箸《はし》にも棒にもかからない画を先方に付けてやるわけはなく、いくらか見どころのある画を買い、それを渡したのであろう。それが寺村素七にこんなに気に入られようとは中久保も予想しなかったのだ。

そのようなことで、去年のあのころは降田良子の画も少なかったはずだ。それが今日の個展にならぶ二十点になったというのは、あれから中久保が降田良子をつついてその大部分を描かせたのである。

目録に載っている沢木庄一の推薦文は、いつものペダンチックな文章で、難解にして高級そうに見えた。読む者は、その意のあるところを推知するか、カンで読みとるしかない。もう一人の中津亀夫という沢木よりは若い評論家の文章も、芸術的抽象語の羅列で、これまた難渋にして生硬な翻訳調だった。両評論家の美術哲学的で瞑想《めいそう》的な文章はあとでゆっくりもつれた糸をほぐすように味読することにしよう。寺村素七の一文は「発見のよろこび」という素直な文章だった。

小池は二十点を順々に見て回った。たしかに面白い。ふしぎなもので、評判になっていると思うと、画商小池の眼も違ってくるものだ。斜め読みだったが、沢木庄一の推薦文もおざなりの賞《ほ》め言葉ではなく、相応に力がこもっているようである。もっとも、沢木庄一の熱の入れ方は胡散臭《うさん》い。彼は、寺村素七が美術館を創立したときにはその館長を狙《ねら》っているという噂だ。

小池は画を見ながら目録の「作家紹介」のところに眼を落した。

《降田良子。――福島県真野町ニ生ル。生家ハ四代ツヅク銘菓ノ老舗《しにせ》。十歳ノ頃ヨリ画筆ニ親シム。師ニ就イタルコトナシ。展覧会等ノ出品歴ナシ。内外作家カラノ影響ハ特ニ受ケズ。美術団体ニ属サズ。独身。現在東京都東中野ニ居住。》

彼女は東中野に居るのか。――

「曠野《こうや》」という画題の画の前に立ったとき、小池はキャンバスとはまったく離れた情景が眼の前に浮んできた。

去年のちょうど今ごろであった。新宿区下落合の福村玄治画伯を訪ねての帰途、腹が空《す》いたので新宿に回ってレストランに入り、食事を済ませて、いざ立とうとしたときだった。中久保精一がひょっこり店に入ってきた。先方はこちらに気づかず、テーブルについてすぐにメニューを見ていた。黙っているわけにもゆかず、挨拶にそこへ行くと、中久保は不意をつかれたようにびっくりしていた。そうして有望な新人は出てこないものですかね、などとこっちは業者間の普通の世間話をしていると、心なしか中久保の眼が要心深くなったようだった。君もこっちにはよく来るのかね、などとさりげなく訊《き》いてきたものだ。

今にして思えば、あのとき中久保は東中野の降田良子の家に行っての帰りだったにちがいない。あのころ彼女に接触をはじめていたのだ。

さっき、受付にいる光彩堂の手代の岡部に、降田良子さんに紹介してもらいたかったな、と云ったところ、岡部は、彼女はこの会場に毎日来ているわけではない、と答えて、急になんだかよそよそしい態度に変った。

これといい、あれといい、中久保社長をはじめ光彩堂の店員たちは、商売のライバルとしてこっちを警戒しているということに小池ははじめて思い当った。新宿で会ったときは、中久保はこっちも東中野の降田良子のところへ近づきを求めに行ったように誤解していたのだ。

そんなケチ臭いことをするものか。よそが金の卵として育てているものを、だれが横から手を出すものか。これでもこっちは同業の仁義は守っているつもりなのに、と小池は画の前に立って思い出し、せせら笑ったが、けっして愉快ではなかった。光彩堂をますます警戒させたのは、諸岡医師から降田良子の画を寺村素七のもとに運んだことだろう。こっちも商売で、寺村とも少しは縁をつないでおかなければならない。しかし、それ以後は、光彩堂に遠慮して寺村の会社にも家にも行ってない。電話もあまりかけてはいない。

こっちはそれくらい光彩堂に気をつかっているのに、むこうから心外な警戒心を持たれるいわれはない。……

「師に就いたことがないとこの目録に書いちょるが、なんちゅうことを云うんなら」

とつぜん、すぐ前のほうでこの声がしたので、小池は光彩堂への不愉快を中断して、うしろからその者を見た。かなりの年寄りで、上衣《うわぎ》の上からも肩の肉が落ちていることがわかった。

「降田良子に画の技法を教えてやったのは、この、わしじゃけえの。ちいと名が出ると、そねえな恩は忘れてしもうちょる。あさましい性根《しょうね》よのう」

「おじさん。そんなことをここで口にするのは、よくないですよ」

隣にならんで立っている背の高い青年が制した。これは撫《な》で肩で、ほっそりとした体格だった。声もやさしかった。

「なに、聞えてもええがな。ほんまのことじゃけえ」

「おじさん」

「それに、ここにならんじょる画は、いったい何んじゃな。わしは、こねえな画を教えんじゃったぞな」

青年はまた老人をなだめた。身の動かしかたが女のように繊細だった。

これは何かあると小池は思ったが、その場で事情を聞くわけにはゆかなかった。人前もあるが、光彩堂の手代も女店員も入口にいることであった。いつ中久保や山岸が現われるかわからなかった。

案の定、小池は参観者の中に知った人間を眼にした。といってそれは光彩堂の者ではない。すらりとした背の中年紳士は、そのうしろ姿から見てもその半白のきれいにわけた髪、長い首、撫で肩に特徴がある。それに和服の女づれというのも見間違いはない。原口基孝といって京都の「風呂敷《ふろしき》画商」である。東京ではほうぼうの画廊に出入りしているが、おもに光彩堂にとり入っているせいか叢芸洞にはあまり姿を見せなかった。ときたま顔をのぞかせるが、それはお義理といった程度だった。光彩堂と叢芸洞とが商売上対立しているので、かれは光彩堂に遠慮しているのである。今日も出京してこの光彩堂主催の「降田良子作品展」をさっそく見に来たのであろう。

原口はならんでいるなかの三十号ぐらいの油彩画にじっと見入っている。片手に目録を持ち、片手はポケットの中におさめている。ちょっと見ると美術愛好の実業家か金持ちのコレクターのような貫禄《かんろく》と威厳が感じられた。もっともそれには理由のあることで、亡父は関西の財界人で、洋画のコレクターとしても知られていた。この基孝の代になってその財産を放蕩《ほうとう》でつぶしてしまったが、父親や出入り画商の影響で画にはひとかどの眼をもっている。風呂敷画商で生活しているのもその趣味を生かしたものだ。店舗が持てないのは彼の弱くてルーズな性格によるものと思われる。

その原口基孝は三十号から脚を左隣に移して五十号の前に佇《たたず》んだ。その姿勢は動かない。背中から見ても画面への凝視が感じられる。なかなか熱心のようだった。変った画だわいと思っているらしい。ときどき横の女にささやきかけている。その和服の女は原口の内妻で、たしか梶村という名だったと思う。二人はいつもいっしょである。

しかし、小池はいつまでも風呂敷画商に眼をむけているわけにはゆかなかった。原口などには用はないし、それどころか振り返ってこっちを見られたら困る。先方も叢芸洞の支配人としての自分を知っている。たまにだが、店に立ちよって話したことはある。親しくはないが、社長の大江とも顔見知りだ。原口に見られて先方から挨拶でもされたら困る。中久保や山岸がくる心配もあった。目下の関心はあの老人と若者にある。その老人と青年はまだ会場に残っていた。

小池はそこを足早に出て、同じフロアのこの陶磁器売場でぶらぶらしながら待っている。

もう二十分以上は経《た》った。そのうちあの老人と若者が作品展示場から出てくるだろう。エレベーターに乗るところを目撃したら、すぐにそれにつづくつもりだった。

小池は、ドアが閉る直前にエレベーターへ足早に入った。心臓が肥大しているのでちょっと走っても息が荒くなる。八階から各階に止るごとに客がふえて、彼の大きな身体《からだ》は隅へ追いやられた。はじめに乗った者は奥に詰めこまれる。小池の近くに「降田良子作品展」の会場で見た小柄な年寄りと背の高い青年とが肩を寄せていた。

年寄りは頭上が禿《は》げ、きたない白髪が両わきに伸びていた。皺《しわ》の多い顔を顰《しか》めているのは、人に押されているのが気に入らぬからだ。色は褪《さ》めているが派手な柄の上衣に臙脂《えんじ》色《いろ》のシャツをきていた。髪の長い若いほうは真赤なセーターをつけ、青いジーパンをはいていた。二人とも話はしないが、人に詰めこまれるたびに身体が揺らぐ年寄りに青年は気をつかっていた。

父子だろうが、いまどき珍しい親孝行の息子もあるものだ。その感想を小池はデパートを出てから前方を揃《そろ》って歩く二人について行くまで持ちつづけた。年寄りは外に出てからベレー帽をかぶった。長い白髪が帽子の下から両側にはみ出ていた。足もとが少しもつれていたが、若いほうは身体をゆらゆらと揺がせるような歩き方であった。ころあいを見て小池は二人のうしろから声をかけた。画廊の名刺をいきなり出すのもどうかと思ったので、画の愛好者ということにし、すぐ横にある喫茶店に誘った。見ず知らずの人間でも相手を引きこむ親しさは長いあいだの外交員技術であった。小池のにこにこ顔にはだれもが容易に信用する。作品展で降田良子の画を批評されたのがふと耳に入ったので、画の同好者とお見受けし、お茶でものみながら趣味の話をしばらく交わしたいというのが小池の挨拶《あいさつ》だった。

そこで、小池は二人が注文するコーヒーのほかにフルーツをとってやり、サービスに気を配った。

「お見うけしたところ、画家でいらっしゃるようですが、画の展覧会や作品展などにはよくお出かけでございますか？」

小池は、自分もそうだと云《い》ったうえで、ベレー帽の年寄りにきいた。

「はあ。まあヒマつぶしによう出かけるほうですわい」

老人はすこし恥ずかしそうな眼をした。そのまわりには皺が押しよせていた。

「やはり最近の画の傾向とか、新しい画風とか、そういうものを参考のためにごらんになるわけですね？」

「うむ、まあそがいなわけですのう」

「あのう、さっき、ちらと耳にはさんだのですが、降田良子さんの画を批評しておられたと思いますけど」

「あれ、あねえなことが聞えましたかの？」

年寄りはならんでかけている青年と眼を見合せた。が、わるびれる様子はなく、かえって顔を挙げ、

「降田良子は以前のわしの教え子ですけえ、あの画を見て、首をかしげたのでがんすよ」

と、元気に云った。

「おやおや、そうでございましたか。すると先生も降田さんと同郷の福島県真野町のお方でいらっしゃいますか？」

（降田良子に画の技法を教えてやったのは、この、わしじゃけえの。わしは、これえな画を教えんじゃったぞな）という老人の一言で、降田良子との関係は小池にだいた

い想像がついている。それだからこそ、こうして彼らのあとをつけ、この喫茶店に誘ったのでもあった。

「いやいや。わしは東京で降田に画を教えてやったのですわい。世田谷の林台女子美術学校ちゅうとこで教えました。わしは上野の美校を出とりますけえ」

老画家は気張って云った。

林台女子美とはあまり聞いたこともない学校名だったが、小池は要領ようくうなずいた。

「そうですか。それは少しも知りませんでした。と申しますのは、この作品展の目録に付いている降田良子さんの略歴には、師ニ就イタルコトナシ、とありますから」

「それですて。わしはたしかに林台女子美で降田良子に洋画を教えましたけえのう。それなのに、師に就いたことがない云うて、目録に大けなことを書いちょります。ちいと名前が出ると師恩を忘れよる。近ごろの人間の心はあさはかなもんですわい」

「ははあ。先生はその、りん……」

「林台女子美術学校」

「すみません。その林台女子美では降田さんに個人的なご指導をなさったのですか？」

「いや、とくにそねえな個人指導をしたわけじゃないけど、あの子はよくできたので、学生のなかでもわしはとくに目をつけとりました」

察するところ、その女子学生の中から降田良子が名を出してきたので、この老画家は曾《かつ》ての師弟関係を強調しているようだった。

ここで小池は老画家の名前を乞《こ》うた。名刺は持ち合わさず、栗山弘三と口で云った。

「伯父のその名前は、甘栗の栗に、山川の山、弘法大師《こうぼうだいし》の弘に、数字の三です」

赤いセーターの若い男がやさしい声で注釈した。

「あ、息子さんではなかったのですか？」

「わしの甥《おい》ですわい。池野三郎と云いますがの」

いまどき珍しい親孝行息子と思っていたのは甥であった。さきほどから小池の眼にうつっているのだが、この甥は、なんだか女性のようになよなよとした身ぶりであった。女とも見紛《みまが》う繊細な気のくばりかたが、孝行息子にみえたのだった。

これが栗山弘三という名でなく、画壇にときめく有名画家であったら、たとえその画家とちょっとした因縁、それも講師と一般学生といった間接的な師弟関係でも降田良子はその略歴に、××画伯ニ師事ス、と誇らしげに活字化するにちがいなかった。無名画家の悲哀である。降田良子を「恩知らず」と罵《ののし》るのは、その悲哀から発した腹立ちであろうと小池は思った。

こうなると小池はよけいに叢芸洞画廊の名刺が出せなくなり、自分は小池という者ですと姓だけを云って、画《え》の愛好者に終始した。

「さっき会場で、先生が降田さんの画をごらんになって、こんな画を教えたことがないという意味をおっしゃっていましたが、あの画はいけませんか？」

小池がきくと、

「いけませんのう。わけのわからん画ですわい。このごろの画は画じゃのうて、絵具がキャンバスに塗りたくってあったり、バケツで投げつけてあったりして、形もなにもありませんですけえのう」

と、栗山弘三は、ゆるんだ義歯の音を鳴らせて云った。

「抽象絵画はお気に召さないのですね。もっともアブストラクトはもう下り坂になりましたが」

「なかには、きたない下着の布端《きれはし》やブリキのかけらや鉄線や不潔な衛生道具などを画布に貼《は》りつけて絵具を塗りたくっとるのがある」

「アルテ・ポヴェラですね」

「アル……え、なに？」

「アルテ・ポヴェラです。イタリー語らしいですが、英語だとプア・アートにあたるようです」

「ああそうですかのう。プア・アート……」

このプア・アートが片カナの云い方でなくpoor artと英語の発音どおりに年寄りが云ったので、小池はおどろいた。artの発音が鼻にかかってpoorの低いアクセントの組合せとともに微妙な抑揚で響き、日本人放れがしていた。

「先生は外国に長くおいでになったことがありますか？」

小池はきいてみた。

「アメリカに居《お》りましたでのう。美校を出て間もないころに行っちょりました」

「ははあ、道理で英語の発音が垢《あか》ぬけしてると思いました。で、アメリカは画のご勉強で？」

「いや、それがですのう。事情でほかの仕事をしとりました。けど、画は忘れずに描いとりました」

これでだいたいの事情が小池に呑《の》みこめた。老人は現代美術の用語もよくわからないらしい。アメリカでは画と関係のない仕事をしていた。おそらく半世紀前に「上野の美校」を出たときの画が現在まで彼の心にも腕にも停滞したままで遺《のこ》り、「旧《ふる》さ」

を保っているらしかった。

小池は、老画家が匙《さじ》でパパイアの黄色の肉を削りとり口に入れているあいだに「降田良子作品展」の目録にゆっくりと眼を落した。推薦文のところである。

《A大学教授沢木庄一氏評——降田良子の画に初めて接したときの鮮やかな印象は、少しく誇張を意識して言えば、愕《おど》きに近いものであり、天才的な新人に邂逅《かいこう》したときに似たその感銘はぼくの胸裡《きょうり》にこの先も消え去ることはあるまい。氏の作品はまだ多くはなく、ここで総体的な印象を発言するのはもちろんひかえねばならないが、それでもここに陳《なら》べられた二十点の作品は、細密視家《デタージスト》と幻想家《ファンタージスト》との結合が醸成する純芸術《ファイン・アーツ》の世界である。ここにはメタフィジカルな存在と、現実の環境《サラウンディング》によるフィジカルの背反した美の存在とが闘争し合い、融合し、それらが夕昏《ゆうぐ》れの雲に見るような靉靆《あいたい》とした色彩によって沈澱《ちんでん》され、またはそれから露顕している。アブストラクトの洗礼を経たネオ具象画の新しい出発を私は降田良子に見る思いである。寺村素七氏が逸早《いちはや》く彼女の作品を発見されたその鑑賞眼の高水準にも驚歎《きょうたん》したい。》

《美術評論家・中津亀夫氏評——降田良子の作品は、まだ数少ないのだけど、その背景に無限のひろがりをもっている。その広がりとは、フランスの劇作家アルトーの〝全体演劇《トータル・シアター》〟をも連想させる。抽象芸術の技法と形態と客観芸術《オブジェクティヴ・アート》のそれとが、過去の思惟《しい》方法を止揚して新しい暗喩《メタファー》の形態と構造とを広げようとしている。ここに見られる混沌《カオス》はまさしく過去と現代の状況であるが、未来芸術の集中《コンセントレーション》へ向う美しい躍動《ムーヴメント》ということができる。》

《寺村素七氏の言葉――降田良子さんの画はわたしを惹《ひ》きつけた。わたしの受けた作品の蠱惑《こわく》が共同的なものかどうか、ここに確認のために少数ながら降田さんの作品をならべさせてもらった。》

「みなさんがそう讃《ほ》めなさるほど、降田良子の画はたいそうなもんですかのう？」

パパイアを食べ終った老画家栗山弘三がいつのまにか小池がひろげている目録の活字を向い側から伸び上ってのぞきこんでいた。

「そうですねえ……」

小池は意見をつつしんだ。

「わしには、その偉い批評家の讃め言葉もむつかしくて、ようわかりませんがのう」

「いや、批評家というのは、こういうむつかしい文章で書かないと値打がないと思っているからですよ。たぶん、これを書いた批評家も自分が何を云っているのか分らないんじゃないですかね」

「そんなわからんことを書いて、よう商売になりますのう？」

「わからんことを書くので商売になるんですよ。だれにもわかるような平易な批評の文章だと、かえって原稿が売れないんです。読むほうは、わからん文章をわかろうとして頭をひねり、そこに深遠な芸術哲学があるような気がして、ありがたがるんですな。文章が高踏的で、カリスマ的であればあるほどいいんです。その批評家が偉く見えますから」

「カリスマちゅうのは、何ですかのう？」

「まあそんなことはどちらでもいいです。……いや、どうもありがとうございました。おかげで愉《たの》しいお話がうかがえました」

「いや、わしらこそ。……けど、なんですのう、わからんといえば、世の中はわからんもので、一年前ぐらいに光彩堂画廊の支配人の山岸さんがわしのとこに来ましたがの。それがやっぱり降田良子とわしの関係でがんした」

「えっ、一年前に光彩堂さんがあなたのほうへ行かれましたか？」

「わしは世田谷区豪徳寺中台町の泉アパートに居りますが、そんなむさくるしいアパートに山岸さんがこられました。ちょうど、これも居りましたがの」

老人はそばにおとなしくひかえている甥の池野青年へ眼を遣《や》り、

「あの一流の画廊の支配人がわざわざ降田良子のことをわしに聞きに来たんですけえのう。あんた、降田良子の画がブームになると一年も前から眼をつけるとは、もうはあ画商のすばしこさにはびっくり仰天でがんす」

と云い、別れ際《ぎわ》にも、

「わしは降田良子にはあねえな画は教えとらんけえなア」

と、もういちど呟《つぶや》いた。

光彩堂の手まわしの速さが、小池を奮起させた。降田良子の展示場でも刺戟《しげき》をうけたのだが、秘密に秘密にと商売のルートを匿《かく》しているところが、いくら商売仇《がたき》とはいえ、反撥《はんぱつ》を起させる。もしかすると諸岡医師のところで買い取った降田良子の画を寺村社長へ運びこんだことから中久保はこっちへ警戒を厳重にしたのかもしれない。中久保は猜疑心《さいぎしん》の強い男だから、大事な顧客先《とくいさき》を叢芸洞画廊に盗《と》られると邪推したのかもわからぬ。

そういえば、諸岡医師が持っていた画は光彩堂画廊が迂闊《うかつ》千万にも流したものであり、それを拾って寺村氏へ届けたのだから、中久保はこっちに礼を云ってしかるべきだった。それが、電話での挨拶《あいさつ》も遂《つい》になかった。それもこれも中久保の警戒からである。

そちらがそんな気なら、こっちも——という気に小池はなった。

ところで、栗山弘三というあの老人に遇《あ》って分ったのは、降田良子の画が栗山の画とはまったく無関係だということである。栗山の画を小池は見たわけではないが、半世紀前に上野の美校を出たときのままの古色蒼然《こしょくそうぜん》とした印象派の画であろう。そのうえ、アメリカでほかの職業に就いていたというから、これはもう問題にならない。

では、彼女の画はどこからきているのか。独学としても、その受けた影響が存在しなければならない。

《福島県真野町ニ生ル。生家ハ四代ツヅク銘菓ノ老舗《しにせ》。》

とにかく真野町とやらに行ってみよう。何かつかめるかもしれぬ。だが、いきなりその町に入っても降田良子のことを聞き出す手がかりがない。むろん生家に飛びこむわけにはゆかない。

小池は画家の田居順吉に思い当った。田居は風景画家で、しかも日本の民家などを好んで画材にする。日本じゅう民家を求めて写生旅行している田居順吉は福島県真野町にもきっと行っているだろう。

写生となれば、四、五日間はそこに落ちつくのが普通である。するとその間は宿に根拠を置く。その旅館で降田良子のことが聞き出せそうである。四代つづいた銘菓の老舗なら町の人々の間では有名なはずだ。

小池は田居順吉の家に電話した。旅行に出ている懸念《けねん》があったが、画伯はさいわい在宅していた。

「真野町なら河田屋という旅館がぼくの常宿だ。いいよ、紹介してあげよう。おかみさんは話好きの、とてもいいひとだ」

風景画家は小池の依頼を承諾した。

8

福島県真野町は山地にある。水田が少なく、桑畑や煙草《たばこ》の栽培が多い。東北本線を上野から乗って二時間半、支線に乗り換えて十五分、真野駅が近づくにつれて車窓から小池の見た風景であった。

降りたのが一時すぎだった。河田屋は駅の近くで、すぐにわかった。かなり旧《ふる》い旅館で、近くには新しいホテルもできているのに、いかにも民家を描く旅の画家田居順吉の好みそうな宿だった。

帳場にいた六十ぐらいの男に声をかけると、はい、田居先生からお電話をいただいております、と朴訥《ぼくとつ》に頭をさげ、手を鳴らして女中を呼んだ。

中庭があって、鯉《こい》の泳ぐ池の小橋を渡って奥の別棟に歩いた。スーツケースを提げて案内してくれている女中の背中に声をかけて訊《き》くと、五十年経《た》った家だと答えた。

部屋は八畳に四畳半の次部屋が付いている。天井も柱も黒光りがし、南画を描いた襖《ふすま》は脂《やに》を融《と》いて塗ったような黄蘗色《きはだいろ》だった。床の間にも煤《すす》けた山水の軸がかかっていた。その前の玉《ぎょく》の香炉に香が焚《た》かれているのは、客を迎える用意としてさすがに奥床しかった。障子を開けると、人家の屋根を隔てて山と対面した。

おかみさんは用があって外出し、一時間ほどで戻ってくるということだった。女中は風呂《ふろ》の用意をしそうだったが、小池は断わって、さきに散歩してくると云《い》った。

「どこか見るところはありませんか？」

「田舎ですから、なんにもありません。お城跡の公園ぐらいなものです。それと、天王神社くらいです」

女中は東北訛《なまり》で気の毒そうに云い、道順を教えた。

降田山湖堂の場所はたずねなかった。広くもない城下町で、商店街も狭いにちがいない。その菓子屋の前は通りながら観察するだけでよかった。

商店街は駅前通りを十字路にして横に長い、いわゆる帯の幅ほどの街だった。それでもスズラン灯が両側から傾き合い、五階建てくらいのデパートもあり、映画館も、レストランもパチンコ店もあり、商店が賑《にぎ》やかにならんで、けっこう繁華街となっていた。

人に訊くまでもなく、降田山湖堂はすぐに眼にふれた。その商店街のほぼ中央で、二階は土蔵造りに似た厚い白壁に、四隅を切った横に細長い四角な櫺子窓《れんじまど》が二つならんでいた。窓と窓の中央にあたる廂《ひさし》屋根の上には、木目《もくめ》を浮き立たせた欅《けやき》の看板が上り、「銘菓本舗・山湖堂」と行書の字体が二段に彫り込まれ、若草色が鮮やかに注がれていた。表の店は間口が広く、陳列棚《ケース》にもうしろの棚にも木箱や紙函《かみばこ》がならべられ、積み上げられてあった。店は和風を生かした近代的な設計で、たいそう瀟洒《しょうしゃ》であった。短冊形《たんざくがた》の紅《あか》い札があちこちに下っていて、「奥の山風」「真野の雪」「城の月」「細道の香」などといった菓子の名が上手な行書で書いてあった。それでいてすこしも俗でなく、高尚で、どっしりと落ちついているのは「四代続いた老舗」の貫禄《かんろく》といえた。店には三人の若い女店員がいて、客の注文を聞いたり、包装をしたりしていた。降田良子の父親にあたる主人らしい男も、彼女の母親らしいのも見えなかった。奥には出入口にのれんがかかっているが、深そうだった。これだけの資産家なら、東京に居る娘の若い画家に相当な援助がしてやれるだろうと思われた。小池は想像していた以上に立派な店舗に感心して眼を横に流すと、その隣が小さなカメラ店になっていた。隣といっても菓子店の表の一部を改造してカメラ店にしたことは、その新しい模様でもわかった。奥はなく、ケースにカメラが二十台ばかりならび、狭い棚にフィルムが積んである寂しさ、表には「城南カメラ店」と小さな看板が下っていた。「銘菓の老舗」のスマートな重厚さの横に、この安っぽいカメラ店はどう見ても似つかわしくなかった。店にはだれも居なかった。

表をゆっくりと通りすぎ、ひとまず山湖堂を眼に収めたので、小池は次の角を曲った。教えられた城あとの公園はその方角である。歩きながら左側を見ると、降田山湖堂の二階の屋根が長々と裏通りまでつづいていた。城下町の常として、ここも京都を模して町が碁盤の目になっているのだが、山湖堂は一区画を南北にわたっていた。旧家だからそれも当然であろう。それに裏側は菓子の製造工場になっているらしく、細い煙突が立っていた。母屋《おもや》の大きな屋根もそのつづきにあった。

小池は住宅地が尽きたところで坂道にかかった。この真野町は一連の山塊の麓《ふもと》にある。城はだいたい丘陵の上ときまっている。

坂道にかかるところには「城趾《じょうし》・扇公園」と「天王神社」と、二つの石の標識が立っていた。

肥《ふと》った小池は、こういう坂を登るのが苦手であった。彼は、舗装された曲り道をゆっくりゆっくり登った。心臓が肥大しているので、急ぐと息切れがする。両側とも杉林だったが、左側は登るにつれて梢《こずえ》の上から町の展望が展《ひら》けてきた。長い時間をかけて頂上まできたが、途中、だれにも会わなかった。

城趾は石垣だけであった。桜の木は多いが、東北の春は遅く、まだ梢に蕾《つぼみ》もつけていなかった。公園では中学生が五、六人でキャッチボールをしていた。

ここからの町の眺めは、山に囲まれた城下町の佳《よ》さを見せた。もっとも、雪こそないが、山はまだ冬をもちこしていた。降田山湖堂の大きな屋根も知れた。菓子工場の細い煙突が目標だった。

小池は天主閣あとの前に立っている案内の高札を読んだ。

《本城は永正《えいしょう》三年（一五〇六）石川氏の館《やかた》であったが、天正十五年（一五八七）、伊達《だて》氏が諸郡を削定したとき、石川氏はその附庸となった。十八年、伊達氏が会津仙道を奪うと、石川氏の旧臣は伊達氏についた。のち、会津若松城主はその属将を置いたが、徳川幕府のとき杉下氏がこれに居《お》り、正保《しょうほう》二年（一六四五）に秋田氏がこれに代った。封五万五千石。明治維新のとき、城廓《じょうかく》を取りこわした。天主閣、本丸、二ノ丸、

三ノ丸などの遺構は石垣によってしのばれる。》

中学生の声が去ったので、振り返るとかれらの姿はなく、代りに町を俯瞰《ふかん》する広場を二人の男が歩いていた。桜や雑木林はまだ裸梢である。その下を散策する二人づれは、一人は六十とも見える年寄りで、前こごみだった。黒っぽい鳥打帽に、厚ぼったい冬外套《がいとう》をきている。一人は三十すぎの男で、茶色の革ジャンパーにカーキ色のズボンだった。これは無帽で、長目の髪をまだ寒い風にそよがせていた。彼は、足もとのはかどらない年寄りの横に寄り添って介添えしていた。顴骨《ほほぼね》の出た長い顔で、血色がよかった。年寄りは顔色がよくなく、口や頤《あご》のまわりに白い無精髭《ぶしょうひげ》を生やしていた。鳥打帽の庇で鼻から上は黒い影になっていた。

小池がどうしてこうまで詳しく二人を見ていたかというと、かれらよりほかに人の姿がなかったからである。東北の早春の中にある城趾風景は、美しくも蕭条《しょうじょう》としていた。

若い男は、そこに立っているよそ者に凝視されているのをうす気味悪く思ったか、年寄りをうながしてそそくさと坂道の下に向った。といっても老人の足どりがにぶいので、その小脇《こわき》を抱えるようにしていた。

小池は、すぐ下りるのも二人のあとを追うようで悪いと思い、時間つぶしに、城趾の石垣からさほど遠くない天王神社のほうへ歩いた。

　これは杉の木立に囲まれていて、苔《こけ》の生えた石鳥居をくぐると、自然石をたたんだ参道の正面に檜皮葺《ひわだぶ》きの屋根をのせた権現造《ごんげんづく》りの小さな社殿があった。千木《ちぎ》とかつお木だけは銅で緑青《ろくしょう》にまみれていた。

　社殿の前にある立札で神社の由緒《ゆいしょ》を読んだ。

《もと石川氏の建立《こんりゆう》。石川氏は征夷《せいい》大将軍　坂上田村麻呂《さかのうえのたむらまろ》（七五八―八一一）の後裔《こうえい》と称す。本社は石川氏がその祖霊を祀《まつ》ったものという。石川氏一党の氏神なるを以《もつ》て、城内に勧請《かんじよう》した。社殿は江戸期を通じて存続したが、明治・大正に二度の改築を経た。永禄《えいろく》年間の書写大般若経《だいはんにやきよう》の一部を存する。》

　さすがはこの地方で、坂上田村麻呂の名が出るわい、と小池は思った。

　三十分も経ったから、もうよかろうと小池は坂道を下りにかかった。肥った身体《からだ》は、下りは下りでまた足を速めることができない。前に転がりそうであった。さっき下りた鳥打帽の年寄りと革ジャンパーの男の後姿は最後まで見えなかった。

　旅館に戻ったのが三時すぎだった。

「おかえんなさい」

　女中が入口のところで出迎えた。

「ただいま」

「ずいぶんごゆっくりでしたね」

「城趾の公園まで行ったが、あんがい高いのと急坂に難儀しましたよ」

「おやおや、上までお登りになったんですか。それじゃたいへんでしたね。わたしはまた登り口のところまでおいでになるのかと思いました。あの、おかみさんが帰っています。お部屋へ戻られたら、お客さんにご挨拶したいと云っております」

「それはどうも」

「それともお風呂を先になさいますか?」

「いや、あとにします」

部屋に入って十分もすると、ごめんください、と襖の外から女の声がした。おかみさんというのは五十すぎの瘠《や》せぎすの女だった。畳にいつまでも頭を付けて容易に顔を上げなかった。

ようやく挨拶が済んで会話になった。田居先生にはたびたびお泊りいただいております、先生からは光栄にもスケッチを一枚頂戴《ちようだい》して家宝にしておりますなどとおかみさんは小池にも礼を云った。

小皺《こじわ》があんまりないおかみさんは、眼尻《めじり》が少し下っていて、唇がうすかった。商売がら化粧は濃い目だった。

「さっき商店街を歩いたのですが、なかなか賑やかですね」

小池は、そろそろと始めた。

「いいえ、田舎ですから、それほどでもありません」

おかみさんは小さく笑った。

「しかし、立派なお店があるじゃありませんか。とくに山湖堂というのは風格のあるお菓子屋さんだと思いました」

小池が云うと、

「ああ降田さんですね」

と、おかみさんはすぐに深くうなずいた。

「あそこは明治から四代つづいたお菓子屋さんです。あそこの『奥の山風』と『真野の雪』というのは、この東北地方でも聞えた銘菓です。みなさん、おつかいものによく買われます」

「城下町はお菓子がうまいそうですが、あそこもそうですか。四代もつづいているのだったら旧家ですね」

「お菓子屋さんを開いてから四代目ですが、秋田様のときは町年寄もやっておられたそうです。先祖は坂上田村麻呂の一族だということです」

また征夷大将軍坂上田村麻呂の名が出たので、小池は内心おかしかった。

「由緒のある家柄ですね。見たところ、裏側の通りまで占めている大きな家ですね」

「農地改革でずいぶん取られなすったけど、もとは大地主です。いまでも資産家ですよ」

唇のうすい女は能弁家だと聞いている小池は、このぶんでは上々にゆきそうだと思った。

「家族は多いのですか?」

「ご夫婦に、息子さんが二人に、娘さんが一人です」

「お子さんたちもいっしょに住んでおられるんですか?」

「跡とりの長男さんはいっしょです。次男さんも裏の別棟に住んでおられます。娘さんは東京に出て画《え》を描いておられます。近ごろ画家として有名になりはじめたそうです、降田良子さんというんです。あなたはご存知ありませんか?」

「いや、わたしはいっこうに。田居さんに可愛《かわい》がってもらっていますが、新人は手がけていませんので」

小池は要心深く逃げた。

「なんでも娘が東京で画家として名が売れはじめたといって山湖堂のご主人はおよろこびだということです。それから云い忘れましたが、ご主人の従兄《いとこ》さんとかもいっしょに住んでおられます。このひとは、頭がおかしいのですが」

小池には、頭のおかしい従兄などはどうでもよかった。

「その良子さんというお嬢さんはまだお独身《ひとり》ですか？」

「独身です。たしか二十六くらいにはなっておられるはずですよ。画を志しているような女性は結婚があとまわしになるんでしょうね」

「お嬢さんは、こっちで前から先生について画を習ってらしたんですか？」

ここが肝腎《かんじん》の点だった。

「いいえ。そういうことは聞いていません。第一、この辺には画描きさんなんぞは一人も居りませんから」

「ははあ」

小池はがっかりした。やっぱり降田良子は独力であの画を「自己発見」したのか。

「けど、良子さんは一時東京に行かれて、二年ぐらいどこかの美術学校に入って画を勉強されたそうですよ」

それが林台女子美であり、栗山弘三であった。話は符合していた。すると降田良子は、あのデパートの作品展の目録のように「天才」であるのか。小池は、この真野くんだりまでやってきて、光彩堂画廊の中久保への羨望《せんぼう》を深めることになった。

そこへ女中が二人ぶんの茶と菓子とを運んできた。菓子を包んだうす紙には「奥の山風」と茶色で小さく印刷されてあった。

「これが降田さんとこの『奥の山風』ですよ。ひとつ召し上ってください」

おかみさんはすすめた。

柚子《ゆず》の小さく刻んだのを混ぜた求肥《ぎゆうひ》で、中は白餡《しろあん》が黄色く染めてあった。その配色もよく、口に入れると白隠元《いんげん》の餡の甘みも嫌味《いやみ》がなく、柚子の香りが鼻先に漂う。いかにも城下町に発達した上品な和生菓子《わなまがし》であった。

「うまいですな」

小池は正直讃《ほ》めた。

「みなさん、お賞《ほ》めになります」

「繁昌《はんじよう》しているはずです。わたしが表を通りかかったときも、三人の女店員さんが忙しそうに働いていましたよ」

「そのうちの一人は、きっと次男さんの奥さんでしょう。次男さんはカメラ道楽で、山湖堂さんの隣にカメラ店を開いていますから」

「ははあ、そのカメラ店がそうでしたか」

寂しい小さな「城南カメラ店」の店がまえが小池の眼に蘇《よみがえ》った。

「おかみさん。でも、あのカメラ店は変っていますよ」

立ちかけた女中が膝頭《ひざがしら》を畳の上にもどして云《い》った。

「どう変なの？」

「ほかのカメラ店のようには現像も焼付もしてくれないのです。カラーフィルムのほうは受けつけますけど」

「カラーフィルムの現像・焼付は引きうけるけど、白黒フィルムのほうは駄目なの？」

おかみさんは、女中に訊《き》いた。

「はい。お客さんに頼まれて、あの城南カメラ店さんに行ったんですが、あそこのご主人にそう云って断わられました」

そのカメラ店の主人は、隣の降田山湖堂の次男である。小池はたったいまそれをおかみさんから聞いたばかりだ。

「変ってるわね。よそのカメラ屋さんでは、どこでも白黒フィルムの現像も焼付もしてくれるのに」

たしかに変っている。カメラ屋がＤＰ（現焼）を兼ねるのはきわめて普通なのに、と小池も傍で聞いていて思った。

「あんまり商売には熱心でなさそうです」

女中は云った。小池も通りがかりに見た「城南カメラ店」の寂しい店つきを思い出す。素封家でもあり、銘菓製造の老舗《しにせ》でもある降田家の次男なら、営業資金にはこと欠かないだろうに、当人はカメラの趣味だけで店を開いたというだけで、性来怠け者かもしれなかった。客の注文でDPするような面倒臭いことはやらないのだろう。金持ちの息子にはよくあることだった。

「それなのに、カラーフィルムの現焼だけは引受けるのは、どういうわけ？」

おかみさんは、また訊いた。

「いや、それはですね、おかみさん」

小池は横から口をはさんだ。

「カラーフィルムのほうはカメラ店では出来ないので、専門の現像所に出すからですよ。カラーフィルムの製造会社はそれぞれの系列の現像所を持っていて、各地にその支所がたくさんあるということです。そこへお客さんから預かったカラーフィルムを送ればいいんですから、カメラ屋さんの手間は要りません」

「そうですか。道理でね」

ということになった。

この話からも、むろん降田良子の画の「源流」はヒントすらつかめなかった。

小池は、降田山湖堂の話ばかり訊いても、こちらの意図がわかりそうなので、この地方の風習や民芸などのことをおかみさんに質問して雑談を交わした。

夕食が出るまでには少し間があったので、小池は今夜読む本が欲しくなり、風呂《ふろ》を浴びると、旅館の着物をきて杉下駄《すぎげた》ばきで、もう一度商店街に行った。

夕方の商店街は昼間よりも人が出ていて賑《にぎ》やかであった。

山湖堂の店内もあかあかと灯が入り、客が六、七人入っていた。こんどは店員だけでなく、白髪頭の六十すぎぐらいの男がいて、女店員に指図していた。ここの主人と思えたが、落ちくぼんではいるけれど、眼が大きく、頬が出張っていた。小池は、降田良子にまだ会ってはいないが、デパートでひらいた作品展目録に載った写真の顔と白髪頭とがどことなく似ていた。彼女の父親に違いあるまい。母親らしい老婦人の姿はなかった。

そこを七、八歩ばかり通りすぎ、隣の「城南カメラ店」の前にきて店内をのぞいた。店主がたった一人だけ商品棚の前に立って雑誌を見ていた。だが、その姿を見て小池はおどろいた。昼間、城趾《しろあと》の公園で見かけた老人づれの革ジャンパーの男であった。

あのとき偶然に出遇《であ》ったのが、山湖堂の次男だったのか。次男といえば、良子のすぐ上の兄にあたるはずだ。じろじろと見つめるわけにはゆかないので、さりげなく眼を遣《や》ると、このカメラ店主も眼がくりくりとして顴骨《ほほぼね》が張っていた。細長い、瘠せた顔も、父親の山湖堂主人によく似ていた。

隣の菓子店にくらべ、こっちのカメラ店には客の影はない。店主は立ったまま閑《ひま》そうに雑誌をひろげていた。カラーフィルムのほかには現像も焼付も引受けないくらいだから、客も少ないはずである。もちろんこの商店街には、ほかに大きなカメラ店が二軒もあった。この「城南カメラ店」は陳列棚にならべたカメラの数も少なかった。

実際に商売気はなさそうであった。旅館で話を聞いたように、この資産家の次男は、ただカメラ道楽ということから気まぐれに父親にたのんで老舗の隣にこの小さな店を開かせてもらったという様子であった。世間によくある話だが、質《たち》のいい道楽息子といったところである。カメラ店で生活してゆくつもりはなく、いずれ父親が死んだら兄貴と財産分けして、独立するつもりであろう。その妻は義父母の山湖堂の店を手伝っている。

小池は城趾で見た革ジャンパーの男が、「城南カメラ店」の店主であり、山湖堂の次男であり、そして良子の兄と知っていささかびっくりしたが、考えてみると狭い町のこと、それほどの奇遇でもないと思った。

書店は、それから歩いて、百五十メートルくらいのところにあった。

店に入ると、立読みの人もかなりいた。棚を眺めると、美術雑誌の「バレット」の今月号がたった一冊だけあった。

小池は、叢芸洞画廊にはそれが来ていたが、読みそびれていたので、今夜は宿でこれでもと思い、その一冊を買った。

包み紙でカバーをつくってくれている年かさな女店員に、

「この『バレット』は、毎月何冊ぐらいおたくの店に来ているのですか？」

と訊いてみた。

というのは、わりあいに程度の高い総合美術雑誌がこんな田舎町の書店にも置かれているのに、やや意外の感じがしたからである。

「『バレット』は毎月、二冊来ています。一冊は月極《つきぎ》めの方に届けていますが、あとは店売りです」

さすがは五万五千石の旧城下町で、美術雑誌の定期購読者もいるのだ。小池は感心したが、すぐに、はっとなった。

こういう専門的な美術雑誌を月極めで取るからには、画家に違いない。「バレット」は画家や画学生、美術評論家や画商などの専門家がかならずとっている一流誌で、内外新作の原色版やグラビアページが多かった。

この雑誌を毎月とっているのがこの町の画家としたら、もしやそれが降田良子の画の「源流」に何か関連があるのではないか。小池の心は躍った。

逸《はや》る胸をおさえて、

「へえ、そうですか。やっぱり伝統文化のあるお城下町ですね。その月極め購読者の方は、なんというお名前の画家ですか？」

と、きいた。

雑誌を包み終った女店員は、

「画家ではありませんよ。この先の、城南カメラ店のご主人です。この雑誌についている写真の構図を参考にされるんだそうです」

と雑誌を渡し、レジのボタンを押してガチャガチャと剰《つ》り銭を出すと、ありがとうございました、と次の客のほうへ忙しそうに顔をふりむけた。

小池はがっかりして、旅館にもどった。カメラ店の店主なら、とくにカメラが趣味の男なら、いわゆる芸術写真を撮っているだろうし、その参考に「バレット」を定期購読していてもふしぎはない。その美術雑誌をすぐに画家と結びつけたのは、こっちの早合点だったと小池は苦笑した。しかし、ここでも、あの山湖堂の次男坊と妙な縁つづきがあった。

散歩で身体《からだ》が冷えたので、もういちど風呂に入って上ると、夕食の膳《ぜん》が部屋にならべられてあった。山菜と川魚料理がうれしかった。

銚子《ちょうし》を二本つけてもらった。相手は例の女中で、夕方からは着物と帯の姿で、顔にも濃いめの化粧をしていた。お酌をしながら話相手になってくれるのも、いまどき温泉場の旅館にもないことだった。

「じつはね、いま本屋さんに行く途中、城南カメラ店の前を通って、あそこのご主人を見かけたが、あの人は昼間、わたしが城趾の公園に上ったときに見かけましたよ」

小池は、その偶然の出会いを話した。

「その、いっしょに歩いていたというお年寄りは、山湖堂の従兄《いとこ》さんです。頭がおかしいので、次男さんがいつも世話しておられるのです」

女中は、すぐにわかって、関係を解いてくれた。

頭がおかしい山湖堂主人の従兄の話は、おかみさんからも小池は聞いていた。そういえば、年寄りは足どりが重く、革ジャンパーの次男に小脇《こわき》を抱えられるようにしていた。足がもつれているのは、老人というだけでなく、頭の病気でもあったのだ。

「精神障害者ですか？」

「そうです。それも傷痍《しょうい》軍人ですよ」

「ほう。戦争の犠牲者ですか。それは気の毒に。しかし、それがどうしてわかったのかな。山湖堂さんのほうでそう話されたのですか？」

「いいえ。わたしの知っている人に、こっちの郵便局につとめている女性がいますが、その人から聞いたんです。年に四回だかに分けて、小山政雄さんというのがそのお年寄りの名前ですが、山湖堂さん寄寓《きぐう》の小山さんあてに傷痍軍人恩給受取りの通知を出しているそうです。なんでも戦争で弾丸が頭にあたり、そのために脳障害をおこされたそうです」

「そりゃ、ますますお気の毒だ。兵隊にとられる前は独身だったろうから、傷痍軍人になってからは、従弟《いとこ》の山湖堂さんが引きとって面倒を見ておられるわけですね」

「その世話は敬二さんが……敬二さんというのは次男さんの名ですが、別棟に住んでおられるから、そこでご夫婦で世話しておられるんですよ」

「それは美しい話ですね。けど、なんですね、傷痍軍人の恩給が郵便局から支払われるとは知らなかったね。わたしはそういうものは市町村の役場から支給されるものと思っていたが」

「友だちの話では、総理府から郵政省にお金がまわされてくるんだそうです」

大きな身体で山登りした疲れが、銚子二本でもいつにない酔いとなり、小池は早目に床の中に入った。

枕元《まくらもと》で美術雑誌「パレット」をひろげた。

《この芸術運動に関してベンソンがカジミールとの落差を示してくれているのは、リカルダ・リヒトホーフェンの数作、とくに『ユトレヒト的な油虫の歩行に意識を奪われている少女』（一九二七―四九年）である。この作品は、ベイトマン・マクフェイル、ツアン・タオション、ロート・マルシュ、チモン・ヴェロン、マルク・ボティレスクのような現代絵画の評論家によって、オートマティスムを異った次元に高めようとした試作の源泉であると評価されている。しかし、『無限の象徴』と比較してみても、二人のアーティストの差異は、その演繹《えんえき》的な構成の中からも、また無意識との相関における形成力としての意識からも、自明である。生理形態学的な形状は、芸術と科学の厳密な批判を受けねばならないが、しかし、抽象図形をファンタスティックに表現しようとする前者の意欲の形態は……》

この難解で退屈な活字の羅列が催眠剤の用をなして、小池はぐっすりと睡《ねむ》れた。

9

翌朝、小池は十時になるのを待ちかねて、「城南カメラ店」の前に行った。

道路から店の中をのぞくと、奥行のない店には、昨夜宿で降田敬二と名前を聞いたばかりの山湖堂の次男が居た。今日も、昨日城趾《じようし》公園で見かけたとおりの、茶色の革ジャンパーを着こんでいた。

小池には、昨日あの場所で行き会った自分の顔を敬二がおぼえているのではないかと気怯《きおく》れがあった。だが、あのときは距離は相当にあったたし、こっちが二人を見つめているうちに、先方はそそくさと逃げるように立ち去ったので、自分の顔もろくには見なかったように思う。

まあ相手に記憶があればそのときのことだと思い、小池は、ごめんなさい、と云《い》って店の中に入った。

「いらっしゃい」

長目の髪が少しちぢれ、眼が大きく、頰が出ている降田敬二は客を迎えた。

「白黒フィルムで、K社のがありますか?」

「K社のモノクロは置いていませんが、カラーフィルムならあります」

敬二は事務的な口調で云った。小池を見る眼も初めての客といった淡々としたもので、かくべつな表情はなかった。このぶんでは、昨日城趾で遠くで遇《あ》った記憶はないものと小池は判断した。

「白黒がほしいんですがね」

小池は、わざと時間をとるようにフィルムを積んだガラス・ケースをのぞいた。赤や緑の外函《そとばこ》の国産フィルムがならんでいた。

「それじゃ、S社の三十六枚どりを一本もらいましょうか」

「かしこまりました」

「あ、それから現焼してもらいたいのを一本持ってきているんですが、なるべく至急にやってもらえませんか?」

小池は、さもそのフィルムがあるようにポケットに手を入れた。

「モノクロの現焼は、わたしのほうではやっていません。済みません」

敬二は、あまり済まなさそうな顔でもなく云った。

「おやそうですか。カメラ屋さんならどこでも現焼をしてもらえると思ったもんですから」

「わたしのほうは、都合でやっていません。それでしたら、ここから東へ二百メートルばかり行ったところに大きなカメラ店がありますから、そこだと引きうけてくれます」

敬二は、やはり事務的に、だが少し威張ったように云った。いかにも趣味で商売をしているような口調であった。

「じゃ、そうしましょう。……あの、あいにくと小さな金を持っていないのです。これで取っていただけませんか?」

小池は一万円札を出した。フィルムの値段は三百九十円だった。

敬二も困った顔をしたが、少々お待ちください、と云って一万円札をくずしに隣の山湖堂へ急いで行った。午前十時すぎだと、剰《つ》り銭の用意もなかったようだ。

そのあいだに小池は店内の様子を見まわした。壁には全紙の写真三枚がパネルに貼《は》って出してある。カメラ店なら、どこでもお目にかかる飾りだが、その人物と風景には隅にフィルム会社のマークが入っていた。カメラ道楽の店主なら、自作の芸術写真を自慢そうに展示していてもよさそうなものを、フィルム会社のおしきせの写真を掲げるとは芸がなさすぎる、と小池は思った。

そのとき、表に白い小型車が停り、中から大型封筒を持った青年が降りた。

「お早うございます」

鼠色《ねずみいろ》のユニホームをきた青年が大きな声で入ってきたが、店主の姿がないので、そこに突立った。

「ご主人はお留守ですか？」

彼は、客の小池に叮寧《ていねい》に訊《き》いた。

「いま、隣においでになりました。すぐに帰ってこられますよ」

小池は答えて、青年の持っている大型封筒の印刷文字に眼をとめた。

《Fカラーフィルム現像焼付専門・芙蓉《ふよう》工業所郡山《こおりやま》支所》

とあった。青年のユニホームにもその会社のマークが縫とりしてあった。

剰り銭のため、一万円札を隣の山湖堂にくずしに行った降田敬二はまだ戻ってこなかった。

小池は、《Fカラーフィルム現像焼付専門・芙蓉工業所郡山支所》と印刷した大型封筒を持つ青年に訊いた。

「あんたは、カラーフィルムを現焼する会社の人ですか？」

わざわざ尋ねるまでもないが、言葉を交わすきっかけとしてはそうなる。

「そうです」

マーク入りのユニホームをきた長髪の青年は明るく答えた。

「各カメラ店を回って、お客さんから預かった撮影済のカラーフィルムを集めたり、現焼したものを配達したりしているんですね？」

「そうです。わたしはFフィルムだけですが、ほかのフィルム会社の人も同じように回っています」

「カラーフィルムばかりは、カメラ店では現焼が出来ないからね。けど、あれは日数がかかりすぎるな。現像でも焼付でも、カメラ店に頼んで出来上るまで一週間近くはかかる」

「それはだいぶん以前《まえ》の話ですよ。いまは、三日くらいで出来上りです」

青年は相手の遅れた知識を嗤《わら》うように云った。

「え、そんなに速くなったんですか。もっとも、わたしは二年ぐらいカメラを握っていないけど」

「いまは、カラーフィルムの現焼所が多くなりすぎて、各社過当競争気味なんです。まあそ値段を引くわけにはゆかないから、早く仕上げるというサービス競争ですよ。

れだけ現焼の技術が進歩したのでもあるわけですが」

ここの店主が戻ってこないので、カラーフィルム集配の青年も小池の話相手になった。

「この店に白黒のフィルム現像をたのんだところ、引きうけてくれないのです。そういうカメラ店は、ほかにもあるんですか？」

小池はのんびりとした口調できいた。

「いえ。カメラ屋さんではモノクロの現焼をみんなやっていますが、この城南カメラ店さんは、ご主人が一人ですから、そんな忙しいものは引きうけられないのでしょうね。カラーフィルムだと、こうしてわれわれのほうでやりますから」

「それじゃ、この店が各社に発注する現焼のフィルムの数は相当多いでしょうね？」

「いや、それほどでもないです。モノクロの現焼をしようがしまいが、カラーフィルムには関係がありませんから」

「それはそうだな。各社というと、あなたのほうのFフィルムのほかに、Sフィルムと、アメリカのK社のものですか？」

「まあそのへんのところです。この三社系列下のカラーフィルムの現焼所が各所にできたので、いま云ったように各カメラ店でのサービス競争となったのですよ」

そんな話をしているうちに、隣から店主の敬二がようやく戻ってきた。

「こんにちは。まいどありがとうございます」

青年は敬二にていねいに挨拶《あいさつ》した。

「出したものを持ってきたのか」

敬二は、青年が小池としゃべっていたのが気に入らないらしく、睨《にら》みつけるように訊いた。

「はい。ここに。一昨日にお預りした四本です」

青年がさし出す大型封筒を敬二は乱暴に取って、急いでカウンターの内側にある抽《ひき》出《だ》しの中に仕舞いこんだ。いつにないこととみえて、カラーフィルム集配の青年は一瞬あっけにとられていた。

「どうも、お待ちどお」

敬二は、小池にも前とうって変ってぞんざいな口をきき、一万円から三百九十円をさし引いた剰《つ》りの五千円札一枚に千円札四枚、それに百円玉と十円玉とをカウンターの上に投げ出すように置いた。

「どうも、お手数でしたな」

小池は、わざと札の一枚一枚をていねいに数えるようにして揃《そろ》え、蟇口《がまぐち》の中に入れた。青年は、引換えに持って行く現焼用のカラーフィルムが店主から渡されるのを待ち、そこにぼんやりと立っていた。

このとき表にモーターサイクルが止り、郵便局の配達員が荷台に積んだ箱の中から小包を二個とり出して店内に入ってきた。

「小包です」

配達員はぶっきら棒に敬二に云って、その二個をカウンターの上に置き、受取りの判をくれと受領証の紙片を出した。

小池が見るともなくその小包に眼を落すと、一個は長さ一メートルぐらいの巻き物で、ちょうど壁掛け用のカレンダーを巻いたような感じであった。もう一個は長さ五十センチくらいのダンボール箱であった。幅も約四十センチ四角だった。二個とも荷札が付いていたが、どれもまくれ上っていて、発送元の名は見えなかった。

敬二は、受取りの判を捺《お》す前に、その小包の二個とも急いで店の奥に運んで行き、そこの戸棚の蔭《かげ》になっている壁に立てかけた。まるで客の眼から小包を匿《かく》すような素早さであった。そのあと郵便局の受取りに捺印《なついん》し、裏返しにして配達員に渡した。

郵便配達員の忙しそうな動作はどこも同じで、その紙片を受けとるとすぐにモーターサイクルに戻り、エンジンの音を響かせて駈《か》け去った。

敬二はまだそこに残っている肥《ふと》った客を、胡散《うさん》臭げに眉間《みけん》に皺《しわ》を寄せてじろじろと眺めた。

「どうもありがとう」

小池は蟇口をしまい、買ったフィルム一本をポケットに入れて表へ出た。カラーフィルムの現焼集配員は、不機嫌な店主の横におどおどして残っていた。

小池は河田屋旅館に戻った。

「お帰んなさい」

おかみさんが愛想よく迎えた。昨夜部屋で雑談を交わしたので、おかみさんのほうも気やすくなっていた。田居画伯の知人だというせいもあった。

「どこへ朝の散歩にお出かけになりましたか。またお城あとの公園ですか?」

「いや、あんな高いところはもうごめんです。商店街を一巡してきましたよ」

小池は笑った。

「なんどごらんになっても帯の幅ほどの狭い田舎町ですからめずらしくもないでしょう。お部屋に落ちつかれたころにお茶を持って参ります」

「どうも」

一泊の小池は今日が出発であった。が、何時に引きあげるかはまだ決めていなかった。

鯉《こい》の泳いでいる中庭の泉水にかかった石の小橋を渡った。この緋鯉《ひごい》をカラーフィルムで撮ったら美しかろうな、と思った。

なぜ、「城南カメラ店」ではカラーフィルムだけ引きうけて、モノクロフィルムの現焼を断わるのか。そういうカメラ店はほかにはない、とFカラーフィルム現焼専門の芙蓉工業所郡山支所の若い所員も云っていた。たくさんのカメラ屋を回るのが仕事だから、これは間違いない。当初は、金持ちの息子がカメラ趣味から開いた店なので、自分がDPの手をかける面倒さをきらってのことだと思っていた。しかし、それだったら、わざわざカメラ店を開く必要はなさそうである。フィルムを売ったり、カラーフィルムの現焼だけを引きうけたりするだけだったら、商売にはなるまい。げんにあの青年は一昨日の現焼の受注が四本だと云っていた。これはFフィルムだけだが、ほかの社のを合わせても十本ぐらいだろう。三日間に十本そこその注文くらいではカメラ店もなりたつまい。

もっともカメラがどのくらいうれるかが肝腎《かんじん》で、商売はこのほうに置かれているにちがいない。しかし、陳列棚《ケース》を見る限り、カメラの台数は少なく、種類も限定されていて、あんまり売れているとは思えなかった。

それに、カラーフィルムのみならず、白黒フィルムの現焼をどんどん引き受けてこそ客がつくのであり、カメラも売れるというものだ。また、店主がカメラ道楽なら、客の注文でモノクロ写真を引き伸ばしたりしてこそ自分の趣味にも合い、腕も上るというものではないか。このへんでは珍しく美術雑誌「パレット」を敬二は本屋から月《つき》極《ぎ》めで取っており、その写真を自分の作品の参考にしているというほどの男ではないか。趣味の上だと、ものぐさもないはずである。

どうも変った男だと小池は降田良子のすぐ上の兄にあたる敬二のことを考えた。変っているといえば、剰《つ》り銭のために隣の山湖堂から一万円を崩して持って帰ったときの様子もそうだ。店を出て行く前とは打って変った機嫌の悪さだった。あれは、どういうわけだろう。まるで、自分の留守にカラーフィルムの現焼屋の集配人と客とが彼の蔭口でもきいていたと邪推したような不機嫌ぶりだった。そのせいか、青年が持ってきたカラーフィルムの出来上りの入った大型封筒を奪い取るようにしてカウンターの抽出しに入れてしまった。

次には郵便配達員が持ってきた小包二個も急いで奥へ隠すようにした。そうだ、あのカラーフィルムの現焼品の入った封筒もやはり抽出しの中に隠すようだった。まるで、人には見られたくないとでもいうようなしぐさであった。

おかしな男だ、変な奴《やつ》だ、と小池は敬二を思い出して考えた。

この旅館にいま戻ったとき、おかみさんは、また城あとの公園にお登りでしたかと訊いた。

昨日の昼、その公園で遇《あ》ったときの敬二は年寄りといっしょだった。老人は、おかみさんの話だと、山湖堂の当主降田福太郎の従兄《いとこ》で小山政雄といい、戦争に出て弾丸を頭に受け、そのために精神障害者になったという。父親の命令だろうが敬二は山湖堂の裏の別棟にいる自分ら夫婦のもとに彼を同居させて世話しているというのである。なるほど公園で見た敬二の介添えぶりからすると、気の狂った親戚《しんせき》に対しての親切ぶりが分る。降田と小山と姓が違うのは、政雄の母親が小山という家に嫁に行ったからであろう。

その精神障害の傷痍《しょうい》軍人の老人を世話しているせいか、敬二まで頭がおかしくなっているのではないかと、さっきのカメラ店での彼の素振りからみて、小池には思えるくらいだった。

小池は東京に帰った。

福島県真野町に行ったが、そこで降田良子の画《え》の「源流」は発見できなかった。五万五千石の旧城下町を見に行ったというだけで、収穫はなかった。

だが、それは観光旅行だけに終ったろうか。いまのところ、それに違いないが、何かが「あった」ような気がする。それが何かはまだ自分でよく分らない。が、とにかく空気の流れのようにふんわりと動くものを感じとったような気がするのである。いわば形にならない手応《てごた》えに似た感じであった。

何だろう。感じとった手応えのようなものは何だろう。まるきりの無ではなかった。何かがあった。その「あった」ものの正体がぼやけてまだよく見えない。いくら考えてもわからなかった。
二、三日して小池は田居順吉画伯のところへ真野町の河田屋旅館を紹介してもらったお礼に手土産のウイスキー瓶《びん》を持って行った。田居は八王子の丘陵地に住んでいる。
応接間に上げられた。仕事中だったらしく画家は、白髪の多いぼさぼさ髪を絵具の付いた指で掻《か》きあげながら、ルパシカ姿であらわれた。

「やあ、どうだったね？」

田居順吉は額に横皺《よこじわ》の多い、長い顔をつき出した。

「おかげさまで、たいへん感じのよい宿で、仕合せしました」

小池は頭をさげた。

「そりゃあ、なによりだった。あそこのおかみがいいひとだからね」

民家のある風景を好む画家は、にこにこしていた。

「きさくなひとですね。先生によろしくとのことでした」

「ありがとう、ありがとう」

「先生にいただいたスケッチを家宝にしているといってよろこんでいましたよ」

「いや、テレ臭いなア」

田居はまた白い髪を掻いた。

ひとしきり真野町の話が出た。制作中だと思って、小池が腰を浮かしかけたところ、まあ、もう少しいいじゃないか、と画家はひきとめた。

「いまね、水彩のスケッチからとって十号の油を描いている。佐賀県の農家だがね。中農の、いい形の家なんだ。ちょっと見てくれるかね？」

「ぜひ、拝見させていただきます」

アトリエは母屋《おもや》の裏つづきにあった。山の中に建てたと当人が自慢するだけに、広いし、採光を重視した設計も申しぶんなかった。

画架の上に十号の小品が載っていた。仕上りまで八分どおりの進行状態で、水藻《すいそう》の浮いた古い濠《ほり》が近景で、その向うに防風林を背景にした大きな農家があった。近所の小さな農家を添えることによって旧家の荘重さを出していた。濠の水にその農家の影が落ち、水藻には藤色《ふじいろ》の花がヒヤシンスのような形で付いていた。

「佐賀県の農家の屋根はね、こんなふうに飾りはなにもない。線は水平で屋根の両端に馬の耳のような角《つの》を付けているだけだ。単純だが、信濃《しなの》あたりの重々しい装飾性のある民家と違って、素朴で、明るくて軽快だよ。やはり雪国の暗さと、西日本の明るさだろうね。この肥前の農家の形を見ると、なんとなく朝鮮の家屋の影響があるような気がするね」

描いている十号の油だけでなく、横にひろげた写生帖《しゃせいちょう》をとり上げ、それを繰ってさまざまなスケッチを小池に見せながらの説明であった。民俗学の方面からも注目されているこの風景画家は、しゃべっていると興が乗り、早口になった。

「思わぬ眼福《がんぷく》をさせていただきました」

小池は、いささか古風な言い方で礼を述べ、広いアトリエを出ようとした。

そのとき、出入口に近い隅で金槌《かなづち》で木を叩《たた》く軽い音が聞えた。

見ると、弟子の若い男が二人いて、一人は十号ぐらいの木の枠《わく》を組んで金槌で釘止《くぎど》めし、一人はそれに貼《は》るキャンバスとして、反物のように巻いた長い粗布を端からひろげて截《き》り取っていた。

真野に行った小池にいままでぼんやりとしかわからなかった手応えに似たものが、その一部を霧の裂け目から露《あら》われたように形を見せてくれた。

何かが「あった」正体の存在が、ここにあった、と小池は思った。——

10

傷痍《しょうい》軍人に支給される恩給は、どういう手続きでなされているのだろうか。

小池は自分の住んでいる町の郵便局に出むいて、次長に会い、その説明を聞いた。

「恩給の請求は、正式には『旧軍人の公務傷害による恩給の請求』と呼びます」

四十前後の、色の黒い、ずんぐりした身体《からだ》の次長は教えてくれた。小池がこの局の簡易保険の加入者であり、それが局員の熱心な勧誘に動かされたことを話したので、次長も面倒がらずに説明に窓口に出てくれたのである。人のつながりで商売しているような小池には、そういう抜け目のなさがあった。

「戦時中ですと、その恩給の請求手続きは、すべて軍がやってくれました。つまりですな、軍からの上申書が内閣恩給局に提出されていたのです」

「戦後は、どうですか？」

「戦後は、本人が軍を退職したときの本籍地の都道府県の援護課に、手続きに必要な書類一切をまず提出します。都道府県の援護課というのは戦前の連隊副司令部にあたるわけです」

「なるほど。だが、本人にその手続きができないばあいは？」

「できないというのは、身体障害者になっているばあいですか？」

「精神障害者です」

「そのときは、家族などが代理人となって手続きを行います」

「わかりました。で、都道府県の援護課がその一件書類を受付けたら？」

「そこから厚生省の援護局に書類が回されます。援護局というのは旧軍人の人たちがおもに事務をとっていましたが、いまは新しい世代になっているでしょうな。で、そこを経由した書類は、総理府の恩給局で最終的に審査され、決定するのです」

「そこで支給する恩給の金額が決り、総理府から郵政省にお金が回り、各地の郵便局から支払われるのですね？」

小池は、真野町の河田屋旅館の女中から聞いた知識で云《い》った。

「そうです、そのとおりです」

「その恩給を受ける最初の請求手続きの書類ですがね。それには本人が戦争で負傷した箇所の診断書とか入院中の病歴とかいったものが添えられてあるでしょうね。入院は当然陸軍病院だったでしょうから」

降田山湖堂の主人福太郎の従兄小山政雄は敵弾が頭部をかすめて、その擦過傷によって精神障害が起ったそうな、とこれもあの旅館の女中の話であった。

「ちょっと待ってください」

次長は引っこんで机の抽出《ひきだ》しから法規の綴込《とじこ》みを開いて戻ってきた。

「傷痍軍人の恩給支給請求書に必要な書類は、以下のとおりです。本人の履歴書、戸籍謄本《とうほん》、現認証明書または事実証明書です。現認証明書は、何年何月何日、どこの戦場で、どういう状況で、どういう負傷をした旨《むね》を現認する、といったもの、事実証明書は当時の上官が書いたものです。それと恩給診断書ですな」

「それはどういうものですか？」

「陸軍兵なら、どこそこの陸軍病院を退院するときに担当軍医が、負傷の発生年月日、入院と退院の年月日、そして退院時の症状を書いたものです。それが恩給診断書です。それら一件書類の請求によって恩給証書が発行されます。この恩給証書を持って郵便局からの通知で恩給を受けとるわけです」

小池は小さな手帳を出し、太い指を動かしてメモした。

自分の書いた手帳の文字を検討するように見直していたが、

「それでは総理府の恩給局へ行けば、恩給請求書類の内容を見せてもらえるわけですね？」

と、小池は次長の顔を見た。

「いや、それは駄目です。関係のない部外者が恩給局へ行って頼んでも、とてもそこまでは見せてくれませんよ。やはり個人のプライバシーに関するものですからね」

「親戚《しんせき》でも、よほどの事情がないと見せてもらえないと思いますよ」

「どうもいろいろとありがとうございました」

小池は郵便局の窓口をはなれた。

総理府恩給局に保存されているという恩給請求書の内容を閲覧すれば、小山政雄の過去が分ってくる。

もっとも、小山が降田福太郎の従兄であること、戦傷で精神障害者になっていることなどはすでにわかっている。だから彼がどこの戦場で、何年何月何日に負傷したかは、小池の関心にはなかった。知りたいのは、小山政雄が兵隊に行く前の履歴であり、負傷後、陸軍病院での症状と様子であった。

降田福太郎の従兄ならば、福太郎の戸籍謄本からたぐっていけば、小山政雄の原籍地が判《わか》る。だが、いまは他人の戸籍謄本はその閲覧さえきびしく規制されているので、これは厄介である。それに小池という人間が謄本を町役場からとり寄せたり、または閲覧を頼みに行ったということがあとで降田家に知られても困るのである。すべては内緒に運びたかった。

それだから、小山政雄という主人の従兄のことを降田家に訊《き》きに行くことはもちろん厳禁であった。小池には、降田良子の兄で、「城南カメラ店」の敬二の姿が灼《や》きついている。小山の世話をしている敬二は、同時に小山の防衛者のように思えた。おりから店宛《あて》に送られてきた小包二個も眼に残っている。

小山政雄の恩給請求書の中味さえ見れば、彼について知りたいことがことごとくいっぺんに分ってくる。

とくにその中の「恩給診断書」には小山が入院していた陸軍病院の軍医の署名があるという。

軍医。——その軍医に会えば、小山の精神障害の程度はもちろんのこと、入院中の小山の様子も知れてくるだろう。

画商というのは、金持ちの顧客《とくい》をもち、その職業もいろいろである。その中に国会議員が居てもふしぎではない。

小池は、じぶんの顧客に衆院の内閣委員会委員をしている西村久勝代議士があるのに思い当った。選挙区が同郷でもあった。

衆院議員宿舎に電話し、秘書を通じて面会の約束をとりつけた。

約束の日時に訪ねた小池に西村代議士は笑いながら浴びせた。

「やあ。また高い画《え》を売りつけに来たのかい？」

「いえ、今日はそういうことでなく、べつなお願いにあがりました。先生は内閣委員をしていらっしゃいますね？」

小池は、いつものにこにこ顔で云った。この憎めない笑顔にだれもが引き込まれることを小池は心得ていた。

「うん。それがどうした？」

「じつは、先生のお力添えをぜひお願いしたい件がございまして」

小池は揉《も》み手をして話した。ただ、その真の目的は云わなかった。

代議士は秘書に、小山政雄という姓名を書き取らせた。

「ぼくは国会議員の特権をあんまり振りまわしたくないほうでね」

代議士は少し顔を曇らせた。

「先生のご性格は、よくわかっております」

小池は頭をさげた。

「それに、これは国会議員の調査事項ではないので、正面から特定個人の恩給請求書を見せてくれいと恩給局に申込むわけにはゆかん。どうしても先方の好意にたよるほかはないな。……」

代議士はちょっと思案していたが、

「ま、なんとかなるだろう」

と、眼を微笑《わら》わせたのは、総理府に伝手《つて》があるように思えた。官僚はだいたい国会議員に弱いという通説を、西村の表情は裏書きしているようであった。

「よろしくお願いします」

小池は大きな膝《ひざ》を揃《そろ》えて可愛《かわい》いおじぎをした。

「しかし、いったいなんの用事でそんなことを調べたいのかね？」

「いえ、これも画を売るためには必要なのでございます」

小池ははじめから画の販売のことにごまかすつもりであった。

「商売とはいえ、いろいろと手を回すものだね」

「おそれ入ります」

だいたいのことが分れば秘書に手紙を書かせるから、と代議士は云った。

一週間ほどして、西村の秘書からの手紙を小池は受けとった。同郷の選出代議士は律義《りちぎ》だった。

《先日ご依頼の件、とりあえず報告いたします。

小山政雄は大正×年二月十五日生。原籍地は大分県宇佐郡高住《たかずみ》町字《あざ》神領三〇五番地、農業故小山忠太郎の二男。現在は長男の息子宗夫氏があとをついで戸主となっています。政雄氏は結婚せず、したがって子供はありません。親戚はすべて小山姓で、同町内または同県の各郡の町村に住んでいます。》

この冒頭を読んで、小池は、おやおやと思った。

いくら内閣委員の国会議員でも総理府恩給局の恩給請求書の一件書類まで複写することはできなかったらしい。要点だけのメモである。

だが、それにしても、小山政雄の親戚は、すべて大分県宇佐郡高住町の原籍地付近か県内に散在している。降田福太郎が彼の従弟《いとこ》なら福島県真野町に親戚があると記載されていなければならないのに、それはこの手紙の報告には書いてない。これはどういうことだろうか。

《小山政雄氏の履歴。旧制高住中学を卒業すると、大阪市東成《ひがしなり》区今福五ノ三四、下田電気機械製作所設計課に就職。昭和十八年四月、乙種補充兵として召集を受け、小倉第十四連隊に入隊。同年五月、朝鮮竜山第二十三連隊にて編成せる臨第八十四師団に所属、同年十月、ニューギニア戦線に向う。陸軍一等兵。同十九年二月、ニューブリテン島東部の戦闘にて頭骨右側に弾丸の擦過傷を受け、その衝撃のために脳神経に障害を来たし、同年五月に内地後送、福岡県久留米《くるめ》陸軍病院に入院、陸軍軍医中尉《ちゅうい》森田晋一の診療を受けているうちに終戦となり、原籍地にある実兄小山為一の家に帰る。同人の恩給請求は小山為一が代理人となってこれが手続きをとる。

恩給局で西村が小山政雄氏の一件書類を閲覧した結果、大体以上の通りなので、ご報告します。》

小山政雄の履歴はおよそわかった。郷里の大分県の旧制中学を出ると、すぐに大阪に行き、東成区今福の下田電気機械製作所の設計課に入ったというのである。この設計課員というのが、画と関連があるように小池には思えた。

小池は大阪の電話帳を繰った。下田電気機械製作所の名前では載っていなかった。

そこで東成区の区役所商工課に電話してみた。

「そないな名の会社はこの区のなかにはおまへんで」

若い男の声が答えた。

「昭和十八年ごろまでには今福五ノ三四にたしかにその会社名で存在していたんですがね。ひとつ調べてもらえませんか？」

下田電気機械製作所がわかり、小山政雄の同僚などが現存していれば、当時の彼の様子がわかるにちがいない。

「ちょっと待っておくんなはれや。ええと、今福の五ノ三四ね。……」

係は区内地図でも見ていたようだが、

「あの、その今福五ノ三四はね、いま杉下工業のアパート団地になっとりますがな。下田電気機械製作所という会社は、とうの昔に潰《つぶ》れたか、よそに移ったのんとちがいますか」

「それは、どこに訊いたらわかりますか？」

「さあ。こっちじゃわかりまへんな。杉下の団地になっとるさかい、杉下工業に聞いてもろたらわかるかもしれまへんな」

杉下工業は家電の大手メーカーである。小池は電話をかけ直した。その総務課の返辞は年寄りの声であった。

「そういえば戦前に下田電気機械製作所というのがあそこにおましたなあ。それは聞いとりますが、朝鮮戦争景気でちょっとよかったけど、昭和二十七、八年ごろにつぶれてしもたいうことだすわ。そのあとの土地は不動産屋の間を転々としとりましたけど、昭和三十一年にウチがあそこに従業員のためにアパート団地を造りましてん。それだけのことしかわかりまへんで」

下田電気機械製作所から小山政雄のことを聞きこむ線は断《き》れた。

あとの頼みは陸軍軍医中尉である。いや、軍医の線こそ小池にとって最大の頼みであった。

その軍医が現存していれば、開業医をしているだろう。南方の野戦病院では外科医が小山の治療に当ったろうが、後送されて久留米の陸軍病院では精神科の医者が当ったであろう。

小池は図書館に行き、全国医師会名簿を繰った。「モ」の部をさがすと、

《森田晋一。大正四年十一月二日生。森田内科病院長。内科。住所、長野県南安曇《あずみ》郡玉科町《たましな》二ノ五〇九。電話――。》

森田晋一の名はほかになかった。年齢からいってこの人かもしれない。内科医とい

うのが意外だったが、考えてみると陸軍病院に専門の精神科医は居なかったのであろう。内科医が兼任とは乱暴だが、乱暴なところが敗戦まぎわの陸軍病院の実態だったのかもしれない。

小池は名簿にしたがって、長野県玉科の森田内科病院に電話した。

看護婦らしい声が出た。

「ちょっとうかがいますが、院長先生は前に陸軍の軍医中尉さんではなかったですか？」

「はい。そのように聞いています」

小池は、しめたと思った。

「その軍医さんとして、九州の久留米の陸軍病院に勤務されたことはありませんか？」

「あの、どちらさまでしょうか？」

小池は、正直に叢芸洞画廊の支配人であることを云《い》った。

電話は男に変った。老人らしい嗄《か》れた声であった。

「わたしが院長の森田ですが、どういうことをお聞きになりたいのですか？」

「あ、先生ですか。これはどうもお忙しいところをおそれ入ります。先生は戦前に軍医さんとして九州の……」

「久留米の陸軍病院に勤務しておりましたが、それが何か?」

「そのときに先生が受けもたれた陸軍一等兵の患者で小山政雄というのをご記憶ではありませんか?」

「一等兵の小山政雄……」

院長は考えていたようだが、

「さあ。記憶がありませんなあ。なにぶん、たくさんの傷病兵を診ていたものですから」

と、咳《せき》をして云った。

「ごもっともです。けど、総理府の恩給局に保存されてある同人の恩給請求書に付いた恩給診断書は、陸軍軍医中尉として先生のお名前で書かれておりますが……」

「どうも記憶にないですなあ。わたしも恩給診断書をずいぶん傷病兵に書きましたからな」

元軍医の森田内科病院長は電話で答えた。

無理もない。三十数年前のことだし、とくに敗戦間際《まぎわ》である。当時の陸軍病院の入院患者数はたいへんなものだったろう。恩給診断書もさかんに発行されたにちがいない。

小池が諦《あきら》めかけたとき、

「待ってくださいよ。その兵隊の恩給診断書の内容は、どう書いてありますかな？」

と元軍医は訊いた。自分の名で書かれてあるというのが、やはり気になったのであろう。

「それが、先生、総理府恩給局が外部には現物を見せてくれないのです。ある人を介して、内容をざっと閲覧してもらい、その記憶で教えてもらったのですが……」

小池は代議士から聞きとったメモを電話口で読み上げた。森田元軍医中尉は聞いていたが、

「昭和十九年二月、ニューブリテン島東部の戦闘で頭骨右側に弾丸の擦過傷を受け、その衝撃で脳神経に障害を来たし……ね」

と、呟《つぶや》いていた。

「おぼえていらっしゃいますか？」

「いや、やっぱりわからんですな。脳神経障害という特殊な症状の患者はそう多くなかったはずだが。……ニューブリテン東部での戦闘で受傷したというと、ラバウルの野戦病院から内地還送になった兵隊ですな、多分。そういえば、ラバウルから傷病兵が十九年の五月から七月にかけて久留米に回されてきていたなア……」

森田医師は記憶をまさぐるように電話でひとりごとを云っていたが、

「そうだ、それは、野口さんが診た兵隊かもしれませんぞ」

と、すこし高い声を出した。

「野口さんとおっしゃると？」

「久留米陸軍病院でいっしょに勤務していた軍医中尉です」

「けど、恩給診断書は、先生のお名前になっているそうですが」

「それだがな。その十九年の十月ごろに野口軍医が病気で三週間ほど欠勤したことがある。そのとき、除隊させる傷病兵で野口軍医の診た連中に、わたしが野口さんのカルテを見て恩給診断書を書いた記憶がありますよ。あなたの云われる小山一等兵もそのなかの一人だったのかもしれませんな。カルテの内容は忘れました。医者はやはり患者を実際に診てないと、症状の記憶がありませんな」

除隊予定兵は何月何日に一括して除隊させると病院と原隊との打合せで前から決っている。それまでに恩給診断書などを作成する手続きをしておかなければならない。担当軍医が病気して休んだので、同僚の森田軍医が代行してその手続きをとったというのである。

「その野口元軍医さんは、いま、どこにおられるか、わかりますでしょうか？」

小池は半ば期待し、半ば期待せずに訊《き》いた。三十年以上も前の同僚軍医の消息など分るものかと答えられそうであった。その野口元軍医の名前を聞いて、またぞろ全国医師会の名簿を繰る覚悟であった。

「わかりますよ。いまでも月に一度は電話をかけ合って話している仲ですから」

「ほう」

小池に希望が湧《わ》いた。

「いまは、どちらにお住いですか？」

「別府ですよ。亀川《かめがわ》という温泉地があるが、そこで外科医を開業しています。まだ、いたって元気ですよ」

「どうもありがとうございます。申しかねますが、野口先生のお電話番号を教えていただけませんか？」

「あなたが野口さんに電話をかけられるんですか？」

「はい。そうさせていただきたいと思います」

「だが、野口さんがその小山政雄という一等兵のことを憶《おぼ》えているかどうかわかりませんからな。記憶がなかったら、あなたが別府に電話をなさっても、長距離電話代が無駄になりますよ」

元軍医は合理主義の助言を云った。

「はあ。でも、それは……」

「いや、それに、見ず知らずのあなたがいきなり電話してそんなことを訊かれても、本人は面喰うし、他人の個人的な事情に関することですから、返事ができないでしょうな」

「………」

まさに道理であった。

「よろしい。わたしがこれから野口さんに電話でたしかめてあげましょう。そのうえのことにしないと無駄になる。あなたの電話番号を云ってください。野口さんに聞いた結果をお知らせしましょう」

元軍医の親切に、小池は感激した。

三十分もすると叢芸洞画廊に、長野県玉科から電話がきた。

「野口さんに聞いてあげました」

森田医師の声が再び小池の耳に入った。

「わざわざどうも恐縮でございます」

「野口さんが云うには、ラバウルから送還された負傷兵に、そういうのがいたような気もするが、はっきりと憶えてないということでした。電話をかけてこられてもよく返辞ができないから、もし、ついでがあったら別府の自分とこに来てもらえないか、会って話しているうちに思い出すかもしれない、ということです。名前は野口利三郎さんといいます」

「別府の野口利三郎先生のもとにおうかがいします」

「え、わざわざですか？」

「いいえ。ついでがありますので」

小池の頭には、小山政雄の郷里が大分県宇佐郡高住町とあるのが残っていた。

叢芸洞の社長で六十二歳の大江信太郎は、四年越しに寝ている。一代でこの著名な画廊をきずいてきただけに、その若いときの働きすぎがいまになって過労として出てきたといわれている。病気は老人性結核であった。

青山高樹町の家に引きこもっているため、叢芸洞の商売一切を小池直吉に任せていた。小池は、毎日一回は社長の病床に電話して業務報告したり、週に一、二度は訪問して帳簿などを見せたりして会計報告し、指示を受ける。信太郎は商売上手な小池に一任していた。

老人性結核はそれほど急激には症状がすすまない。信太郎も要心している。病気と遊んでいるような気持だと当人も笑っていた。焦燥《あせ》らないことだ、のんびりしてないと病菌の攻撃で早くやっつけられると云っていた。

長野県玉科の森田元軍医に電話した翌日、小池は高樹町の社長宅へ行った。

社長の妻が玄関に出た。四十の半ばである。信太郎と二十歳近くも年が違うのは後妻だからだ。子を産まなかった先妻が十五年前に病死してからすぐにもらったのだが、その翌年には男の子ができた。いまは中学生である。信太郎は若くて魅力的なこの妻に万事弱いという評判だった。

小池は病室に通された。病室といっても、十畳の座敷で、その隅に床がのべてあるだけだった。信太郎は寝たり起きたりで、近所の散歩はする。

「君は、声のほうからこの家に入ってくるよ」

瘠《や》せてはいるが、普通の健康人と変らない血色で信太郎は小池を迎えた。

「どうも大きな声が地声なもんですから」

庭にむいた廊下の応接セットの椅子《いす》に二人は対《むか》い合った。

その椅子にも小池の大きな身体《からだ》は窮屈に縮まり、細い信太郎はたっぷりと余裕があった。

「これじゃ、社長に申しわけありませんな」

小池はいつも頭を掻《か》いた。

「いえ、小池さんの肥《ふと》られたお身体と対い合っていると、主人までがそのお裾分《すそわ》けをもらっているように元気に見えて、うれしいですわ」

志津子という奥さんは口に手を当てる。

今日、小池は店の状況をざっと報告したうえで云った。

「社長、じつは二泊くらいで九州の別府に出張させてもらいたいのですが」

「別府？　何かいい出物でもあるのかね？」

地方からはときどき所蔵の佳《い》い画《え》が出る。先代とか先々代とかが買った画を、当主が死んで手放すのである。たいていは相続税の足しにしていた。

「いえ、そうじゃありません。じつは、先日、福島県の真野町に行かせてもらいましたね。あの調査のつづきなんです」

「降田良子の因縁が別府にあるのか？」

「まだわかりませんが、真野町の降田山湖堂にいる傷痍《しょうい》軍人の老人のことがわかりそうなんです」

小池はこの件を何もかも信太郎に報告してあった。

信太郎も、光彩堂画廊が売り出している降田良子の評判を知っていた。突然あらわれたこの新人女流画家の画に、有名なコレクターの寺村素七が執心している。それだけで降田良子の将来性は保証されたようなものであった。

この前、デパートの美術部でひらいた彼女の作品展も評判がよかった。ひさしぶりの女流「天才画家」の出現というので絵画関係の世界では反響を呼んだ。

天才画家が現われたのは結構だが、それに光彩堂が付いていることが信太郎に面白くなかった。一人の画家の名声が上ると、それを応援し、専属のようにしている画商も活気づく。その店で扱う他の画家の画もそれにつれて売行きがよくなるという現象がある。降田良子がデパートで作品展をひらいたというのも信太郎には気になることだった。このごろのデパート美術部は一流の画廊なみの権威を付けてきている。

光彩堂がそのデパート美術部を引き入れて降田良子をますます売り出すとすれば、叢芸洞の影がうすくなる。客観的にはそうでないかもしれないが、当の商売人の主観からすると、そう見えるのである。

まだ若い降田良子の「天才画」に小池は疑問を持った。その師匠もわからず、彼女に影響を与えた先人の画家もない。その「源流」を見きわめるために小池は良子の生家のある真野町へ行った。その生家である銘菓の老舗《しにせ》に一人の老人が居るのを小池は発見した。戦場で頭に被弾し、精神障害の傷痍軍人として恩給年金をうけていることがわかった。

ここまでが、真野町から帰った小池が顧客《とくい》先の国会議員などを動かしたりして得た調査結果である。

精神障害者が降田良子の実家に居ると聞いて、信太郎は或《あ》る暗示を受けた。ヒントはゴッホである。ゴッホまでゆかなくても、精神薄弱者の天才少年が日本にもいた。精神医のS博士が後楯《うしろだて》になっていて有名だった。

このヒントは小池の考えとも一致した。

けれどもその暗示を現実のものとするには、山湖堂主人の従兄《いとこ》という小山政雄が傷痍軍人である前に画家でなければならない。職業的な画家でなくとも、画を描く才能があったことを見つけ出さねばならない。

小池の調査では、小山政雄は大分県宇佐郡高住町の旧制中学を卒業すると大阪に行き、ある工場の設計課に入ったことがわかった。設計課なら当然に製図をひく。製図と画——ここに関連が推測される。

けれども製図工がただちに画描きとはならない。大阪のその工場はいまは廃滅しているので、そのへんの事情をさぐることができなかった。これはこの前に小池が電話で信太郎に伝えた報告だった。

今日の小池は、その後の調査の発展の報告であった。元陸軍一等兵小山政雄の恩給診断書を森田晋一という久留米陸軍病院にいた軍医が書いたのを手がかりに、その元軍医が長野県玉科町にいるのを探り出し、昨日、その森田医師に電話した。しかし、その恩給診断書は、病気で休んでいた同僚軍医の野口利三郎のカルテによって執筆を代行したもので、その理由から森田軍医は小山一等兵のことを知っていない。野口元軍医はいま別府で開業医をしている。――

「別府に出張したいのは、そういう次第です」

信太郎は話を聞いてうなずいた。

「そんなら行ったほうがよかろうな」

「もう一つ九州では用事があります。小山政雄の実家は大分県宇佐郡高住町というのです。戸主は、政雄の兄の長男になっていて、これが小山家を継いでいるようです。ところが、社長。どうもこの小山家と福島県真野町の降田家とが結びつかないのですよ」

「小山政雄という傷痍軍人は、降田良子の父親の従兄ではないのか？」

「どうも縁故ではないようです」

「けど、小山の傷痍軍人の恩給年金は、真野町の降田家にいる当人のもとに郵便局から支払われているというではないか？」

「そこんとこの事情もよく分らないので、小山家を訪ねてみようと思います。大分県の地図で見たのですが、宇佐郡高住町というのは、別府から三十キロぐらいのところです」

「そうか。そんなら別府からまわって行ってみなさい」

病社長は積極的にすすめた。

「あら、小池さん。別府にいらっしゃるの？　いいわねえ」

入ってきた社長の妻志津子が途中から話を聞いて云《い》った。

「遊びに出かけるのとは違う。仕事だ」

信太郎がむつかしい顔をした。

「でも、九州の有名な温泉地だからいいわ。わたしは行ったことがないけど」

妻は、夫の長い病気で家に釘《くぎ》づけされていた。

「小池君。せめてそれを機会に別府温泉でゆっくりしてくれと云いたいところだが、君が居なくては店のほうが心配だ。用が済みしだい、すぐに帰ってくれ」

社長は頼んだ。

「わかっております」

小池は、たのもしげにうなずいた。

「で、いつ発《た》つかね？」

「午後三時二十分に羽田から大分空港行きの飛行機があります。それを予約しました」

「さっそくだな」

「早いほうがよいと思って」

小池は腕時計を見て、

「あまり時間がないので、わたしはこれで」

と、椅子を立った。

「ご苦労だな」

社長夫妻は、小池を玄関に見送りに出た。

小池が靴をはいているとき、玄関のドアが外から開いて、鞄《かばん》をさげた中学生が入ってきた。

「やあ、進治君」

小池は、にこにこして声をかけた。

「こんにちは」

信太郎の長男は帽子を脱《と》った。

「勉強してる？」

「はい」

「よく勉強して、早く大きくなって、お父さんのお店を継がなきゃな」

「はい」

うしろに、信太郎夫婦がうれしそうな微笑で立っていた。

11

大分空港には午後五時近くに到着した。

空港は、瀬戸内海に突き出た国東《くにさき》半島の東南にある。下降する機上から見えたのだが、豊予《ほうよ》海峡をはさんで九州の鏃《やじり》のような半島（佐賀関）と四国の長槍《ながやり》のような半島（佐田岬）とが対《むか》い合い、鏃の根もとが手前にぐっと抉《えぐ》りこんで国東半島につらなるのが別府湾である。上空から見ても絵ハガキのような風景だが、空港から別府市に向う海岸沿いの道路もなかなかの佳景である。小池は初めてなのでタクシーの窓から見《み》惚《と》れた。おりから夕日が西の山脈の上に落ちかけ、別府湾は朱に輝いていた。なんという名か富士山に似たかたちの山がある。

だが、小池は景色にばかり気をとられていたのではなかった。これからの用件が目的どおりにうまくゆけばよいがとやはり心にかかる。ほとんど準備なしの行動だった。貴重な時間と高い旅費をつかってのことだ。それに儲《もう》け仕事の商売とは直接関係がないのである。

病社長の信太郎は出張に理解をみせたものの、できるだけ早く帰京するようにという念入れを忘れなかった。一日も小池なくしては店の運営にさしつかえるのを社長は知っている。小池は頼りにされていた。

そのことがあって、小池は信太郎から好遇されていた。普通の画廊の支配人よりは高給をもらっているし、月々の売上げ高によって率のいい歩合も渡されていた。そんな待遇はよそにはない。それというのも、小池が居なくては商売が落ちこむからだ。小池が頑張っているので、たとえば光彩堂のような一流画廊とこれまでどおり太刀打ちできるのである。小池は支配人というよりも社長代行である。顧客《とくい》先も社長の長い病気を知っているので、小池君、小池君、と呼びつける。また、小池がいっぱいに見せるにこにこ顔は人気があった。

小池は、そんなふうに叢芸洞画廊をひとりで切りまわしているが、店の成績はその日に社長に電話で伝え、また週に一、二回は青山高樹町の社長宅へ行ってじかに報告した。それに経理のほうは、その担当の女店員を二日置きぐらいに社長宅へ遣《や》って帳簿や銀行通帳などを見させた。大きな金が出るばあいはかならず社長の承認を得た。

小池は、小さな金はときに小遣いとしてポケットに入れるが、大金の着服はしなかった。彼もすでに四十に近い。いつまでも番頭でいるわけにもゆかず、いずれそう遠くないうちに独立したいと考えている。君が独立するなら応援してあげるよ、と云《い》ってくれる顧客も少なくない。そのばあい、叢芸洞の白ネズミとして金を使いこんでいたなどという噂《うわさ》がたつと、独立はできない。この商売はなによりも信用第一である。それに世界が狭い。悪い噂はその日のうちに画廊仲間の間を走りまわる。競争とはお互いに足の引張り合いであった。仲間うちの悪い風評は画家にも顧客にもひそひそ声で宣伝されるのである。そういう状態では新規に商売がはじめられない。

小池が実直に叢芸洞の社長に店の成績と経理とを報告しているのは、じぶんが店をひとりで切りまわしているだけに、社長の疑心を避けんがためであった。信太郎は長いあいだ家に引きこもっている。さぞ、店のことが気になって、いらいらしていることであろう。老人性結核という完全には再起の望めない病気にかかっているのだから、疑り深くなりがちだと思う。もちろん信太郎はそんなことはけぶりにも様子になく、小池を信頼し、感謝する言葉ばかりを云う。だが、小池は病社長の気持をそこまで察して、自分に無用な嫌疑がかからぬようかからぬようにと公明正大を期している。馬券買いなどのギャンブルもせず、バアなどにも出入りせず、女遊びもしないのは、べつに聖人君子を振舞っているからではなく、ひたすら信太郎の信用をつないで、他日の独立に役立たせたいためである。

しかし、独立するにはここに困った問題が一つある。それは社長の一人息子の進治がまだ中学二年生であることだった。むろん信太郎は、後妻の志津子にできたこの一人息子に叢芸洞を継がせるつもりだが、それができるには進治が大学を卒業するまで待たねばならない。あと八年も九年もかかる。その日まで店に居てくれと信太郎は小池に頼むだろう。その上、卒業しても進治に画商の道がどうにかわかるまで支配人として指導してくれとでも云われたら、これから十五年ぐらいは店がやめられないことになる。それまではとうてい辛抱ができない。独立のためには機を逸しない早いうちがいいのだ。それにあと十五年も引き留められたら、普通の会社の停年ぐらいの年齢になっていて、活力も精気も失《う》せてしまう。

今日の午前中、青山の社長宅に行って帰る際、中学校から戻った進治に玄関で遇《あ》ったとき、よく勉強して、早く大きくなって、お父さんのお店を継がなきゃな、と小池が云ったのは、べつに訓戒したのではなく、彼自身のために思わず洩《も》らした言葉であった。

だがまあ退職の問題は信太郎との話合いでなんとかなりそうである。信太郎もいくら自分のほうの都合とはいえ、年ばかり重ねる小池をそういつまでも無理にひきとめておくことはできないと覚悟するだろう。進治のことは、店をもった自分が横からよく指導しますと云えば、信太郎も諒解《りょうかい》するにちがいない。そう心配したことではなかろう。

そうだ、もうぼつぼつ独立の具体的な準備にかかろう、と小池が改めて思ったとき、

「お客さん、もうそろそろ亀川《かめがわ》ですが、どこへ着けたらよかですな?」

と、運転手が前から声をかけてきた。

野口外科病院は、高台の見晴しのいいところにあった。附近は新しい住宅地だった。

暗い中に家々の灯が台上から斜面にかけて輝き、海岸近い低地は南の中心地に向って

灯の群れのひろがりであった。ホテルや旅館があり、そのうしろから湯煙が明りを映してほの白く上っていた。

応接間にあらわれた野口利三郎院長は、頭に一毛もなく、照明を受けてきらめいていた。だが、丈は高く、骨太く、いかにも元軍医の体格であった。森田元軍医と同年配なのに、血色のよい顔はてかてかと光り、声は大きく、頭を除くと、年より若くみえた。

「信州の森田さんからあんたのことで電話ばもらいましてな、それからずっと考えとったとですが、もう三十年以上も経《た》っとる古い話ですけん、なかなか記憶に出てこんとです」

野口元軍医は、土地言葉をまぜて云った。

小池は自分を鼓舞した。この医師がたいそう元気で精悍《せいかん》なくらいだから、決してぼけてはいないと見てとったのである。

「森田先生のお話では、久留米の陸軍病院で先生がご病気で欠勤されたおり、先生のカルテを見て除隊兵の恩給診断書を書いた記憶があるので、もしかするとその中に小山政雄という一等兵のものがあったかもしれないとおっしゃっていましたが」

「森田さんも電話でそげなことを云うとりましたな。そこで、わたしの記憶をよびもどすヒントは、その小山とかいう兵隊がラバウルの野戦病院から後送されて久留米陸軍病院にきたということと、戦場で頭部に弾丸を受けて、精神異常を起したということですな。これは特殊なケースですから、それを手がかりに一生懸命に考えとったとですが、どうにかぼんやりと思い出したようですたい」

「えっ、ご記憶におありですか?」

小池は思わず丸い膝《ひざ》を乗り出した。

「小山政雄という兵隊だったかどうか姓名は忘れました。森田さんからは電話でいちおう聞きましたが、その恩給診断書にはどげなふうに書いてあったか、念のためにあなたの口から聞かせてください」

「わたしも、じつはその恩給診断書を直接には見てもいないし読んでもいないのです」

小池はここで森田医師に電話で云ったとおりのことを野口医師の前でくりかえした。

野口利三郎は眼を閉じて聞いていたが、その艶々《つやつや》しい顔は迷いを見せないのみならず、ほのかな微笑が浮んでいた。それは記憶にあるという表情だった。

「で、その小山さんの顔の特徴はどげなふうですか?」

「当時から三十年以上経っているので、小山政雄さんもすっかり年とっておられます。

それで当時とは印象が違うかもわかりませんが、とにかく現在の特徴を申しますと……」

小池は、真野の城趾《じようし》公園で見かけた小山老人の特徴を探して話した。幸い、あのときは先方をかなり長く凝視した。

「うむ。あんたはよく観察されました」

野口医師は、太い息を吐いて云った。

「え、そんなことで思い当っていただけましたか？」

「いくら年をとっても、顔のきわだった特徴は遺《のこ》るもんです。……そうすると、気の毒に、あの兵隊はまだ精神障害が癒《なお》ってないのですな」

野口元軍医は「あの兵隊」と云った。記憶がはっきりと蘇《よみがえ》ったのである。

「先生。想《おも》い出していただけたのですね？」

「はい。わたしは軍医のときも外科だったもんでな。それでその兵隊の頭部擦過傷を治療したとですが、精神科じゃなかですけん、それで精神障害のほうは除隊した上、地方の専門の精神病院で診てもらうよう原隊宛《あて》に手紙を書いたように思います」

原隊が果して野口軍医の忠告にしたがって、その手続きをとったかどうかはわからない。

「先生、弾丸が頭部をかすっただけで、精神障害が起るのですか？」

小池は質問に入った。

「弾丸《たま》は頭部に擦過傷を与えただけで、頭蓋骨《ずがいこつ》の中まで入ったわけじゃなかとです」

野口元軍医は微笑して答えた。

「ははあ」

「小山一等兵のばあいは鉄カブトで弾丸の勢いが弱められ、頭蓋骨を貫通するまでの勢いが、もうなかったということですたい。戦場にはその例が多かとです。だから、あの場合は、脳髄の一部を破壊して運動の機能障害をおこしたわけじゃなか。頭蓋骨のすぐ裏側は、運動神経の領域でしたな、そこまで弾丸が入っておったら、右側なら左半身が麻痺《まひ》するとか、おかしくなるとです」

「では、小山さんに精神障害がおこったのは、どういうわけですか？」

「弾丸を受けて、たいそうなショックをうけたんでしょうな。弾丸がかすっただけだと自慢する兵隊もおりましたが、当人にとって一方ではたいへんな衝撃ですからな。それで精神障害をおこす人が出てくるのは当り前です。それは頭部外傷の結果おこる一次性慢性精神障害というのでしょうな。わたしは精神病が専門でないのではっきりとしたことは云えませんが、医者の常識程度ではそう云えますな」

「もともと、その人に精神病の体質があったのでしょうか？」

「それはわかりにくいと思いますよ。ただ、そういう体質の人だったら、慢性化しやすいし、症状も激しいものになるでしょうな。この第一次性というのは戦場での弾丸が原因ということですよ。ほかの原因が重なり合って複合的な要素から精神障害になったのじゃないということですよ」

「小山一等兵は、久留米の陸軍病院にどれくらい入院していましたか？」

「そうですな。約三カ月間ぐらいでしたかな」

「三カ月？　そのあいだ先生は自分の受けもち患者として診ておられたわけですね？」

「軍医の数が少なくなっているときでな、病院から野戦へどんどん引っ張り出されて行く。したがって受持ち患者数が多うて、一人で毎日百五十人くらいを担当しておりました。それでも小山一等兵におぼろげながら記憶があるのは、彼が手すさびに画《え》を描いていたからですよ」

「え、あの、画を描いていたんですか？」

　小池は思わず叫びそうになった。

「はい。画というても、鉛筆画ですけどな。画用紙も何もないときで、軍隊の通信紙の裏に描いていましたな。通信紙というのは、原稿用紙のように青い色でマス目が印刷されてありました」

「その画は、どんなふうのものでしたか？」

「わりあいにうまい画でしたな。人物や風景を描いていて。こまかいことはもう忘れましたが、それも、きちんと描くのではなく、ごちゃごちゃといっしょくたに描きこんでありましたな。わけのわからん画もありました。そこが精神障害者が描いた画ですなア。どうもまともじゃなかった」

「小山一等兵は、毎日毎日、そういう画を描いていましたか？」

「描いていたようです。当時の衛生兵か看護婦にでも聞くとわかるけど、それもいまとなってはみんな行方が知れませんからね。なんでも小山さんが描いた画をかたっぱしから人にやりたがるので、衛生兵も看護婦もだいぶんもらっていたようです。なに、みんな破り捨てていましたがね。相手が精神障害者なので、さからわずに仕方なしにもらっていたのですよ」

ああその鉛筆画が今残っていたら、と小池は残念に思った。

「小山さんの精神障害は鬱《うつ》のほうでしたか？」

「躁鬱《そううつ》型でしたな。その点、以前から感情の起伏の激しい人だったんじゃないですかね。鬱のときは頭を抱えて黙りこくっている。とにかく自分を苦しめるというか、被害妄想《もうそう》的になります。小山一等兵は、ニューブリテン島東部の戦線で負傷したのですから、その激戦の体験が鬱のときは敵兵に苦しめられる被害妄想につながるのですな」

「躁の状態のときは?」

「これは至極太平楽の気分ですよ。百種の花が咲く野に遊び、ふわふわと雲に乗っておる心地でしょう。それこそ矢でも鉄砲でも来いという大きな気持になって、爽快《そうかい》な気分です。そうそう、面白いことに、その躁と鬱の状態が小山一等兵の画に出ていましたよ」

「どんなぐあいにですか?」

「鬱の状態のときは、暗い感じの画でした。それにひきかえ、躁の状態のときは明るい画でしたよ。どっちも、半分幻想的な画でしたがね」

小池の胸がおどった。

「先生。ありがとうございました」

彼は元軍医におじぎをした。

「こんなことくらいで参考になりましたかな?」

野口元軍医は、小池があまり感謝するので、意外半分、満足半分のようであった。

「とても助かりました」

小池はまた頭をさげた。

「そうですか。わざわざ東京から来られてご苦労さまですな。けど、あなたのような画商が小山一等兵の画のことを訊《き》かれるのは、どげな興味からですな？」

「いや、本人のことですこし気にかかる件がありまして」

小池は言葉を濁した。

「そうでしょうな。頭の狂った素人《しろうと》の画に、東京で一流の画商が興味を持たれるわけはなかですからな」

看護婦が院長を呼びに来たので、小池は立ち上った。

「お忙しいところを申しわけありませんでした。あの、先生、よろしかったらお名刺を頂戴《ちょうだい》したいのですが」

野口元軍医は失礼したと云って名刺をくれたが、それは当人の体格のように大型だった。名刺入れには入りきれないので、小池はポケットにおさめた。

「せっかく別府に見えたのだから、今晩は温泉にゆっくりとつかって帰られたらどうですな？　この亀川も温泉地ですが、鉄輪《かんなわ》、観海寺などはよか温泉旅館が多いです」

「そうしましょう。どうもありがとうございました」

老偉丈夫の野口元軍医は光った頭で玄関まで見送りにきてくれた。

小池はタクシーで観海寺温泉に行った。ここは丘陵地帯で、入った旅館も高いところにあり、別府の灯が眼下にひろがっていた。この辺はもう桜が散ったあとであった。別府には一度行ってみたい、と社長の妻の志津子は、小池がそこへ出張するのを聞いて云っていた。病気の夫を抱えていたのでは、どこにも遊びに出られないのである。だが、この年齢の違う後妻にとっては、そんなことよりも叢芸洞を継ぐ進治の成長が何よりも待たれ、この一人息子の背丈を引き伸ばしたいくらいであろう。しかし、どんなに頼まれても、自分はあと十数年も叢芸洞に居るわけにはゆかない。人情に負けてそんなことをすれば、独立の好機を逃がしてわれとわが首を絞めるようなものだ。

いまはすでに小池にはいい顧客が付いている。そろそろお前の店を持ったらとすめてくれる人も多い。これらは、小池が開拓した顧客たちであった。それに独立したらできるだけ応援してやると暗に云ってくれる画家も少なくない。それには画壇の重鎮も居たし、流行作家も居た。そうだ、流行作家をつかまえることが大事だ。それと有望な新人の育成である。この二つが店の発展につながる、と小池は思う。

光彩堂画廊の中久保精一は、降田良子という女流新人を見つけてうまいことをしたと小池は考える。名だたるコレクターの寺村素七が降田良子に著目《ちゃくもく》しているのが何よりの強味だ。中久保がハッスルしているのは当然で、降田良子の売出しには美術評論家やジャーナリストを動員している。その顔ぶれを見ると、中久保に握られている者ばかりで、なかには光彩堂御用といった連中もいる。そこは蛇《じゃ》の道はヘビで、小池には自分の掌を見るようにわかっていた。

光彩堂の商法は、降田良子の作品展を開いたのでも知れるように一流デパートの美術部にもコネをつけたようである。これからもその商法攻勢を押しすすめるにちがいない。自信をつけた光彩堂は、展示場で画商仲間どうしで売約済の赤札の貸し借りなどすることもなくなるだろう。有力な画家を獲得すると、画商の鼻息は荒くなり、仲間の相互扶助的友好よりも自主独往の面が強くなる。光彩堂は、叢芸洞の商売仇《がたき》というよりも、小池には自分の競争相手という意識が濃くなっていた。それだけ彼には独立の気持が強くなっていたのである。自分も降田良子に匹敵するような有力な新人を見つけたい。彼女は間違いなくやがて流行作家になるだろう。

そのような強力な新人は居ないものか。だが、その発見がどのように困難であるかは、小池も叢芸洞に居て長年の商売経験で知っていた。作品の持ちこみなど自薦・他薦の新人は無数だが、モノになるのは稀有《けう》だ。光彩堂が羨《うらや》ましい。

そういう羨望《せんぼう》を感じる一方、降田良子の「天才画の源流」が今やしだいに分りつつあるという攻撃的な快感も同時に味わっていた。

広い湯ぶねに浸った小池は、そんないろいろな想いをはせていた。

その晩、女のマッサージ師を呼んで揉《も》ませ、ぐっすりと熟睡した。

宇佐郡高住町というのは、別府から日豊本線の急行で一時間足らずの宇佐駅で降りて、そこから西へ県道をタクシーで走って一時間のところであった。

峠を越すと、にわかに目の前に広闊《こうかつ》な盆地があらわれた。そこが高住町で、神領というのは、その東側の山裾《やますそ》近くにあった。

盆地は水田と畑で、畑にはビニール・ハウスの列が白くひろがっていて、イチゴを栽培していた。神領の山には杉林が多く、宇佐神宮の元宮という小社の鳥居もあった。神領の名はそこからきているらしかった。その山上には御神体の神籬《ひもろぎ》があると書いた古い立札が出ていた。

小山政雄の甥《おい》の小山宗夫の家は、その小さい鳥居の近くで、外見からすると中農であった。小池は宇佐からのタクシーをその家の門の近くに待たせた。

門を入って広い中庭を通り玄関の格子戸《こうしど》のブザーを押した。中庭は籾《もみ》などの干し場だが、そこには農機具とならんで乗用車が置かれてあった。

格子戸を開けて姿を出したのは、三十ぐらいのまるい身体《からだ》の主婦で、小山宗夫の妻らしかった。

「わたしは、こちらのご親戚《しんせき》の小山政雄さんとは兵隊時代に戦友だった上田満一という者の弟です。このたび、わたしが大分県に出張するにあたって兄の満一から小山政雄さんにお会いして近況をうかがってくるようにと頼まれましたので、それでお邪魔したのですが」

小池は例の人なつこい笑顔を浮べて云った。上田満一などといってみたところで、小山宗夫が知るわけもなく、第一、精神障害者の小山政雄に記憶の能力がないのである。

主婦と入れ変って玄関先に出たのは、作業衣姿の三十二、三の瘠《や》せぎすの男だった。先方が云うまでもなく一目で小山宗夫と小池にわかった。その顔つきが、東北の城趾《じようし》公園で降田敬二と連れだった年寄りの印象によく似ていたからである。

「いま、家内から聞きました。小山政雄はわたしの叔父ですけど、こっちのほうには居《お》りません」

尖《とが》った顔の甥の宗夫は標準語で云った。

「失礼します。いま奥さんに申上げたように、わたしは小山政雄さんの戦友だった上田満一の弟です。小山さんがお留守とは残念ですが、お帰りは今日は遅いでしょうか?」

小池は、にこにこ顔をつづけて云った。

「いや、叔父はいまこの土地に住んでおりませんよ」

「おやおや、よその土地に移っておられるんですか。それは残念ですね。兄は、あなたの叔父さんとお会いしてお話を聞いてくるようにとわたしに云いつけ、ここに兄からの手紙もあずかって来ているのですがねえ」

小池は内ポケットの上を手で押えた。

「はあ、そうですか」

甥は少し気の毒そうな顔をした。

「それで叔父さんはお元気でしょうか。せめて近ごろの様子を教えてください」

「まあお上りください」

甥は、仕方なさそうに云った。

「いえ、ここでけっこうです。わたしも東京へ戻る飛行機の時間があるので、そうゆっくりもお邪魔しておられないのです」

宗夫に云いつけられた妻は、玄関に座布団《ざぶとん》を持ってきて上りがまちに敷いた。

「あなたのお兄さんは、軍隊時代の叔父と何処《どこ》でごいっしょだったのでしょうか？」

宗夫は、広い臀《しり》を座布団にすえた小池の横で膝《ひざ》を折って訊いた。

「兄貴は、南方戦線のニューブリテン島で小山さんと同じ部隊だといっていました」

小池の答えを聞いて、甥はうなずいた。

「叔父が頭部に弾丸を受けて負傷したのもその戦場でした。ラバウルの野戦病院に収容されて、久留米の陸軍病院へ送還されたのです」

「兄も小山さんの負傷のことを知っていましてね。それで後遺症のほうは大丈夫だろうか、お達者でおられるだろうかと気にかけていました」

「どうもすみません。じつは、その頭部負傷で、叔父は頭が変になってしまいました」

「と、いうと精神障害でも起されたのですか？」

「そうです。頭が通常ではなくなりました」

「それはまったく存じませんでした。お気の毒です。兄貴に報告したら、さぞ悲しがることでしょう。仲がよかったといいますから」

肥《ふと》っている小池は暑がりやで、普通の人よりも汗が出る。彼はポケットにまるめて突込んであるハンカチをとり出して額や鼻の頭を拭《ぬぐ》った。ハンカチを顔に当てることで、泪《なみだ》ぐんでいるように見せる計算もあった。

「それでは奥さんがご心配ですね？」

小池はまたハンカチをポケットに押しこんで云《い》った。

「いえ、そういう身体ですから、叔父は女房をもらってないのです。ずっと独身です」

「ははあ。それでは、いま何処《どこ》においでになっているんですか？」

「福島県の真野町に居ります。そこの降田さんという方の家にお世話になっています」

「ご親戚ですか？」

「親類でも何でもありません。まったくの他人で、わたしも手紙の上ではやりとりしましたが、まだお会いしたことがありません」

「では、降田さんというのは叔父さんのお知り合いですか？」

「前からの知り合いではありません。叔父には放浪癖がありましてね、その放浪先の真野町に行ったとき、降田さんに拾われたのです」

これで小山政雄と降田家とが縁故でも何でもないことが小池に確認された。しかし、小山政雄が家を出て放浪していたというのは初めて聞く話であった。

「叔父は、二十年ぐらい前から、わたしの家をぷいと出て行ってはどこともなく放浪して、半年ぐらいするとひょっこり戻ってくる癖がつきましてね。はじめのうちはそれが二カ月か三カ月ぐらいでしたが、だんだんと放浪の期間が長くなって、半年となり、それ以上になるようになりました」

甥は語った。

「それはご心配ですね。どなたも付いてはいらっしゃらないのでしょう?」

「叔父は黙って出て行くのです。わたしらが田や畑で仕事をしているときですから気がつかないのです。それに、そういう叔父に付き添ってゆく人手もありませんしね。ただ、金のほうは困らないのです。叔父には傷痍《しょうい》軍人恩給が下っていますからね。わたしらが代人となってここの郵便局に行き、金をもらって叔父に渡しておりました。かなりの額ですから、叔父が旅先で金に困ることはありません。叔父は頭がヘンだとはいっても、普通の用事ぐらいはひとりでできるのです」

「なるほど。小山さんはこんど真野町の降田さんの家にはどのくらい滞在されているのですか?」

「そうですなア。もう二年以上にはなりますね」

「二年以上も？　では、恩給はおたくから降田家にいらっしゃる叔父さんに送っているのですか？」

「いや。降田さんとこでは、あともずっと叔父を同居させたいから、叔父の恩給は真野町の郵便局から受けとるようにしたいといってこられました。それで、わたしのほうは叔父の現住所変更の手続きをとったのです」

精神障害者の独身の叔父が他家に引きとられたのを、この甥夫婦はかえって好都合と考えたのかもしれない。

「降田さんは、どうしてそんなに小山さんが気に入ったのでしょうか？」

「それがわたしら夫婦にもよくわかりません。叔父にも降田さんに気に入られるようなところがあったのでしょうな」

「もしかすると、それは叔父さんの描かれる画《え》ではないでしょうか？」

「画？」

「はい。兄貴は、戦友の小山さんはよく画を描いている兵隊だったといっていました」

「たしかに画は好きで、よく描いていましたな。けど、それはたいした画ではありません。もともと叔父は小学校のころから図画が上手だったので、大阪に出て就職したのも工場の製図工でした。見習いから本雇いになったそうですが、その大阪では夜間の洋画学校に通っていたそうです。これは死んだ父の話ですが。どっちにしてもその程度ですから、たいした画ではありません。その画に降田さんが惚《ほ》れこんで叔父の面倒を見ているとは、とても考えられません」

小山政雄は、大阪で製図工をしながら夜間の洋画学校に通っていた。小池の得た新しい知識だった。

「しかし、降田家に逗留《とうりゅう》されている叔父さんは、そこでも好きな画を描いておられるのでしょう?」

小池には、隣の「城南カメラ店」に配達されてきた二個の小包が浮ぶ。一つはキャンバスを巻いたものだろう。一つはキャンバスを貼《は》る木枠《きわく》の材料にちがいない。当然に、絵具や絵筆などの洋画材料も、どこからか送られてきているはずだ。

「そうでしょうね。叔父は放浪中も行く先々でクレオン画を描いては、人に与《や》っていたようですから」

「行く先々で画を描いてはそうしておられたのですか?」

「頭はおかしいけれど、そういうことが好きなんですよ」

「そうすると、叔父さんは真野町に行かれたときも、同じことをされたんでしょうね？」

「そうだと思います。とにかく、画を描くのが好きなんですよ。精神障害者ですから、よけいにそれが強くなっているんですね。あれは精神病では、パラ……」

「パラノイア（偏執狂）ですか」

「そうです。その症状でしょうね」

「降田さんは、そういうことを、あなたに手紙で書いてきましたか？」

「いいえ。画の話はなんにも書いてありません。だから、降田さんは叔父を画のことで家に置いて世話されているのではありませんよ」

宗夫の妻が湯呑《ゆの》みの茶をとりかえにきた。

「降田さんが小山政雄さんを画のことでお世話してないとすると、ほかにどういう点が気に入ってその家に同居をおすすめになったんでしょうかね？」

小池は新しい番茶に口をつけて甥にきいた。

「さあ。それはわたしらにもよくわかりません。タデ喰う虫も好き好きといいますからね」

甥の宗夫は答えに困ったように云って苦笑いをした。

それは画に決っている、と小池は肚《はら》の中で断定していた。それ以外、精神障害者の政雄になんの特徴があろうか。

小山政雄は放浪しながら各地でクレオン画を書いていた。ある意味では現代の「旅絵師」だ。江戸時代の旅絵師は、行く先々で画を描いては売り、または地方の商家や豪農の家に逗留して需《もと》めに応じて懸軸や襖絵《ふすまえ》などの画筆を揮《ふる》っていた。というと聞えはよいが、ほとんどが乞食《こじき》画師であった。その点は旅の俳諧師《はいかいし》も同じであった。

小山政雄は、傷痍軍人年金を懐《ふとこ》ろにしての旅だったから、旅費には困らない。勝手気儘《きまま》な放浪の旅だったのである。

その最後の旅先が遠い福島県の真野町だったのだ。おそらくそこの路傍で画を描いていたのを降田良子が見つけて、家に引きとらせて、政雄に画をつづけて描かせたのであろう。でなかったら良子の兄の敬二か、それとも父親の福太郎か。この二人のばあいだったら、良子に「画の参考」とさせたのかもしれない。良子にはそれがヒントとなった。狂える人が描く独特な幻想画である。健康な人間にはないものだ。

真野に落着いたのが二年以上も前からだと、符節は合う。当時、良子は父親の家に帰って画を描いていたろう。彼女は、小山政雄の画の特徴を参考にして、それをじぶんの画にとり入れる。

降田良子が東京に出てきて東中野のアパートに入り、「天才画」を描きはじめたのは一年半前のようである。彼女は描き上げたものを光彩堂に持ち込み、その一枚が運よく寺村素七の鋭い目にふれた。降田良子という「大型新人」が画壇に注目されるきっかけとなった。ということは光彩堂という画商が金の卵を得たのである。

「叔父さんがこっちで描かれた画は、お宅に残っていますか？　あれば拝見したいのですが」

小池は、にこにこ顔を変えずに訊《き》いた。

「いや。それが一枚もないのです」

甥《おい》の宗夫は首を振った。

「一枚でも二枚でも拝見できると、兄貴にその話ができるのですが」

「叔父はこの家でも毎日クレオン画を描いていました。けど、頭の狂った人間が描いた画というので、もらった人もみんな気味悪がって破ったり捨てたりしています。わたしのほうでも全部破り捨てました」

「それは惜しいことをしましたね」

小池はがっかりした。

「ちっとも惜しくはありませんよ。その画にしたところで、下手な、わけのわからない画でしたから」

それは鑑賞眼の問題になる。素人《しろうと》が見て拙劣だと思う画に、えてして「芸術性」または「芸術的なヒラメキ」がある。

「こちらに居《お》られたころの叔父さんの様子はどうでしたか？」

「そうですね。ああいう病気ですから、ひどく沈んでモノも云わないで不機嫌なときがあるかと思うと、その反対に、ひどくうれしそうに浮々となって、ひとりでおしゃべりしたり面白そうに笑ったりしていました」

別府に居る野口元軍医は、躁《そう》と鬱《うつ》の交互状態だと云っていた。

「その鬱のとき、つまり不機嫌にうち沈んでおられたとき、叔父さんは画を描くのをやめておられましたか？」

「いや、そういうときでもやはり描いていましたよ。そこに紙きれがあれば、鉛筆をとって何やらわけのわからぬ画を描いていましたな。あれも病気のせいでしょうね。ひとりでに手が動くんですよ。上機嫌のときはもちろんですが」

甥は、叔父が絶えず画を描くのを精神障害者の無意識的な動作に解していた。だが、そうするのも、小山政雄がしんから画を描くのが好きだったからであろう。

「叔父さんは、戦争に行ってそうなる前は、どんな性格の人でしたか？」

「わたしは生れてないので、戦前の叔父のことは知らないのですが、死んだ父の話だと、気性が激しくて、ムラ気の多い性質だったそうです」

それも元軍医の話と一致していた。

「ところが、叔父はその欠点を反省したとみえ、大阪に出て画を習い、画を描くことによって気持を落ちつかせようとしたそうです。それでだいぶん叔父の人間ができたと父は話していました」

「それは立派な自己修業ですね」

「戦傷で精神障害を起してからは、その画を描く癖が症状のようになったのですね」

小池は腕時計に眼を落した。

「どうも突然おうかがいして、お時間のお妨げをしました。おかげで兄貴に、戦友である叔父さんの消息が報告できます」

もう一度ポケットからハンカチをとり出して汗をふき、座布団《ざぶとん》から腰をあげて、甥にむかい身体《からだ》を二つに折った。

「ありがとうございました」

12

大分空港から午後の俯瞰《ふかん》風景のみごとな上空に舞い上り、四国の北辺をかすめた。禁煙のサインが消えた直後から小池は上機嫌で煙草《たばこ》をふかし、ついで思案に入った。も早、降田良子の「天才画の源流」が精神障害者小山政雄の画《え》にあることは、はっきりとしてきた。

あとは、それをどのようにして証拠立てるかである。

降田良子の兄敬二のカメラ店に、おそらく東京からだろうが、洋画材料店からキャンバスと枠《わく》とが送られているのは、その「城南カメラ店」で眼のあたりに見た小包で明瞭《めいりよう》だ。その材料は小山政雄に画を描かせるためで、これも確定的である。おそらく絵具や筆なども送られている。

だが、それだけでは証拠とはいえない。敬二が画を描くのは自分だといえばそれまでだからである。真野町の本屋から美術雑誌の「パレット」を月極《つきぎ》め購読で届けさせる先も「城南カメラ店」であった。それも小山政雄に見せるためではない、敬二自身が見ているといえば、それでも通るのである。

決定的な点は、真野町の降田家で描いた小山政雄の油画が、東京東中野のアパート玉泉荘六号室の降田良子に送られてきている事実であろう。この事実を押えることができたら、証拠を握ったといえる。

良子のもとには真野町の降田山湖堂から小山政雄の油画《あぶらえ》が送られているはずだ。それが鉛筆画やクレオン画ではなく、本格的な油彩画であるのは、キャンバスと枠がカメラ店に送付されていることでもわかる。

油画は、普通、枠に張ったもので送られる。枠からはずして、キャンバスを捲《ま》いて送る方法もないではないが、おそらく小山政雄が描き上げたはしから東中野のアパートへ送られてきていると思われるので、真新しいものだ。やはり枠張りの画にちがいない。カメラ店で見た枠に組み立てる木と思われる小包の長さからすると、十号ぐらいである。田居順吉画伯のアトリエで弟子たちが枠張りをしていたのと同じ大きさだ。

そういう大きさの荷造りのものが、玉泉荘アパートの六号室に、鉄道便・トラック便で配達されているかどうかを知ればよい。人が真野町から東中野のアパートまでその油画を抱えて通うという方法もあろうが、それはまずあり得ないとしよう。人を使えば「秘密」が分ってしまうからだ。それに、荷送りのほうがやはり便利である。

しかし、それをどのようにして知るかが次の難問であった。

「皆さまの左手に浜名湖が見えております」

スチュワーデスがアナウンスした。

——それを知るには鉄道便やトラック便を配達する営業所を調べる方法がある。だが、これも厄介である。降田良子本人に知られることなく問合せるというのが困難なのである。当人の諒解《りようかい》なく、まったく縁もゆかりもない第三者がそんなことを訊《き》いても配達営業所はその理由を訝《あや》しむだろう。これは回答をもらえぬものと諦《あきら》めなければならない。もしも降田良子に洩《も》れるようなことがあればたいへんだ。

最もいい方法は、あのアパートの家主か管理人かを手なずけて、降田良子の部屋にその種の配達があるかどうかを聞き出すことだ。真野町から送られてきた洋画の配達は頻繁《ひんぱん》だから、家主なり管理人はかならず知っていよう。降田良子が留守のばあいは、代りに受取るはずだ。

しかし、困ったことに小池はそのアパートの家主も管理人も知らないだけでなく、そこには光彩堂の中久保がしきりと通っているのである。これでは近づこうにも、手が出ない。

小池にしてみれば、ほんとうは降田良子本人に会いたいのである。その気持が近ごろ彼の中にしきりと動いている。が、中久保が彼女を押えている以上、それもまったく方法を絶たれている。

なにかいい工夫はないだろうか。――

思いあぐんでいるうちに、昨日から今日にかけての九州の活動で疲れが出たか、睡《ねむ》りに落ちて羽田に着いたのがわからなかった。


まだ六時すぎだったので、小池は空港からのタクシーを青山高樹町に走らせた。

「あら、お帰んなさい。お疲れさま」

社長の妻の志津子が玄関に出てきた。

靴が一足脱いであった。

「お客さまですか?」

「いえ、進治の家庭教師の方ですわ」

良い高校への入学を希望する両親は、一人息子のために懸命だ。これも立派な教養を身につけさせて、店を継がせたい親の気持からだった。

小池が別府みやげを志津子に渡すと、そのなかの「温泉饅頭《まんじゆう》」の函《はこ》をさっそく進治の勉強部屋に持って行こうとした。が、レッテルに「血の池地獄名産」とあるのに眼をとめて、ちょっと顔をしかめた。彼女は地獄の名から入学試験地獄を連想したようだった。

「ただいま帰りました」

小池は、安楽椅子《いす》にかけている病社長の前にすわった。

「ご苦労さん。どうだったね?」

大江信太郎はさっそく出張報告を促した。

「別府では、小山政雄を陸軍病院で担当した野口元軍医に会って話を聞き、高住町に回ってからは政雄の甥《おい》の宗夫に会って話を聞くことができました」

小池は、両方の話を詳しく述べ、

「……そういうわけで、小山家と降田家とはなんの縁故もありません。降田良子の父親の福太郎が小山政雄を従兄《いとこ》だなどと人に云《い》っているのはウソです。それは政雄を長く同家に滞在させているため、世間への体裁です。小山政雄の描いた油画が、良子のアパートに送られ、良子がその画を見て自分の画に活《い》かしているのは、もう間違いはありません」

と、結論を云った。

「うむ、うむ」

病社長は腕組みして聞いていたが、最後には、ふうと太い息を吐いた。

社長にしてみれば、そんなカラクリの画を一手に扱って勢いづいている競争相手の光彩堂が憎いようである。瘠《や》せた蒼白《あおじろ》い顔にある落ちくぼんだ眼は底光りを放っていた。

「で、小山政雄の画が福島県の真野町から東中野の良子のアパートに送られているのを確かめないことには、その証拠になりません。ところが、この方法がなかなか思いつかないのですよ」

小池は困ったように額に手を当てて云った。

「そうかなア」

「え、どう云われたのですか？」

「そんなことぐらいわけはない簡単な方法があるよ、小池君」

病社長はニヤリと笑った。

「え、それはどんな方法ですか？」

「うむ。ぼくが思うに二つの確認方法がある」

大江は低い声で云った。

「一つは、玉泉荘アパートの家主をこっちの味方にして、降田良子の部屋にそういう画の梱包《こんぽう》が配達されているかどうかを聞いてみることだ」

「いや、社長。それはちょっとむつかしいでしょう。なにしろあそこは光彩堂画廊の中久保さんが始終行っているらしいですからね。中久保さんのことだから、抜目なく家主にもちゃんと鼻薬を嗅《か》がせていますよ。そこへもってきて、ウチが家主にちょっかいを出せば、家主が忠義顔で降田良子にも中久保さんにもそのことを内報して、こっちはヤブヘビになりますよ」

「わしもそう思う」

病社長はあわてなかった。

「そこで第二の方法だ。少々、狡《ずる》いかもしれないが、その家主に電話をかけて降田良子に荷が届いたかどうかを配達所の名で訊いてみるのだよ」

「配達所といいますと？」

「荷の配達には三つの方法がある。郵便局の小包、鉄道便、それとトラック運送だ。それで郵便局の小包係、鉄道便を扱う運送会社の営業所、トラック便の運送会社のそれぞれの係だと電話で名乗って、降田さんに画を配達したはずだが、届いたでしょうかとたずねるのだよ」

「ちょっと待ってください」

小池は頭をかしげた。

「それはすこし無理ではないですかね？」

「どうして？」

「それらには配達員が一つ一つ受領証に受取人の判コをもらっていますからね。届いていることはわかっていますよ」

「確認のためだといえばいい。ほかに手違いが起ったのだが、降田さんのほうは大丈夫でしょうかときくのさ。降田良子は電話を引いてないというじゃないか」

「そうです」

「だから、家主さんから降田さんに聞いてくれと頼むのだ。電話を待っているあいだにその返事はもどってくるよ。アパートまではひと走りだろうからね」

「彼女が居なかったら、あとでまた電話をかけなおすのですか？」

「それでもいいが、家主の返事でわかると思うよ。そうした荷が日ごろから送られてなかったら、家主はそう云うにちがいない。アパートの管理をしている家主だと、部屋主が不在のときは代理人として受取りに判コを捺《お》すからね。また、小包なり荷物なりがよく送られてくるかどうかは知っているものだよ」

　降田良子が小山政雄の描く画を手本にしているのだったら、小山の画は少なくとも月に一度は真野町の降田家から送られているわけである。大江社長はそう想像していた。そうしてそれが小包郵便できているものやら、鉄道便で送られているものやら、トラック便で配達されているものやらわからないので、日を違えて三つの営業所の声で電話をかけろと小池に云うのである。

「しかし、いくら日を違えても、同じ声でそういう問い合せをすれば、先方がヘンに思いませんかねえ？」

「なに、二、三日置いて電話をすればわかりはしないよ。すこし作り声をしてみるんだね。要するに、枠張りのキャンバス画を梱包したような荷が彼女のもとによく配達されているかどうかをさぐればいいし、それは先方の答えの調子で察しがつくと思うよ」

「やってみましょう」

小池もその気になった。

あくる日、小池はさっそくそれを実行に移した。

玉泉荘アパートの家主は電話だと年配の主婦で、嗄《しやが》れ声だった。小池は受持ち区の郵便局小包係だと云った。

「降田さんはいま留守ですが、そんな小包など降田さんのとこに来た様子はありませんよ」

「もしもし。あなたは降田さんのご家族でもないのに、そんなことがどうしてわかりますか?」

小池は郵便局員らしい愛想のない口調で質問した。

「家族でなくてもね、あんた、降田さんのことなら、みんなわたしが承知していますよ。留守の配達ものはわたしのほうで全部あずかっているし、降田さんが居るときでも配達人はクリーニングの届けものまでわたしの家の前を通りますからね。それに、降田さんとは親類のようにつき合っているから、あのひとは何でもわたしには話します。そんな小包が日ごろからきているのだったら、わたしにも云いますよ」

「お邪魔しました」

電話を切ってから小池は気がついた。小包には大きさに制限がある。八号ぐらいの大きさでもその制限にひっかかるのではないか。

すると、あとは鉄道便かトラック便かである。

しかし、二日ずつ置いてかけた電話でも、玉泉荘アパートの女家主の返事は郵便局の場合と同じであった。鉄道便の会社営業所とトラック運輸の運送屋だと声を違えて到着荷の配達確認をしたのだが、先方は郵便局の声と同一人とは思わず、ありのままを答えた。

「そういう大きな荷の配達があれば、かならずわたしにわかりますよ。降田さんとこにはこれまで一度もそんな荷が来たことはありませんね」

「そうですか。では、こっちの伝票上の間違いでしょう。済みません」

「けど、どうしたというんでしょうね。この前から郵便局や鉄道便から同じような問い合せがあったけど」

これは最後のトラック運送屋を装《よそお》ったときだった。

「さあ。配達物の調査は偶然に重なることがあるんでしょうね。いや、ありがとうございました」

——真野町から小山の画は良子に送られて来ていない。女家主の言葉は信じていいようだ。

小池は、大江社長にそのことを報告に行った。

「そりゃおかしいな。そのアパートの家主が嘘《うそ》を云っているのじゃないだろうな？」

社長は椅子に凭《よ》りかかって腕組みした。

「それはないでしょう。あの声の調子だと、正直なことを云っていると思います。こっちの声が郵便局や鉄道便やトラック運送屋のニセだと気づいた様子もありませんからね」

「そうすると、こっちの見込み違いかな」

「何がですか？」

「降田良子が小山政雄の画を写していたという君の推定だよ」

「いや、その推測は崩れないと思います。これまでわたしがさんざん調べたあげくの結論ですからね」

「ぼくもそう思うけどな」

社長はうなずき、ひょいと顔をあげた。

「郵便小包も鉄道便もトラック運送も画の荷を送ってないとすると、あとは人間が小山の画を真野町から良子のもとへ運んできているとしか考えられない。良子が真野町の実家にしげしげと帰ってないとすればだがね」

「さあ。その点はわたしも考えましたが、そこまで知るには、やはりアパートの家主に接触するしかありませんね。しかし、あの家主は中久保さんが抑えているようですから、やはり手出しはできません。だが、これはわたしの想像ですが、彼女は真野町にも帰っていないし、向うからも小山の画を人が持ってきているとは思えませんね」

「じゃ、良子は手本の画をどうして見ているのだろう？」

「さあ」

「ぼくはね、小山政雄の画は月に二枚くらいのわりあいで制作されていると思うよ。降田家の奥で描かされているわけだ。いくら小山でもそう多く描けるとは思えない。また、良子がそれを手本にするにしても、全部が全部気に入るわけではなかろうから、三枚のうち一枚か、四枚のうち一枚ぐらいだろうな。そう考えると、降田良子の画がなかなか溜《た》まらなくて、光彩堂の中久保がやきもきする理由がわかってくるじゃないか」

「あ、そうですな。なるほどそのとおりです。社長はやっぱり慧眼《けいがん》ですね」

「なに、これは常識で推量するのだがね」

「理屈どおりですよ。降田良子も次々と評判になるような、新しい画を描かなければならないから、いくら小山の画でもその手本にするものを撰択しなければいけないわけです。ことに相手が頭の狂った画家ですからね」

「こっちとしては、その画を良子が自分のものにして描いているかどうかをたしかめればいい。どうだろう、良子のもとに真野町から人が来て画を届けているかどうか、それとも良子が真野町にたびたび帰っているかどうか、そうしてその画を手本にして画室で描いているかどうか、二カ月ほど私立探偵社の調査員をたのんで、彼女のアパートを張り込ませてみるかね？」

「二カ月も私立探偵社に張りこみをさせたら、その費用が莫大《ばくだい》ですよ」

「そりゃそうだけど、君」

「ことは簡単なんだけどな。あのアパートの家主に近づきになりさえすれば聞き出せることとですよ。が、それは中久保さんの手前、こっちにはできない」

「それをだれかに頼んでみたらどうだろう?」

「いい方法ですが、その人選が問題ですね。頼むからにはその人間にこっちの事情をうちあけなければいけませんから。あんまり叢芸洞の恥になるようなことは云えませんしね」

「それもそうだね」

「かりにそういう方法をとっても、家主の固い口をほぐすには時間がかかりますよ。中久保さんのことですから、家主には良子のことはだれが来てもいっさい云わないでくれと口どめしているにちがいありません。相当な礼を出してね」

「するとやっぱり私立探偵社か」

「いや。そうとはかぎりません。いま、ちょっとほかの方法を考えつきました」

小池は、いつかデパートの「降田良子作品展」に来ていた栗山弘三老人を眼に泛《うか》べていた。

「なに、わしに降田良子を訪ねて行けと云《い》われるのですか?」

　それまで機嫌のよかった栗山老人が、小池の頼みを聞くと、にわかに眼をいからした。

　前に喫茶店で会ったとき、老人の傍に付き添う青年の口から聞いた住所をたよりに世田谷の豪徳寺の奥までそのアパートを訪ねてきた小池であった。彼はすでに自分が画廊の支配人であることをうちあけていた。

　背にした赤い大きな縞《しま》模様のカーテンが負けるくらい、赤い地に黒の粗いチェックのシャツ、空色のズボンという派手な格好の年寄りが、両鬢《りょうびん》に残った長い、白髪まじりの毛が震うくらいに憤《いきどお》り出した。それまでは小池のさし出した高価な手土産と彼の叮重《ていちょう》な言葉づかいに、眼を細めていたのだった。

「先生。誤解なさっては困ります。わたしは、いつかデパートの近くの喫茶店でお目にかかったとき、かつての教え子の降田良子さんの画《え》に先生がきびしい批判をなさったのをおぼえております。先生が林台女子美術学校で降田良子さんに教えられたのは、現在のような彼女の画ではない、とこうおっしゃいましたね?」

「そうであります。あねえな、わけのわからん画を教えたおぼえはありません。あれは画の邪道でがんす」

「そこでです。かつての師として降田さんに忠告していただいたらどうでしょうか、とこのように思いまして、進言申しあげたしだいです。わたしの言葉が足りずにご立腹を招いたのでしたら恐縮です」

小池は頭をつづけてさげた。

「ほう、するとなんですかの、以前の教え子が出世したので、それを祝いに降田に会いに行けと云われるのではないのですな?」

「そのつもりで申しあげたのではありません。いま申しましたように、降田さんに忠告といいますか、アドバイスをしていただきたいのでございます。じつはわたしどもも画商の端くれとして、ああいう奇妙な画を、天才画などといって同業がもちあげるのを困ったものだと思っております。いえ、これは決して同業の光彩堂さんを誣《しい》るために申しているのではありません。いい画を扱う画商ぜんたいの良心のために、先生におねがいしているわけでございます」

栗山弘三は、いまは落ちぶれた老画家である。弟子とはいえない学校の教え子であろうと、その者が新進天才女流画家として脚光を浴びているのは、わが身にひきくらべて寂しくもあろうし、面白くもなかろう。喫茶店で聞いた彼の降田良子の作品展評がそれをあらわしていた。その栗山のプライドを傷つけぬように彼を降田良子に会わせるには、こういう云い方しかなかった。

以前、私立の美校で多くの学生と共に教わったとはいえ、降田良子にとって栗山は旧師にちがいない。旧師が訪ねてくれば、良子も彼を部屋に上げないわけにはゆかぬだろう。そこで、栗山から話に托《たく》して、いろいろと良子のことをさぐってもらう、というのが小池の考えついた意図であった。

もちろん良子は正直なことは、いくら旧師でもうちあけまい。だが、真野町の実家としげしげ往来があるかどうかぐらいは聞き出せるにちがいない。それだけ聞いてもたいそう役に立つのである。そのうちに二度も三度も彼女を訪問してもらう。良子もだんだんに旧師にたいして気をゆるすだろうし、小山政雄の画を手本にして描いているとは絶対に洩《も》らさぬまでも、それと察し得る有力な話を聞いてくるであろう。

ただし、小池は前もって栗山と光彩堂とが無関係であるのをたしかめてからこの依頼をしたのである。老画家は、光彩堂の山岸支配人は前に一度だけここに来たことがあるが、調子のいいことを云ったくせに、あとは顔ものぞかせないと憤懣《ふんまん》の体《てい》であった。これもまた小池に都合がよかった。

「さあ。そうですのう」

腹立ちはおさまったものの、老画家はまんなかが禿《は》げた頭に手をやって困惑の表情に変えた。

「いくら旧師というても、その後、つきあいの切れているわしが、いまごろになって降田良子に忠告に行くのも唐突すぎてアンナチラルですのう」

青年が伏し眼になって茶を運んできた。喫茶店で会った栗山の甥《おい》の池野三郎という青年であった。

小池は、その女のように気のやさしそうな、もの腰にじっと眼をそそいだ。

降田良子を林台女子美で教えたことのある老画家栗山弘三の甥、池野三郎が東中野の玉泉荘アパートを借りて入った。その五号室であった。

池野が借りたというよりも、小池が大江社長を説いて入居させたのである。

「そりゃ名案じゃ。さすがに君だ、いいとこに気がついたな。そういう男を降田良子の隣室に入れておいたら、彼女のもとに真野町から小山政雄の画が梱包《こんぽう》された荷で配達されているかどうかがよくわかるわな。私立探偵社に一カ月も張りこませたらどえらい費用がかかるけど、その若い者一人の部屋代だったら知れている」

「部屋代が十万円、敷金が三カ月分で三十万円です。そのほかに当人と栗山さんの礼が合わせて三十万円です」

「それでも私立探偵社を一カ月傭《やと》うことから思えば安いものだ。敷金は出るときに返ってくるからね。しかし、よくそんな適当な青年が居たものだな」

「栗山さんと話しているうちに、その甥に目をつけたのです。彼は独身ですから身軽ですよ。いつも栗山さんの家にやってきては、これも独り暮しの伯父さんの世話をしているのです。おとなしい、ちょっと見ると女形のような優《や》さ男ですがね。で、栗山さんと当人を口説いて、三十万円のお礼で承諾してもらいました。むろん栗山さんには詳しい事情は説明してありません。ただ降田良子の動静を監視してもらいたいと頼みました。栗山さんも教え子の降田良子にはいい感情を持っていませんから快諾しましたよ。一カ月ほど甥を手ばなすのは不自由だとは云っていましたが」

小池は依頼までの経緯《いきさつ》を話した。

「それにしても、よく五号室が空いていたものだな」

「池野君が玉泉荘アパートの管理人に会ったら、五号室の借り主が今月末で出て行くというので、さっそく契約したそうです。管理人のおかみさんは、隣の六号室と七号室とを女流画家が借りていて、七号室はアトリエにしていると話したそうです」

「降田良子の隣室とは何よりだ。運がよかったな。それだったら彼女の様子が手にとるように分る」

病社長は上機嫌であった。

「来月といってもあと五日です。来月に入ったら、五号室には、池野君の名義でさっそく電話を引かせるよう手続きをしました。来月に入ったら、その電話でぼくが報告を受けたり、ときどき彼と外で会って話を聞くことにしました」

「たいへん、いい」

大江社長はよろこんだ。

なんとかして商売仇《がたき》の光彩堂の中久保社長の鼻をあかしてやろうという意気込みのようである。それには降田良子の「天才画」のルーツをつきとめ、その欺瞞性《ぎまんせい》を突きとめようとする小池の方策を全面的に支持している。

その月に入った。

アパートに入居する前、小池は池野三郎と青山の「レマン」という喫茶店で落ち合った。銀座は画廊関係者の眼が多いし、新宿は中久保がうろうろするのであぶない。

池野青年は、小池の前にテーブルを隔てて坐《すわ》ったが、伏し眼になってうつむき加減だった。近ごろの若者とは思えぬくらいおとなしい。栗山弘三の家や、いつぞやデパートの「降田良子作品展」の帰りに京橋の喫茶店で会ったときと同じであった。いや、今日は改めて小池から「任務」を聞かされるだけに、緊張のせいかよけいに寡黙《かもく》だった。ものを云っても声が小さくて、弱々しい。背は高いが、瘠《や》せて、ほっそりしている。女のような撫《な》で肩であった。

小池は相手を眺め、少々たよりない気がしたけれども、彼を択《えら》んだ以上はやむを得ないし、また、ほかに人選の心あたりもなかったのである。

よく要点を云い聞かせたら、なんとかやってくれるだろうと思った。

「いいかね、池野君、君にたのむ要点はそうむつかしいことではない」

小池は年少の者に云い聞かせるように切り出した。

「まず、君はどんなことがあっても、ぼくら、つまり叢芸洞との関係を知られてはならない。降田良子や光彩堂にはもとよりのこと、アパートの管理人や入居者にもだ。これが第一です」

「はい」

池野三郎はうなずく。かわいらしい返事である。伏せた眼の長い睫毛《まつげ》が女性のようにきれいに揃《そろ》っていた。

「外出はあまりしないでください。アパートの中に居ないと彼女の行動を見張ったことにならないからね」

「はい」

「勤めにも出てないとなると、疑われるかもしれないから、小説家、いや、翻訳家がいい、翻訳の仕事をしているというんだな。それだったら始終部屋に居てもおかしくない。そのために適当に洋書と原稿用紙とを机の上に置いておきなさい」

「はい」

「それから友だちをアパートに呼んではいけない。君は好きな女性がいますか？」

「いいえ」

池野は首を振った。そうだろう、こんな、なよなよとした頼りない男を好きになる女は居ないだろうと小池は思った。

「それならけっこうです。本を読んだりテレビを見たりして一日じゅう部屋にいてください。夜も九時ごろまでは隣室の様子を監視する必要があるな。なに、とくにのぞきに行ったりなどしなくてもいいです。降田良子のところにどんな形の荷物が配達されてくるか、それが月に何回ぐらいあるかです。それに客がよく来るかどうか、降田良子はどんな生活ぶりか、どんな人とつきあっているか、彼女に恋人が居るかどうか……これはちょっとむつかしいが、管理人のおばさんを手なずけると、おばさんが話してくれるでしょう。そのためにはおばさんが喜びそうな物を贈るのだな。その費用もぼくが出しますよ。おばさんは降田良子と親しいようだから、できるだけ彼女の話を聞くことです」

管理人の女房が降田良子と仲のいいことは、この前に送られてくる荷物のことで郵便局、鉄道便、トラック運送のそれぞれの係になって電話したときの返事でも想像がついていた。

「三、四日置きぐらいにぼくのほうから君に電話する。そのとき報告を聞きます。ときどき、この喫茶店で会って、まとまった話も聞くことにします」

「はい」

「さしあたり一カ月ぐらいだから、まあ辛抱をしてください」

「はい」

何を云《い》っても池野三郎は素直で、柔順であった。

池野三郎が玉泉荘アパートに入居して四日目に、小池は電話した。

「もしもし、野田です」

女のような声である。野田は打合せた結果、アパートで使用する池野の偽名だった。

「小田です」

これも小池の偽名であった。

「ご苦労さん。いま、そこに人は居ませんね？」

「だれもおりません」

「どうですか、様子は？」

「例の人は七号室のアトリエで毎日のように画《え》を描いているそうです。管理人のおばさんがそう云っていました」

「なるほど」

制作に余念がないのは、光彩堂のためだと思われる。その光彩堂の背後にはコレクターの寺村素七氏が居るのだ。光彩堂はうまいことをしている。

それにしても、池野青年がすでに管理人の女房と心やすくなったらしいのはまずまずの成功だった。

「降田良子がどんなふうにして画を描いているか、わかりませんか？」

彼女が小山政雄の画を見て描いているというのが小池の推定である。

「それはわかりません。降田良子の部屋をのぞいてはいけないとあなたに云われていますから」

「それはそうだ、めったなことをしてはいけない」

小池はあわてて止めた。

だが、真野町からは小山の画が彼女のもとに送られてきているはずだ。

「いまのところ、そんな荷物が配達されている様子はありません」

池野三郎は細い声で云った。

「どうしてそれがわかる？」

「ぼくの部屋の前を通らないと、だれでも六号室や七号室には行けないからです。足音が通るので、そのたびに窓を見ればわかります。窓のカーテンをとおして、通行する人間はみな見えます。今日はまだここに入って四日目ですから、このさきはわかりませんが、いままでのところ、荷物や小包の配達人は通りません」

「そうか。なるほど、まだ四日目くらいじゃわからないわけですね。その四日目くらいだけど、彼女を訪ねてくる人は多いですか？」

「あんまり多くはないですが、昨日の午後二時ごろ、光彩堂画廊の山岸さんが隣を訪ねて来ました」

「なに、山岸君が？」

小池は予期したことながら、どきりとした。

「はい。光彩堂の支配人山岸さんは前に豪徳寺の伯父の家を訪ねてこられたことがあるので、わたしも知っています」

「山岸君は、君の姿を見なかったですか?」

それが心配である。

「いいえ、窓のカーテンは白い紗《しゃ》ですから、内側から外は透けて見えても、外からはこっちが見えません」

「その点はくれぐれも要心してくださいよ」

山岸に気づかれたらたいへんである。

「そのほかには?」

「あれは新聞社か雑誌関係の人でしょうか、カメラを持った人を入れて三人づれが昨日隣を訪ねてきました」

近ごろでは降田良子の名声がますます上ってきている。「天才女流画家の出現」というので、新聞の学芸欄にも彼女の顔と画とが写真入りで出るようになった。その蔭《かげ》の演出は光彩堂と、光彩堂の評議員になっている美術担当記者だ。

軽薄なる美術評論家は、それに躍らされて相変らず「抽象芸術の技法と形態と客観芸術《オブジェクティヴ・アート》のそれとが、過去の思惟《しい》方法を止揚して新しい暗喩《メタフアー》の形態と構造とを広げようとしている。その広がりとは、フランスの劇作家アルトーの〝全体演劇《トータル・シアター》〟

をも連想させる」式のくだらぬ文章をこねあげている。

もっとも、競争相手の光彩堂に利益する記事だから小池も心でそう悪態をつくのだが、自分のほうでも同じような評論家の使い方をしているので五十歩百歩であった。

「で、降田良子はよく外出するほうかね？」

小池は次を質問した。

「いえ、あまり外には出ませんね」

それでは画作一途《いちず》ということか。たとえ光彩堂の演出であれ、美術ジャーナリズムに名前が上れば当人も励みがつくというものだ。そうしてますます小山政雄を下敷きにした画を描いてゆくにちがいない。

「では、今後もよろしく頼みますよ。また、四、五日くらいして電話します」

「はい」

「管理人のおばさんから彼女のことを聞き出せるよう親しくしてください。贈りものはあげましたか？」

「入居したとき、一万円の現金を包みました。とてもよろこんでいました」

「その調子です。またあとから何か上げてください」

「はい」

池野三郎の見張り役もさることながら、管理人の女房こそ降田良子の様子を知る情報源だと小池は思った。

13

それから二日あとであった。

叢芸洞画廊にくる数多い郵便物を小池が択《よ》っていると、その中に彼宛《あて》の手紙が入っていた。封筒の裏を返すと「福島県真野町、河田屋旅館内、木村房子」とペンで上手でない字が書いてあった。

木村房子の名に記憶はないが、河田屋内というのですぐに思い当った。前に泊ったときの係女中である。小肥《こぶと》りの赤い顔が浮んだ。

《遅い当地の桜も十日前に散り、いまは野に山に新緑がしたたるばかりでございます。いつぞやは当館にご宿泊いただいてありがとう存じます。その節は行き届かぬサービスにて……》

からはじまる文章は、「さて」から意外な内容に変っていた。

《さて、その際に申上げました降田山湖堂に居《お》られるお年寄り（小山政雄様というお

名前だそうですが）が三日前にお亡《な》くなりになり、昨日そのお葬式が山湖堂から出ました。》

あっ、と小池は思わず小さな叫びが出た。

《お年寄りとはいえ、つい一週間くらい前までは、山湖堂のご次男の降田敬二様（城南カメラ店主です）がつき添って散歩されるお姿をお見かけしていましたのでおどろきました。病名は急性肺炎ということでございます。九州からその甥《おい》ごさんにあたる方がこられて葬式のとき、お位牌《いはい》をささげ持っておられました。あなたさまが、あのお年寄りのことをわたしにいろいろと聞いておられたので、一筆お知らせ申上げます。

なお、城南カメラ店は昨日から閉店になりました。敬二様は山湖堂さんに専念するとのことです。カメラ店があまりはやらなかったからでしょう。

また当地にお出かけの節は当館にご宿泊くださるよう、女将《おかみ》ともどもお待ち申しております。かしこ。》

小山政雄が降田山湖堂で死んだ。――

小池の頭にまっさきにきたのは、降田良子はこれからどうするだろう、という考えであった。

彼女がヒントを取り、アイデアをとっていた画《え》を描く老狂人が死亡したのだ。さぞかし困惑しているにちがいない。

河田屋旅館の女中の手紙には、小山政雄の葬式に東京から降田良子が実家の山湖堂に帰省したとは書いてない。よけいな筆を省いたとも思えるが、真野町に帰っていないのが事実であろう。もし帰ったとすれば、アパートの隣室で彼女の行動を監視している池野三郎がそう知らせてくるはずだ。彼がアパートに入居してからの出来事である。

小山政雄こそは彼女にとって事実上の「恩師」ではないか。その恩恵をどれだけ受けているかしれない。しかし、これは第三者には全くわからぬ。

降田良子は、これからどうするのか。小山の画がまだいくらか残っていたにしても、数はしれている。その画を見て描いてしまったのちは、もはや「見本」の制作者が存在しないから、あとがつづかない。

降田良子の危機ではないか。――

――それにしても、なぜ城南カメラ店は店を閉じたのだろうか。

小池は、河田屋の女中木村房子の手紙に疑問がおこった。

カメラ店の経営がうまくいかないために閉鎖したことはわかる。真野町で見たあの店の様子では、店仕舞いするのがあたりまえで、いくら従業員を一人も使わないといっても、あれで経営が成り立つほうがふしぎである。店の棚にはカメラが申し訳程度にしか置いてない。カラーフィルムの現焼だけはひきうけるが、白黒フィルムのほうは断わる。

カラーフィルムは専門の現像所に回すだけだから労力は要らない。田舎町の小さなカメラ屋に商売気がなかったら潰《つぶ》れるのは当然であろう。近くの商店街には、もっと大きなカメラ店もあることだ。

それというのも店主の降田敬二が山湖堂の次男坊として食うに困らないからであり、いわば道楽半分の商売だから、熱心でなかったのだ。だが、いくらカメラ道楽からはじめた店だとはいっても毎月毎月欠損つづきでは限界があるので、遂《つい》に閉鎖に踏み切ったということであろう。

それはわかるとしても、その閉店が小山政雄老人の死の直後におこなわれたのは、たんに偶然だろうか。

敬二は、あの精神障害の老画家の世話をしていたようだ。その手のかかる老人が死んだのだから、ほんらいなら商売のほうに身を入れていいはずなのに、話は逆であった。

もっともこれは外面上からいうことで、敬二の役を、老画家と妹の降田良子との媒体と推測している小池は、老画家の死と閉店との因果関係をその方面から考えてみなければならなかった。

だが、これがわからない。老画家の死によって、彼の画の制作も断絶した。しかし、それによって敬二がカメラ店を閉鎖する理由はない。店仕舞いにする必要がどこにあろうか。

やはり、閉店はその時期が来たのであって、それがたまたま小山老人の病死と重なった。そう素直にうけとったほうがよいのかもしれぬ。

が、どうも心の隅にひっかかる。偶然とだけでかたづけられない気がする。

しかし、小池は、叢芸洞の仕事のほうが忙しく、その疑問は疑問のままに残した。

こんどの企画は「室田欽治回顧作品展」の開催だった。

室田欽治は戦後間もなく亡くなった画家で、その戦前の活躍は日本画壇よりもパリ画壇が主要舞台だった。日本画の伝統的な繊細な線描きと落ちつきのある色彩を洋画に注入してパリ画壇の注目を浴びてから国際的な名声をあげ、それを持続してきた。日本画壇は、大正期のエコール・ド・パリ輸入いらいフランスはじめヨーロッパの画家の真似《エピゴーネン》に終始してきたといっても過言ではない。その中にあって東洋画のリアリズムを追究しつづけたのは岸田劉生《りゅうせい》と室田欽治あるのみである。劉生は敗北し中道にして仆《たお》れたが、室田は稀代《きたい》な技巧を駆使してフランス画壇に独自な地歩をしめた巨人である（「室田欽治回顧作品展」の目録ゲラ刷より）。

この作品展を都内の一流デパートで開催しようという計画は、小池の腹案であって大江社長もそれに乗気であった。企画を依嘱している美術ジャーナリスト三人の「評議員」も賛成で、室田欽治の画の所蔵家に出品方の交渉もしてくれるという肩の入れようであった。室田の大作は日本にはあまりないが、それでも日本にある目ぼしいものは揃《そろ》えられるという。出品作も、もうほとんど決りかけていた。目録に入れる画壇の大家や美術評論家の原稿も揃い、印刷所では組みの段階にはいっていた。目録は豪華なものをつくる。そのための出品作の撮影もすすんでいた。もちろん全部原色版である。

この計画も、本音をいえば光彩堂画廊に対する派手な捲《ま》き返しであった。向うが降田良子という新人の売出しでくるなら、こっちは国際画家の大家展をぶっつけようというのである。無名に近い女流画家と室田欽治とではじめから勝負にならないというのが「評議員」らの決定的な意見で、自分たちの新聞の文芸欄でも大々的にこの作品展をとりあげると云《い》ってくれた。

そのようなことで、小池も外を飛びまわることが多くなった。しかし、忙しくても降田良子の「天才画」の追及のことはかたときも忘れていなかった。室田欽治展を開くのも、降田良子を売り出す光彩堂への対抗策だから、その降田良子の画のルートさえ握れば、あとはその生命を手中に入れたことになる。

さらに室田欽治展を開くことのメリットは、室田の画を陽和相互銀行社長の寺村素七が二点所蔵していることである。これが出品方は美術評論家沢木庄一に頼んだ。

沢木は美術雑誌で降田良子の画を心にもなく賞《ほ》めた男だが、それというのも光彩堂のためだけではなく、寺村社長にとり入って、将来寺村美術館が創設されたさいにその館長におさまりたい野心からである。これは彼を知る画壇の玄人筋《くろうとすじ》の一致した観測だが、まず誤りないといってよい。

小池が寺村との交渉を沢木庄一にたのむと、沢木は一も二もなく引きうけた。自己の利益しだいでAの画商につこうと対立するBの画商に与《くみ》しようと平気なのはこういう美術評論家の常だ。沢木のばあい、そのような画商の走り使いからさらにコレクターの寺村のふところにとびこもうという下心があるのでとくべつだ。

しかし、それは沢木庄一だけではない。じつは沢木を使いその出品を縁に叢芸洞じしんが寺村に食いこもうという意図があった。これまでは同業の仁義を守って光彩堂のてまえ寺村には積極的に働きかけなかったが、所蔵の画を出品してもらったのを機会に、これから自然ななりゆきとしてかなり自由に出入りができるというものだ。

小池はそう思いつくと、さっそく大江社長の家へ行った。

大江信太郎は今日は気分がいいのか、いつもの病室の八畳ではなく、十二畳の間の縁側に籐椅子《とういす》を出して日向《ひなた》ぼっこをしていた。籐椅子の背に厚く毛布を敷き、膝《ひざ》にも毛布をかけていた。

小池のこうした企図に大江も大賛成だった。

「そうすると、こんどの室田欽治展は、光彩堂の中久保君の鼻柱を挫《くじ》き、同時に寺村さんもしだいにこっちのものにするという一石二鳥の効果というわけか」

病社長は働き手の小池に眼を細くしていた。

「一石二鳥どころか、三鳥かもわかりませんよ」

「あとの一鳥は？」

「例の小山政雄という老画家が真野町の降田家で死んだことは、この前あなたに申しましたね」

小池はさっそく報告していた。

「うむ、うむ」

「降田良子の画の提供者が死んだのですから、これから何か変化がおこりそうです。

それを押えると、天才画家の秘密がわかりますよ。材料が全部わかると、その資料を評議員のみなさんに渡して記事にしてもらうこともできます。室田欽治展がその発表の機会になります。そうなると、光彩堂さんはがっくりです。そうして寺村さんや主だった光彩堂のお客さんをこっちがいただきです」

「うむ」

病社長は太い息を吐き、やり手の支配人をつくづくと眺めた。

「小池君。きみはすごい頭脳を持っているなア」

「それほどでもありませんが、まあわたしがこうして働いていますから、社長のあなたは安心してゆっくり療養につとめてください」

横から志津子が感謝の言葉を小池に云った。

「小池さん。ほんとにありがたいですわ。あなたのおかげです。心からお礼を申します」

「奥さん、そう云われると困りますよ」

小池が頭をかいてそこを出ようとしたとき、ふと床の間のわきに十五号ぐらいの油画が立てかけてあるのに眼が走った。どこかの海岸風景だが、その独特な画風からして中原亥之助というのはすぐにわかる。関西在住の洋画家だった。その画はかなり旧作のようだった。

「おや、社長、これは？」

小池は大江にふりむいた。彼が店で見たこともない画だった。

「あ、それか」

大江は妙にあわてた顔をした。

「……いや、なに、進治の同級生の母親が家にある画を買ってくれといってここへ持ちこまれてね。しようがないから引きとったが、そのうち店へ回すよ」

「ははあ、そうですか」

「ほんとに義理で買わされたんですよ。ＰＴＡの役員仲間でしょう。お断りすることもできずに」

志津子が眉《まゆ》をよせて云った。

「そうですか。……しかたがありませんね」

小池は靴をはいた。

外に出ると、すぐに公衆電話で玉泉荘アパート五号室へかけた。池野三郎との話は店の者に聞かされないので、いつも外からかける。池野がアパートに入居して、すでに二週間以上になる。電話もこれが三度目であった。室田欽治展の準備に追われていても、この連絡ばかりは忘れなかった。

「こんちは」

池野青年も小池の声をおぼえていて、小池が、もしもし、と云っただけで反応した。もっとも彼のもとに電話をするのはほかに居ないはずである。どのように親しい友人でも、ぜったいに電話してもいけないし、かけさせてもいけないと云い渡してある。

「どうだ、様子は?」

小池はすぐに訊《き》いた。

「はあ。まだ変った様子はありません」

池野は、いつものようにやさしい声でこたえた。

第一回の電話はともかく、あれから二度の電話でも池野の報告は、降田良子にはとくに変った様子が見えないというのだった。

すなわち彼女のもとにはキャンバスを包装したような配達荷は届けられない。訪問者は光彩堂の支配人山岸のほか、中久保社長が二度ほど訪ねて来た。中久保の顔は知らないが、アパートの管理人のおばさんからあとでそのことを聞いた。

降田良子には恋人は居ないらしい。それだけでなく友人もいないようで、そういう若い男女の出入りはない。降田良子は孤独のようである。が、彼女は少し変った性格で、べつに寂しがりもせず、そんな交際を自分のほうから拒否しているようである。彼女は自炊しているので、買いものに行くほかは、遊びに出かける様子もない。ときには新宿に食事に出かける。中華料理が好きなので、それを食べにゆくが、もちろんひとりだ。そういうときは、おばさんにお土産としてシューマイとか肉饅頭《にくまんじゅう》の函《はこ》などを渡す。あとは七号室にこもって画を描いている。

今日の池野の電話報告も、それと変りなかった。

真野町からキャンバスの配達荷物がないのは、小山老人が死亡した現在、あたりまえといえようが、それでも生前に描いた画はまだあるはずである。以前にひきつづきそれらが送られてこないのはおかしい。この点はやはり奇妙である。

「君は、管理人のおばさんとうちとけてきたかね？」

小池はきいた。

「はあ。だいぶん親しく口をきくようになりました」

池野は細い声で云った。どうもたよりない気がする。

「それではおばさんは降田良子が画を描いているところを見ているはずだが、その様子を君に話さないかね？　たとえば、彼女が見本のような画を見ては自分の画を描いているといったふうなことを」

「いいえ、そんなことは云ってくれません。降田さんはアトリエにしている七号室にはおばさんでも気やすく近づけさせないので、画を描いているところは分らないらしいです」

画かきの仕事中としては当然だが、小池にはそれも降田良子が秘密の保持につとめているように思われた。

「そうか。まあ、こんごもつづけて頑張ってくれ」

「はい」

小池は失望して電話を切った。

——これではキリがない。いつになったら降田良子の秘密がつかめるか分らない。それもむつかしいことではない。その七号室のアトリエに入って彼女の画作する現場を見るだけでいいのだ。

なんとかして彼女の堅固な防備を破れないものか。管理人のおばさんばかり当てにしても長びくばかりだが。……

小池はうつむいて歩き出した。地面を見るその眼の前に一つの発想が浮んだ。

思いつくとすぐに実行に移したいのが小池の性分である。また問題がさきに延ばせることではなかった。

翌日、小池は玉泉荘アパートに電話して池野三郎を以前逢《あ》ったことのある青山の小さな喫茶店に呼び出した。

昨日電話で話したばかりの池野三郎は、おどおどした表情で喫茶店の椅子に坐《すわ》っていた。

「小池さんに頼まれたことが、なかなかうまく運ばなくて済みません」

池野は小さな声で謝り、頭をぺこんとさげた。

どう見ても頼りなかった。青年らしい気力をすこしも感じさせない。親切で、やさしい気だてにちがいないことは栗山弘三という七十歳をすぎた伯父の面倒をみているのでもわかる。けれどもそれは女性的な面倒見であって、いい若い者のすることではない。事実、小池はいつぞや降田良子作品展のあったデパートから出た二人のうち、池野の後姿がまるで女のような歩きかただったのを憶《おぼ》えている。その印象は、デパートの近くの喫茶店に入ったときも、栗山の家を訪ねたときも変りなかった。

しかし、小池からみて軽蔑《けいべつ》してよい青年のその性格も、いまは彼に利点と変っていた。

「池野君。どうも降田良子の様子をアパートのおばさんに聞くのは無理なようですね。聞き出すまでにはまだまだ日にちがかかりそうだ。良子のプライベート防備が固いから無理もないが、ぼくとしてはそういつまでも待ってはいられない。そこで、そんな遠まわしの方法はやめて、早道を考えましたよ」

池野はゆっくりと云った。

「早道といいますと？」

「きみが直接に降田良子に当ることですよ」

「ぼくが？　しかし、ぼくは五号室にじっとしていて、彼女にはぼくの姿も見せてはいけないと、あなたに云われましたが」

池野は小猫のように首をかしげた。

「たしかにそう云ったけどね。いや、それは彼女の様子をこっそりと見るための段階だった。けど、それではラチがあかないとわかったから、こんど方針を変えることにしたんです。きみが彼女に直接ぶっつかってください」

「ぼくが良子さんに話を聞くんですか？」

「いやいや、はじめからそんな話を持って行っても駄目です。まず、きみは彼女とさりげなく交際をはじめるのですよ」

「交際をですか?」

　池野は細い眼を見開いた。

「隣室どうしだから、それは自然にゆくでしょう。顔を合わせることがあるだろうから、きみのほうから挨拶《あいさつ》をするんです。先方は、つんとしてそっぽをむくかもしれないけど、それははじめのうちで、隣人をそういつまでも睨《にら》みつけるわけにはゆかない。そこへもってゆくためには彼女からどんなに冷たい眼で見られても、きみはにこにこして愛想よく挨拶するんです。彼女も応じてくるようになる。それにはいくつかの方法もあります。きみの五号室と、彼女の六号室・七号室の前はコンクリートの廊下になっているでしょう?」

「はい」

「どこのアパートでもそうですね。きみは朝の掃除に、じぶんの部屋の前だけではなく、六号室・七号室の前まで掃いてあげるのですよ。彼女は掃除をよくするほうですか?」

「いえ、あまり見たことはありません。部屋の前の廊下もしじゅうゴミがとり散らかっています」

「そうだろう。おそらく降田良子は男のように無頓着《むとんちやく》な性格だと思う。気性も男のように強いでしょうな」

「変った性格のようです、アパートのおばさんの話でも」

「その変った性格というのが、つまり女性らしくないということですよ。で、きみが彼女の部屋の前のぶんまで掃除してあげれば、いくら彼女でも黙ってはいられない。次に顔が合ったときは礼のひとことぐらいは云《い》うでしょう。そこから日常的な会話のきっかけがつかめます。ときには、お返しとして彼女もきみの部屋の前を掃除してくれるでしょう。そのときはすかさず到来物ですがといって何かおいしいものでも彼女へ届けるのですよ」

「はあ」

「いまいったのは一つの方法を話したまででね。まだほかにも工夫があるでしょう。それはきみに任す。とにかく彼女と親しくつき合うようにしてください」

「そんなふうにうまくゆくでしょうか？」

「自信をもってやることですよ。そういってはなんだが、きみはやさしいし気の弱い性質です。彼女は、反対に男のような性格で、そのうえ年齢が君より二つぐらい上のはずです。年上の女からすると、君のような青年は弱々しく見えて、自分が保護してあげなければ、という気持になるものですよ。つまり母性本能がおきるんですな」

池野は少年のように頰を赧《あか》らめた。女と親しくなれという意味がわかったようである。

「彼女とつき合うためには、いろいろと金も要るでしょうからそれはぼくがさしあたり十万円ほどきみにあげておきます。彼女は中華料理が好きらしいから、そういう店にも誘ってください。まだ費用が要るようだったら、いくらでも出しますよ」

小池はここまで云って煙草《たばこ》に火をつけた。池野の様子をうかがうと、反対でもないようだった。ただ、上体をくねくねさせて恥ずかしがっていた。

こういうタイプの青年だから、降田良子の気に入るにちがいない。年上で、気の強い、男のような性格の彼女には、きっと母性本能が働くであろう。わたしが保護してあげなければ一本立ちができないといった憐愍《れんびん》の情である。

池野のほうは老人の伯父の身のまわりを世話しているのでもわかるように女のように気がつく。

「で、そんなふうに親しくなれば、彼女も安心してきみを七号室のアトリエにときには入れてくれるようになる。彼女は画《え》を描いているから、アトリエに使っている七号室はとり散らかっているにちがいない。居室にしている六号室だって、あんまり掃除はしてないのじゃないかな。きみは、そういう拭《ふ》き掃除もしてあげる。ときどきは買いものお使いもしてあげるし、夕食などもつくってあげる。きみは、そういう料理づくりは得意なんでしょう?」

「上手ではありませんが、ま、ひととおりはできます。伯父はおまえのつくったものはうまいといってくれます」

「あの気むずかしい栗山先生がそう云われるのだから大丈夫だ。とにかく、そんなふうにして降田良子と親しくなってください。そこでだね、大事な点は……」

と、小池は短くなった煙草を灰皿に押しつけ、声も改めた。

「降田良子が画をどんな方法で描いているかをきみがアトリエに入ったときによく見さだめてもらいたいのです」

「どんな方法といいますと?」

池野は上眼で小池の顔を見た。

「構図のとりかたとか色の撰《えら》びかたとかを見るのも大切だが、そんな技法の問題じゃない。もっとも重要なのは、彼女が何を見本にしてキャンバスにむかっているかということなんです」

池野も伯父の栗山が画を描いているので、その制作のことはひととおり知っているはずだった。

「見本といっても他の画家の印刷写真画集や美術雑誌の口絵などではなく、ちゃんとしたタブローを見て描いているはずです。その画は他の或《あ》る画家が描いたものなんですがね」

その制作を見せないためにアパートの管理人をも彼女は七号室に入れないのである。はじめのうちは池野も同じだろう。

「まあ、若い画家が他の画家の画を下敷きにして描いているのはザラだからね。それは当り前といえます」

小池は池野にあまりおどろきを与えてもいけないと思った。そこは軽い調子で、しかも重要な点として彼に云い含めなければならなかった。

「問題は彼女が手本にしているその画のことだが、その図がらをぼくに話してください」

「はあ」

「その手本としている画には画家のサインはないはずです。だから画をよく見て憶え、詳しくぼくに云ってください」

「ああ、その画のことですか。キャンバスのような梱包《こんぽう》の配達荷が彼女のもとに来ているかどうかを小池さんが気になさっているのは？」

「まあそうだけどね。しかし、そんな配達荷はないということでしたね」

「ありませんね」

「しかし、その画家は遠方に住んでいたから、なんらかの方法で彼女のもとにその画が届けられているはずです。いまはその方法がわからないだけだけどね」

「そうですか」

「まあそれはあとの話として、降田良子はかならず他人の描いた油絵を見て描いている。それも二枚や三枚じゃない。彼女がこれまで描いてきた画の全部がそうなんだ。だから、きみは彼女が現在描いている画の見本画だけではなく、ほかの場所に置いてあるそれらの画もたしかめてほしい。押入れなどにしまってあるかもしれないからね」

「そんなふうに部屋の中をごそごそとさがすと良子さんに怪しまれますが」

「むろん彼女が居ない間ですよ。彼女だって用事ができてちょっとぐらい留守をするときがあるだろう。きみを信頼してくれれば七号室の留守だって任せるようになりますよ」

「わかりました。なんとかやってみます」

池野は長い髪をかきあげ、白い頤《おとがい》をうなずかせた。彼にも興味が出てきたようであった。

「彼女の部屋と往来《ゆきき》をはじめたら、その見本の画が見られるだけでなく、その画がどんな方法で彼女のもとに届けられているかもわかるはずだから、それもぼくに知らせてください」

狂える画家小山政雄は死んだが、その遺作はまだまだ降田家に相当に残っているはずだ。なにしろ降田の次男敬二は小山に画を描かせることに専念していたにちがいないから。それらは今後も当分のあいだ良子に届けられるだろう。

「あ、それからね。降田良子の部屋に光彩堂の中久保社長や支配人の山岸君が訪ねてきたら、絶対に出てはいけないよ。とくに山岸君はきみの顔を知っているからね。そのときは隠れていてください」

「わかりました。そうします」

小池は何から何までこまかく指示し、十万円を与えた。

池野三郎はことごとく承諾した。彼も隣室の女性とつき合えとその「軍資金」までもらったのだから、臆病《おくびょう》なながにも、だんだん興味を増したようだった。

小池は池野を先に喫茶店から立ち去らせた。そのうしろ姿は紙のように薄く、これほど頼りない青年はないと思われた。身体《からだ》をくねくねとさせ、内股《うちまた》で歩いて行く。

小池はそれを見送って、あれでいいのだと思った。じぶんの計画はきっとうまくゆくだろう。

小池は忙しい。「室田欽治回顧作品展」の開催日が決った。あと一カ月半である。会場には日本橋の一流デパートがとれた。会期は十日間である。小池はその打ち合せにデパートの美術部に行き主任と会って相談し、また催場の責任者とも打ち合せをする。

デパートの美術部でも力を入れてくれた。室田欽治展なら客がくると見込んだのだ。目録はデパート側が作ってくれるという。ただし、費用は叢芸洞がほとんど持たねばならない。デパート側は目録に入れる広告料に見合うものだけを分担する。しかし、デパートは出入りの印刷所があって、印刷物の注文には馴《な》れているし、印刷代も割安であった。デパートは出入り商人に注文品の単価を叩《たた》くという評判だった。目録は、室田欽治の作品が原色版で二十枚以上入るという贅沢《ぜいたく》さで、三十ページにもなる。その原稿も小池は諸方面へ依頼に出むかなければならなかった。「解説」は沢木庄一教授。これはむしろ沢木のほうから売りこんできた。皮肉屋の沢木も、自己に利益があると思うと「純真に」協力する。室田欽治の業績とか作家論とかの原稿は、叢芸洞の顧問となっている美術担当記者たちがその「顔」で画家や評論家を紹介してくれたから依頼が楽におこなわれた。

その間には画廊としての商売がある。小池は多忙をきわめた。肥《ふと》った男が汗をかきながら動きまわる。その状況は毎日のように電話で病社長に報告した。まことに律義《りちぎ》な番頭ぶりであった。

けれども池野三郎のことを少しも放置したのではない。青山の喫茶店で彼と会ってから五日目にも玉泉荘アパートに電話した。

「彼女はなかなか固いですね。ぼくが挨拶してもニコリともしません」

池野は気弱な声でそう云った。

「六号室や七号室前のコンクリート廊下を掃除してあげているかね？」

「はい。それはあれからちゃんとやっています。けど、彼女は何も云ってくれませんん」

「変った女だから、そんなにすぐにはうちとけてこないだろう。とにかくその調子でつづけてください」

「はい。一生懸命にやります」

また四、五日経《た》ってから様子を聞きに連絡すると云って電話を切った。

降田良子はたしかに奇妙な女だ。しかし、池野三郎が奉仕に努力すれば、その反応はかならずあるはずだ。固い女ほどはじめは男にたいして警戒心が旺盛《おうせい》だが、いったん相手を信用してしまえばあとは人一倍気をゆるすものだ。池野三郎を使う戦術に外れはない、と小池は自信を持った。

翌日、小池の外出中にカメラマンが店に訪ねてきて、目録に入れる出品作を撮影したものを置いて行っていた。室田欽治の画を所蔵する人たちの間を回って出品予定作品を撮ってきたのだが、全部で三十五点あった。その中から目録に収容する二十枚を択《えら》ばなければならない。

小池はフィルムの一枚一枚を、スライド映写機に入れて、スクリーンに拡大される室田欽治の画に見入った。映写機も携帯用スクリーンもカメラマンが置いてくれたものだ。

その中から二十枚を択ぶとなると迷う。日本にある室田の代表作といわれる十五枚はすぐにきまったが、あとの五枚がなかなか決らない。

店員たちも事務室に呼び入れて、いっしょにスライドを見せた。スクリーンには、人物、静物、犬などが色彩もあざやかにひろがっていた。室田欽治は犬を描くのが得意である。

「これがいいじゃないですか」

「いや、択ぶとすればこっちのほうだな」

「どれもこれも味があって悪くないから迷いますね」

店員たちは映し出される画を見つめては、がやがや云っていた。

小池は店員たちの意見や感想を聞きながらいっしょにスクリーンを眺めていた。

「あっ」

小池が小さく叫んだ。

店員たちがその声におどろいてふりむいた。

「どうかしたんですか？」

「……いや、なんでもない」

室内は照明を消してある。小池の表情は他の者にわからなかった。

14

次の日の五時すぎだった。

小池は早めの夕食をとるためひとりで店を出て近くのソバ屋へ足をむけた。

「小池はんやおへんか」

うしろから声をかけられてふりむくと、一見瀟洒《しょうしゃ》な洋服姿の原口基孝がにこやかに立っていた。

「おお、原口さん」

京都の原口基孝だった。「風呂敷《ふろしき》画商」の看板のように手には額縁を包んだ大きな風呂敷包みを提げていた。

こんなところで原口に会うとは思わなかったが、画《え》を提げているところをみると、この辺にいる彼の顧客へ行くのであろう。

「どうも、どうも。おたくには日ごろからご無沙汰《ぶさた》をいたしまして申し訳おへん」

原口は深々と頭をさげた。「光彩堂寄り」の彼は、とかく疎遠《そえん》な叢芸洞の支配人に詫《わ》びているのだった。

「それはまあお互いさまです。みんなそれぞれ商売が忙しいですから」

小池は、ちらりと皮肉を含めた。

が、原口にはそれがわからず、わかっていても気づかないふりをしているのか、上品な笑みを満面に浮べて小池に近づき、

「そうゆうてくれはるとぼくの気持も救われます。これからは、おタクにもしげしげ

と寄せてもらいますさかいに、あんじょうおねがいします」

と、ふたたび長身の腰を折った。

「いやいや、こちらこそ。……ときに光彩堂さんのほうとは相変らず円滑にいっていますか?」

小池は思わずきかずにはいられなかった。原口が、いわば叢芸洞へ尻尾《しっぽ》を振ってくる様子にみえるのは、光彩堂と仲違《なかたが》いをしたのではないかと考えられたからである。

「へえ。そりゃ、もう光彩堂の中久保はんにはひきつづきごひきにしてもろうとります」

原口は答えたが、小池の思惑を察したか、いくらか言葉の調子をあらためて、

「中久保社長が云《い》わはるには、ウチばかりやのうて、叢芸洞はんにもお出入りして可愛《かわい》がってもらうようにせなあかん、それがおまえらのような商売人の道や、といわれましてなア。ぼくも、まあこれまでは光彩堂はんに気がねして、なんとのうおタクの敷居が高うおしたけど、中久保はんにそう云われて安心しました。中久保はんはやっぱり苦労人どす。ぼくが叢芸洞はんにもっと頻繁にお出入りしィたい気持をよう察してはります。ありがたいことですわ」

「そうですね」

「そういうわけどすよってに、小池はん、どうかよろしくおねがい申します」

原口はきれいに分けた白髪まじりの頭を、また叮重《ていちょう》にさげた。

「こっちこそよろしく」

風呂敷包みの画を提げている原口の商売を邪魔しても悪いと思って小池が別れるつもりでいると、原口のほうが小池の肘《ひじ》に手をかけて、

「小池はん。お忙しいところを恐縮ですが、ちょっとお時間をいただけまへんやろか？」

と引きとめた。

「なんでしょうか？」

「いえね、ちょっとこの画を見ていただきたいと思いましてね」

この往来でさっそく商売かと小池はうんざりした。

「そうですね」

気乗のしない顔でいると、原口はその隆《たか》い鼻を小池の耳の近くに寄せてきた。

「じつは、ここに持ってるのは或《あ》る狂人画家が描かはった画どっせ。一風変ってるさかい、小池はんにぜひ見ていただこうと思いましてなア」

原口はささやいた。

「え、狂人画家？」

「へえ。ま、ゴッホのようなわけにはゆきまへんけど、ちょっと面白うおすえ。近ごろこれを下敷きにしてるような新人の画にお目にかかるようなこともおすさかいになア」

小池はうなった。原口はあきらかに小山政雄と降田良子のことを云っている。

小池の心はすぐに決った。

「そりゃぜひ拝見したいですね。どこかそのへんの喫茶店に入りましょうか」

「そうしましょう」

小池はあたりをきょろきょろ見まわしたが、ふと気がついて、

「奥さんは？」

と原口に訊《き》いた。いつも連れだって歩く内妻梶村とみ子のことである。

「へえ。家内はあそこにおります」

原口が指さすほうを見ると、着物姿の女がはなれた食料品店の軒下に立っていて、小池に腰をかがめていた。その嬌態《しな》になんとなく色気があった。

「奥さんもいっしょにお茶でも飲まれたらどうですか？」

「いいえ。家内はこれから銀座のデパートに買物があると申しますさかい、失礼させて

いただきます」

失礼しますというように向うの梶村とみ子はもういちど小池にていねいにおじぎをして人ごみの中へ歩き出した。

小池は先頭に立って裏通りに入り、かっこうの喫茶店をさがし当てた。

狭いその店にはサラリーマンの客が三人居るだけだった。二人は隅のほうに席をとった。

原口は四角い、大きな風呂敷包みを横の椅子《いす》に立てかけていた。

一人しかいない店の女の子が注文をとりにきた。

「コーラ」

原口はすぐに云った。咽喉《のど》が乾いているようだった。

「原口さん。拝見しましょう」

持ちこみや売り込みの画を見るのには馴れている小池だが、このときほど風呂敷包みがとかれるのを期待したことはなかった。風呂敷がばらりとはずれると、茶色のハトロン紙の厳重な包装であった。その紐《ひも》を解きながら原口は先客の席へ警戒的な視線を走らせた。が、三人のサラリーマンはこっちの中年二人には眼もくれず、マージャンの成績やプロ野球選手談義に夢中になっていた。

紐の結びを解きかけたとき、女の子がコーヒーとコーラを運んできた。原口はぴたりとその手の動きを中止し、コーラをストローから一気に吸い上げて咽喉を動かした。

女の子が去ると、原口はいよいよ包み紙を解いた。十五号の油絵があらわれた。

原口はそれを先客からもカウンターのバーテンや女の子からも隠すようにして手に持ち、小池に見せた。

「いかがでしょうか?」

彼は小池を見つめた。

「うむ。……」

小池はそこから額縁のない、キャンバス枠張《わくば》りだけの画をじっと見つめた。抽象でもない具象でもない奇妙な画で、ひと口にいえば幻想画であった。蒼《あお》ざめた男の上半身が土中に埋まっている。そこはアリ塚のように土がもり上っている。傍に灌木《かんぼく》のような植物が生え、その棘《とげ》のある無数の細い梢《こずえ》の先はヘビのように男の首を捲《ま》き締めつけていた。その死人の顔は眼をむいているが、唇を歪《ゆが》めて哄笑《こうしょう》していた。一方にはシダが群生し、その暗い叢中《そうちゅう》を虫が飛んでいる。虫の頭が人間の顔に似ている。雲が湧《わ》いているが、その先はどれも煙硝のように流れていた。青い色が主調だが、それにトーンを合わせるでもなく、ほかの原色が雑多に交り合っている。その眩惑《げんわく》的な色の効果も画家の精神の異常な世界をのぞき見させられているようだった。

原口は一方の指さきを画の下隅に当てた。サインを見よ、というしぐさである。小池はそこへ眼を近づかせて、

「ああ、やっぱり」

と叫んだ。朱色のローマ字はM. KOYAMAとあった。走り書きの字体であった。

「小山政雄さんの画！」

原口は黙ったまま、静かに荘重にうなずいた。そうして、もういいでしょう、というようにハトロン紙で急いで包んで、他人の眼から隠した。

「原口さん。どうしてこの画を？」

小池はまだ夢見心地の眼で訊いた。

「これから、お話しします」

原口は重々しく、しかしその得意そうな色をかくしきれない表情で、コーラの残りを吸い上げた。そのうまそうな飲みぶりを見まもりながら小池は原口の口が再び開くのを待った。

「この画の出所《でどころ》は、九州は豊後国《ぶんごのくに》どす」

原口基孝はおもむろに云った。古めかしい言葉がかえって荘重味を加えた。大分県と聞いて小池にはぴんときた。宇佐郡高住町字神領の小山宗夫である。狂える画家小山政雄の甥《おい》だ。

その尖《とが》った、真黒い顔が、山中の盆地の風景——白い鳥居と、格子戸《こうしど》の農家と、中庭に乾《ほ》した籾《もみ》と、農機具とならんだ乗用車とともに小池の眼の前にうかんだ。

それにしても「風呂敷画商」の嗅覚《きゅうかく》の凄《すご》さ。遠く九州の田舎にある小山政雄の甥宗夫の家にまでちゃんと脚を伸ばしている。

「原口さん。事情《わけ》を詳しく話してください」

小池は、自分がさきに、その小山政雄の甥を訪ねて行ったのをかくして訊いた。それは当の宗夫もこっちの正体を知っていない。叔父政雄の戦友上田満一の弟だと云ってある。もちろん眼の前に坐《すわ》っている原口基孝にもわかるはずはない。

「へえ。だんだんにお話しします」

何も知らぬ原口は、その上品な顔を真正面にむけて云いだした。

「じつは、この狂える画家の小山政雄というおひとは、最近、よその土地で亡《な》くなりましてなア。それをある情報でぼくがつかみましたよって、その生家に手紙を出して、政雄はんの画があるのんやったら、ぜひ譲ってほしいと頼みましたんどす」

その生家とは小山政雄の甥のことですね、とは小池は原口に云えなかった。あの訪問はまだまだ秘密であった。それよりも福島県真野町の降田家で小山政雄が死んだこと、小山の甥が大分県高住町に居ることなどをどうして原口が知ったかが問題であった。原口自身は「ある情報から」と云っているが、その情報の正体をたずねても明かすような相手ではないから、訊くだけ野暮である。地方の旧家の蔵にある画をかぎあて、それを転売する風呂敷画商の嗅覚の凄さを驚歎《きようたん》してみせるほかはなかった。

だが、問題はもっと大きなものがある。こうして小山政雄の画を眼前に見せるからには、小山の画と降田良子の画との関係をこの原口基孝は知っているのだ。そうでなくて、どうして狂える画家の画など苦労して手に入れようか。――

「そしたら豊後国の生家から返事が来ましてな、政雄はんの画がだいぶんあるさかい、値段しだいでは譲ってもええと書いてありました」

原口はつづけた。

はてな。自分が行ったときは叔父の政雄の画などは一枚もないと宗夫は云っていたが。

「なんでも政雄はんが死なはってから、その世話になった家からそこで描きはった画がかためて生家へ送り返されていたのやそうどす」

ああそういうわけか。真野町の降田家は小山政雄に描かせて溜《た》まった画を、政雄の死亡後に宗夫へ送り届けたようである。だからその画も二枚や三枚どころでなくもっと数があるらしい。

「ぼくはさっそく豊後国のその生家へ急行して小山政雄はんの画をまとめて買い取りました。いま小池はんにお見せしてるこの油画がその中の一枚どす」

原口は煙草《たばこ》をふかし、じぶんでも眼を細めてその十五号に目をやった。

「原口さん。質問してもいいでしょうか？」

「へえ、どうぞ」

「あなたが小山政雄さんの画に眼をつけられた動機は何ですか？　それをざっくばらんにうかがいたいですな」

原口は隆い鼻を小池にふりむけ、その瞳《ひとみ》を小池の顔に据えた。

「さよか。ほなら、ぼくもざっくばらんに申しますけど、いま売出し中の降田良子の画は、小山政雄の画がお手本になってると思うからどす。ぼくは、以前にデパートでひらかれた降田良子作品展ちゅうのんを見たとき、あここにならんどる画はどれも魂がこもってないな、と思いましてん」

原口があの作品展に行っていたのを小池は憶《おも》い出した。そのころまだ名前を知らなかった栗山弘三老人と池野三郎とに注目したのもその会場である。原口は例の内妻と来ていたが、降田良子の画を丹念に眺め、内妻になにごとかささやいていた。小池はその後姿を目撃したものだった。あのときの原口の凝視には、降田良子の画に魂が入ってないという直感があったのか。

「画に作家の魂が入ってないちゅうのんは、それが借りもんやからどす。みんないちおう上手に描いたあるけど、なんや模写と同じような感じがする。これはクサイぞとぼくは思いましてん。この新進女流画家は自分の画を描いてへん。だれかの画を見てそれをあんばいよう再構成してはる、いわば手本の画のツギハギや。ぼくはそう感じました。ほかの人は気づいてはらへんけどな。天才画やなんやいうて評論家先生方もベタぼめどすがな」

風呂敷《ふろしき》画商といって軽蔑《けいべつ》はできない。画の実体を見破っているのである。さすが父親の時代から画や画商連中を見ているだけに、原口基孝の目利《めき》きは発達している。その鑑識眼は風呂敷画商として揉《も》まれてきているあいだに、さらに磨きがかかったのであろう。——美術評論家などには何も見えない、画商にはその取扱う画に生活が托《たく》されているので鑑識にたいしても真剣さが違う。評論家先生方もベタぼめどすがな、と原口が云《い》った最後の言葉にしても、画商と癒着《ゆちゃく》している評論家を皮肉っている。これも業界内部でないとその実態がわからない。

「では、降田良子の画《え》の手本が小山政雄の画だというのを、あなたはどうして知ったんですか?」

「偶然どすけど、ある所で小山政雄の画を見たんどす。それは瀬戸内海のある市どしたけどな」

「瀬戸内海の市で?」

「小山政雄というおひとは放浪してはったんどす。精神障害者でな。最後には東北のある町の家に落ちつきはったけど、それまでは画を描き、画を安う売りながら、それを旅費にして各所を放浪してはったんどす。ぼくが今年の春、瀬戸内海のある市の素封家にほかの画の用事で行ったとき、見せてもろうたのが小山さんの画どすがな。狂った画家の画どす。画面に狂った幻想がぶっつけてある。力強い筆どす。おそろしく迫力がおます。それこそ作家の魂が投げこんでおます。小山さんがその家に短い期間、滞在しやはったときに描かはったそうどす」

たしかにあり得ることであった。叔父は絵具箱を持ってよく放浪していたと甥の宗夫も話していた。福島県真野町の降田家に落ちつくまで、小山政雄はその瀬戸内海のある町にふらりとやってきたのであろう。原口基孝の話は筋道が立っていた。

「ははあ、これやな、とぼくはその家で小山政雄の画を見せてもろうたときに思いましてん。降田良子の画の手本どすがな。画風は瓜《うり》二つどす。手本のほうに力強さがあり、降田良子の画にその迫力がなんにもないわけもわかりました。オリジナルと模写の違いどすがな。その模写もおそろしく下手糞《へたくそ》どす。技術はまるきり未熟どす。それに降田良子にはああいう画風の画を描くような素質はまるきりおへん。みんな狂った画家の画を正気の女が真似《まね》して描いとるのやし、それから画を盗んどります」

「だいぶん手きびしいようですが」

「いや、ほんまどす、小池はん。ぼくの眼にくるいはおへん。で、それからちゅうもんは、ぼくは小山政雄と降田良子とのつながりを調査するので懸命どした。そうして、とうとう突きとめました。降田良子の実家に小山政雄の因縁がおした」

その因縁のほうは小池のほうがとっくに詳しいのだが、むろん顔色にもあらわさなかった。その因縁なるものの事情をあえて原口に訊《き》かなかったのも、原口の調査の秘密にふれるのを遠慮したようにみせかけた。

「まあ事情はざっとそういうことどすけど」

原口はようやく説明を終えて、こんどはいち段と声を低めて小池へ顔を寄せた。

「……小池はん。いまお話ししたようにぼくは生家から譲りうけた小山政雄の油画を二十五点ばかり持ってます。お見せしてるこの十五号のほかに、八号の小品から五十号ぐらいのがおす。どうでっしゃろ、もしお気に入るようやったら、全部おたくで買い上げていただきたいのどすが」

小池は、そう静かに云う原口の顔を見返した。もしそれが実際なら、買いたいのはやまやまである。だが、原口の真意がはかりかねた。

「原口さん。そりゃ考えてもいい話ですが、光彩堂さんのほうはどうですか。筋道としては天才画家の降田良子を売り出されたんですからね。その画風の師匠筋にあたる小山政雄の画を買いとってもらったほうがいいんじゃないのですかね？」

「光彩堂はんには、とてもおねがいできしめへんがな」

原口は低いが強い口調で云った。

「ほほう」

「そやおへんか。降田良子が盗んでる画が小山政雄というのがこっちにははっきり分ってるのに、その小山の画をなんで光彩堂はんに買うてくれと云われますかいな。そら、なんぼなんでも面当《つらあ》てがましゅうてぼくにはできまへんわ。そら、あつかましおすえ」

「ああそうか」

聞けば理屈であった。そのとおりであろう。

だが、小池にはまだ気持にひっかかるものがあった。光彩堂の最大の商売仇《がたき》である叢芸洞に小山の画を買わせようという原口の真意は何だろうか。新進天才女流画家を「模倣作家」として追い落し、光彩堂に打撃を与えられ得る叢芸洞に原口は手を貸そうとしているようにもみえる。もしそうだとすれば、世話になっている光彩堂への原口の背信ではないか。

光彩堂へは小山政雄の画が持ちこめないから、叢芸洞に持ちこむ。そういう金銭ずくの商売だけだろうか。風呂敷画商の原口と光彩堂とのあいだに、なにか仲たがいになるようなことでもあったのか。——小池がそれとなくそのことを遠まわしに訊くと、原口はしばらく口ごもった末、

「お察しのとおりどす。ここだけの話どすが、光彩堂はんもあれでえげつないところがおす。ぼくを見くびってはります。こっちゃは、しがない風呂敷画商どすが、あんまり踏みつけにされると、一寸の虫にもということになりますがな。ま、くわしいこと云えまへんけど」

と、しんみりとした顔でうちあけた。

小池の決心がついた。

「それでは、あなたが持っている小山政雄の画をいちおう拝見させてください」

「おおきに。ぜひ、見ていただきとうおす」

原口の白い顔は勢いづいた。

「それは京都に置いてあるのですか?」

「いえ、東京に持ってきてあります」

「東京に? ホテルに置いてあるのですか?」

「嵩《かさ》ばってますさかい、ホテルや旅館には置けまへん。それに問題の画やよってに人目にもふれんようにせなあきまへんがな。じつはこっちの従弟《いとこ》の家にその画をみんな預けとります」

「従弟さんが東京におられるのですか。どこですか?」

「青梅《おうめ》どす」

「青梅? それはちょっと遠いですな」

「親の代から百姓どす。青梅は遠いというたかて中央線の電車で立川で乗りかえても、東京駅から一時間半ぐらいどすがな。……小池はん。これからすぐその従弟の家に行ってくれはらしまへんやろか?」

「え、これから?」

「じつは、ぼくは明朝の早い飛行機で北海道に行く予定になっとります。北海道には一カ月近う居《お》らんならん用事がおすさかいに、今日中に小山政雄の画を見てもろうて、できるなら話をきめていただきたいと思いますねん。じつは、ぼくもいま手もとの資金が少々逼迫《ひっぱく》しとりましてなア」

原口は愬《うった》えた。

「そうですか。そういう事情ならやむを得ません。そんならこれからお伴《とも》しますかね。これから青梅に行けば、着いたときは暗くなりますがね」

「えらい無理いうてすんまへん」

原口は頭をさげたが、その顔を上げたとき、いやに真剣な表情になっていた。

「小池はん。無理ついでに、もうひとつぼくの無理を聞きとどけてくれはらしまへんか?」

「なんですか?」

「ぼくとしては、このことが光彩堂はんにわかると困るのんどす。なんぼ気まずい間になったかというても、これまでおつきあいしてもろたゆきがかりもおすよってにな。いや、気まずうなった折だけに、光彩堂はんもぼくの行動に神経を尖《とが》らしてはると思いますねん。とくに叢芸洞の支配人の小池はんといっしょに動いてると知れますとな。

やり手の小池はんの行動にはほかの画商も注目してますがな」

「そんなことはないけどね」

「いえ、ほんま。それは画商はんのあいだをまわってるぼくのほうがよくわかってます。そやさかい、これからぼくと青梅へ行くのをお店のほうにも、お宅のほうにも黙っといていただけまへんやろか？」

「………」

「そのへんからぼくらの秘密行動が洩《も》れると困ります。なに、青梅までの往復には、向うで画をざっと見てもらう時間を入れてもほぼ四時間ぐらいどすがな。ぼくの神経が尖りすぎてるせいかもしれまへんけど、これを条件としてご承諾いただいたうえで、青梅の従弟の家へこれからご案内させてもらいます」

その言葉のとおり、原口基孝の高尚な顔には神経質な表情があらわに浮んでいた。

「わかりました。じゃ、そうしましょう。ぼくだって一刻も早く小山政雄の原画を見たいですからね。その約束は守りますよ」

小池は相手を安心させるように、にこにこして承知した。

「おおきに、おおきに。ご無理をおねがいしてすんまへん」

原口は腰を折った。

「では、参りましょう。青梅には東京駅から電車で行くんでしょうな?」

「いや、東京駅まで行くのも面倒やからここからタクシーで行きましょう。首都高速道路を中央高速道路に乗り継いで八王子のインターチェンジで降りて行けば、それほど時間はかかりまへんやろ」

「いまが六時すぎですね」

小池は腕時計を見て、

「往復に三時間、画を見て受けとったりする時間が一時間として、銀座に戻ってくるのが十時半ごろになりそうですね」

と、所要時間を測った。

「そんなところでっしゃろ」

「それじゃ、お供しますかね。……ちょっと失礼します。タクシーに乗る時間が長いですから、いまのうちに手洗いに行っておきます」

小池は素早くテーブルの上の伝票をつかんでトイレに立った。

そこを出てくると、彼はそのままレジに行った。原口はテーブルの前で画を風呂敷に包んでいたが、支払いを済ます小池の大きな後姿を警戒的にちらちらと見ていた。

「さあ、参りましょう」

「ご馳走《ちそう》さまでした」

通りかかったタクシーを原口がとめた。運転手は三十すぎの不精髭《ぶしようひげ》を伸ばした男で、走っている間じゅう野球放送や歌謡曲番組をのべつに聞いていた。ボリュームを勝手に上げて、ひとりで愉《たの》しんでいるので、客は会話を妨げられる。そのかわり客の話は運転手の耳に届きにくかった。

八王子にかかったころはあたりがすっかり暗くなっていた。料金所にきて運転手がふりむいた。

小池は財布をのぞき、

「小さいものがないから、これで取ってもらおうか」

と一万円札を出した。中央高速道路は高井戸のインターチェンジで首都高速道路から変るため、高井戸・八王子間の料金精算制となっている。

「こまかい金なら持ってますけど」

原口が云うのを小池は抑えた。

「いや、どうせ崩してもらいたいと思ってたところです」

料金所の老眼鏡をかけた係員が小池の出した新しい一万円札を窓口でうけとり、千円札を重ねた剰《つ》りをくれた。

下の道路におりて北に向い、福生《ふっさ》、羽村《はむら》などという灯のあかるい町を過ぎた。ここから青梅まではまた遠かった。

車内では運転手の耳をはばかって二人はほとんど話をしなかった。

15

青梅市に入ったのは、八時ごろであった。やはり都心からだと時間がかかる。

青梅から先の行く道は、原口が運転手に指示した。彼はそこから急に標準語になっていた。家なみがつづいたり切れたりする。右側は多摩川の渓谷で、対岸の村の灯が小さい。正面には黒い山が夜空にそびえている。

「御嶽《みたけ》のようですね？」

運転席の窓をのぞき小池は以前にピクニックでこのへんにきたことがあると云《い》った。

「はあ、そうですが、御嶽のほうには行きません。……運転手さん、その角を左へ曲ってください」

原口は命じた。

車は、トラックなどが走る道路と別れ、せまい道に入った。ときたま乗用車のヘッドライトとすれちがう程度で、その上り勾配《こうばい》の道は寂しい山あいへ入りこんでいた。農家の灯も疎《まば》らだった。

タクシーの運転手もこんなところは初めてらしく、さすがにナイター放送のボリュームを低くし、暗い左右をきょろきょろと眺め、

「まだ遠いですかね？」

と、不機嫌な声できいた。

「いや、もうすぐ。あと七百メートルくらいで左にわかれる道があるから、そこを左に進んで二百メートルくらいのところです」

原口は運転手を宥《なだ》めるように云った。この道は昼間だとバスが通るらしく、その標識が暗い中を過ぎた。ここも片側は深い渓流だった。

原口の言葉どおりやがてヘッドライトの先に二股道《ふたまたみち》が光った。運転手は左にハンドルを切ったが、これはさらに道幅がせまく、ひどい上り坂であった。人家の灯は下のほうに沈み、この道はひたすら杉林の山へわけ入る。

ワサビ沢へでも行くような道では淋《さび》しいはずだった。

「それでも道に舗装がしてありますね」

小池も心細くなって、前を見つめていた。

「いえ。その舗装も人家のあるところまでです。あとは石ころ道です。……あ、運転手さん、そこでとめて。あとは歩くから」

タクシーを降りると、夜の山林にこもる冷気が身体《からだ》を包んできた。

「歩いてもあと五分くらいですから、もうすこし辛抱してください」

原口は十五号の風呂敷《ふろしき》包みをこわきに抱え直して小池に云った。

「わかりました。運転手さん、料金はいくら？」

料金を聞いて原口が空いた片手を内ポケットに入れたが、小池はこれも制して、

「料金所でくずしてもらったばかりの金がありますから」

と、一万円札に千円札何枚かを乗せて運転手にさし出した。

札をかぞえ終った運転手に、

「運転手さん。これはチップですから、とってください」

と小池は別に千円札三枚を重ねて渡した。

「どうも、すみません」

運転手はそれを握りしめ、はじめて笑顔になった。

二人は、タクシーの赤い尾灯が坂道の下へ消えてゆくのを見送った。

「さあ、行きましょう」

と、原口は小池を促した。

肥《ふと》った身体の小池は坂道を登るのが苦手であった。原口のあとについて闇《やみ》の道をゆっくりと歩いた。心臓の動悸《どうき》が速くなるのは急坂登りのせいだけでなく、左右に逼《せま》る森林の黒い重量感に威圧されるからだった。

「原口さん。従弟《いとこ》さんのお宅には、まだ距離がありますか?」

小池は途中で立ちどまり、原口の黒い影に辛《つら》そうな声をかけた。

「いや、もうすぐ。ほれ、あそこに灯が見えますやろ? あれどすがな」

林のあいだから、たしかに孤立した灯が洩れていた。

ようやくそこまでくると、家は道からすこし離れた小高いところに建っていた。ほかに家はなく、ほんとうの一軒家であった。トタン葺《ぶ》きの農家が、その輪廓《りんかく》を闇にほのかに浮ばせていた。前に外灯が二つだけあるが、家の中からの明りは見えなかった。

農家というよりも小屋に近かった。

「さあ、着きました」

家の前に着いた原口は、戸に手をかけて小池をふり返った。

「どうもご苦労さんどす」

小池は、原口と入口の前にならんだ。その原口はポケットから鍵《かぎ》を出して戸の錠前をはずした。ぱちんと小さな音が鳴った。つづいて原口の手で戸ががらがらと開けられた。中の電灯の光が流れ出た。眼に眩《まぶ》しかった。

小池は中に足を踏み入れた。

「おや」

小池が思わず云ったのは、屋内の様子だった。住居というよりも、寝泊り小屋というのがあたっている。山林の仕事をする人が寝るだけの小屋のようだ。高い床があり、畳も障子も押入れもあり、その片隅には座布団《ざぶとん》も三枚ほど積まれてあるが、家の調度や道具らしいものはほとんどなかった。ただ、台所があって、そこには炊事道具や茶《ちゃ》碗類《わんるい》がならんでいた。

小池があたりの模様に気をとられていると、入口の戸が閉った。

「明りが外に洩れてると、こんな山の中では不要心どすさかいに」

原口が内から心張り棒をかけて云った。

「妙なところにお誘いしたけど、びっくりせんといておくんなはれ。この家は、ごらんのように山仕事のときの泊り小屋どす。従弟の住い家は、さっきの二股道から右に行った村におますけど、なにぶん家族が多おして。そこに預かった画《え》をかくすのんは、子たちにさわられたりするさかい、どうも心配どす。隠し場所としてはかえってこの小屋のほうが安全どす。不要心のようやけど、だれも寄りつかへんし、こないな小屋にまさかそんな貴重品があろうとはだれも想像してまへんさかい」

原口は愛想のよい笑みを顔いっぱいに浮べた。

「ははあ。……」

小池は、ごくりと唾《つば》を呑《の》みこんで、

「原口さん。小山政雄の画は、この小屋のどこにあるんですか？」

と、まわりを見回した。

「この天井裏どす。よごれんように厳重に包装してますさかい、ご安心ください」

原口は畳の間の上を指さした。

「ああそうですか。では、すぐに出していただきましょうか？」

「そうします。……ただね、画を天井裏からとり出すのが少々厄介どす。こういうやつが二十何枚もおすさかい」

原口は、そこに置いた十五号の風呂敷包みに眼を遣《や》って云った。

「その取り出し作業にかかる前に、ちょっと十分間ばかり憩《やす》みまひょか。都心から夕クシーで長いこと揺られつづけてきたうえ、坂道を登りましたさかい。小池はんは肥っていはるから、お疲れやしたやろ?」

原口は、いたわるように彼を見た。

「坂を登るのは苦手ですな」

「わたしもくたびれました。さ、どうぞ」

原口は畳の間に上り、かいがいしく積んだ座布団を二枚、そこにならべた。

誘われた小池は上り框《かまち》に尻《しり》をすえて靴を脱ぎ、座布団にすわった。

「几帳面《きちようめん》にお坐《すわ》りになるより、横になってくつろいどくれやす。畳はそうよごれてないはずどす」

「そうですか。じゃ、失礼して」

小池は座布団を二つ折りにして枕《まくら》がわりにし、畳に背中をつけ、大の字に横たわった。やっぱり気持がよかった。

あたりは森閑としたものだった。人の声はまったくなく、梟《ふくろう》だけが高く啼《な》いていた。

原口は台所におりて、ごそごそしていたが、瓶《びん》の栓を抜く音をつづけて二度聞かせ、やがて盆の上にコップを二つ載せて小池の枕もとに運んできた。

「従弟がコーラを買って置いとりました。一つ、いかがですか?」

小池は半身を起した。

コップには赤黒い液体が白い泡《あわ》の粒子を噴き上げていた。

「はあ、ありがとう」

小池はコップを眺めていた。

「どうも咽喉《のど》がかわきますね。おさきに失礼します」

原口は自分から先にコップの一つを手にとって、うまそうに咽喉を鳴らして流しこんだ。喫茶店で見たのと同じ飲みっぷりだった。

「やっぱり、おいしおす。疲れがとれます。どうぞ、お飲みやす」

原口は、飲みほしたコップを手に握り、盆の上にすわっているコーラの満ちたコップを小池にすすめた。

「どうぞ」

小池は盆の端に手を当てて、原口のほうへ押しやった。

「え？」

原口が怪訝《けげん》な顔をした。

「あなたはコーラがお好きですね。咽喉もかわいているから、まだ飲み足りないでしょう。わたしはいりませんから、どうぞ、このわたしのぶんをご遠慮なく飲んでください。……さ、どうぞ、どうぞ。どうぞお飲みなさい。……おや、どうしてお飲みにならないのですか？」

起き上った小池はあぐらをかき、急に硬《こわ》ばった顔の原口を見すえた。

「さあさあ、遠慮なく、このコーラを飲んでくれたまえ」

小池は盆に載っている黒い液体の充《み》ちたコップを強い言葉で相手に押しつけるようにした。

原口は、小池にむかって眼をいっぱいに見開き、瞳《ひとみ》を宙に浮かしていた。驚愕《きょうがく》とも畏怖《いふ》ともつかぬ表情だった。

「どうして飲まないの？　飲みなさいよ」

言葉つきも変っていた。肥った男だから迫力がある。原口は背は高いが、身体の厚みはなかった。

「ふん。君が飲まないわけだ、このコーラには強い睡眠薬が入れてあるからね。薬の味をごまかすには、独特な味つけと炭酸ソーダの刺戟《しげき》的な舌ざわりのコーラに入れるのがいちばんよい。この小屋にくると、ちゃんとコーラは用意されてあった。あんまり手まわしがよすぎると思ったよ。そこで思い当ったのが、喫茶店で、あんたがコーラをうまそうに飲んだことだよ。あれは、ここで睡眠薬の入ってないほうのコーラをまず自分から飲んでみせる伏線だったのだ。ぼくに疑いをおこさせないためにね。ぼくもそれに誘われてうっかりとひっかかるところだった。けどね、この盆の上に載った二つのコップのうち、一つはコーラの量がすこし少なかった。それをあんたがさきに手にとった。量の足りないのが目印だなと気づいたんだよ」

風呂敷画商は、その上品な顔を硬直させ、声が咽喉に貼《は》りついていた。

暗い地底に引きこまれるような山中の重い闇に、小池の声だけは金属を叩《たた》くように鋭く、そして軽快に響いた。

「そもそも、ぼくがあんたを疑ったのは、銀座の喫茶店で小山政雄の画と称するものを見せられたときだ。ほら、そこに風呂敷に包んで置いてあるそれだよ。これを見たとき、画がいじけているな、とぼくは思った。筆がぜんぜん伸びていない。萎縮《いしゆく》している。これはね、ニセ画にはよくあるんだよ、本モノに似せよう似せようとするから筆がちぢかまってしまう。そう思ったものだから、画をよく見ると、はっきりニセモノとわかった。君があの喫茶店で降田良子の画が小山の模倣だといったとおりの理屈でいえるね」

小池は、ひと息ふかく吸った。

「これこそ、小山政雄の画のいろいろな部分のつぎはぎなんだ。こういうとあんたはぼくが小山の画を見てもいないくせに、と問うだろうが、小山の画は降田良子が本歌取りしている。したがって良子の画は小山の画だと思っていい。その彼女の画は、以前に光彩堂画廊がデパートでひらいた降田良子作品展で二十数点ほどぼくは見ているからね。ところがどうだろう、あんたが風呂敷を解いてぼくに見せたこの十五号は、その作品展で見た何点かの作品の部分部分を取ってはめこんである。つまり、降田良子の画は小山政雄の画だと考えていいから、良子の画を通じて小山の画のツギハギがこの十五号の贋作《がんさく》になされているんだよ。ぼくも画商の端くれだからね。ははあとピンときたよ。良子の画の各部分をつぎはぎすれば、小山の画のように見えると考えただれかさんのカラクリをね」

裏のほうで低い物音がした。野犬が通ったのかもしれなかった。

「戦前にさる旧大名家から出たと称する肉筆浮世絵の展示会があってね、美術評論家の権威が推薦文を書いたりして大評判になった。クロウトでもなかなかニセモノと見破れなかったのが、ふとした点から看破された。それはね、その絵が春信《はるのぶ》とか師宣《もろのぶ》などという江戸中期の有名な浮世絵画家の絵の部分部分をたくみにつなぎ合わせて描いてあったことが発見されたからだよ。この十五号もそれとまったく同じだ」

原口基孝は、一語も発せず、いまは小池の演説を聴いているだけであった。

「この贋画《にせえ》を描かせた人物も、小山政雄の原画は見ていないはずだ。だが、その人物は降田良子の画の粉本《ふんぽん》が小山だと気づいてきていた。なにしろその人物は良子の画を専門に扱っているからね。ところが、ぼくがやはりそれに疑いをおこして、小山のことをしきりにさぐってまわるものだから、彼は良子の画をこの十五号に仕立てて、それでもって小山の原画のように見せかけてぼくをだまそうとしたのだ。その人物のうかつな点は、あまりにそれに似せようとしすぎて、そのツギハギが目立ったこと、次は小山の原画を強調するあまりに M. KOYAMA のサインを入れさせたことだよ。もともと良子の兄貴は手本用に小山に描かせたのだから、要心深く小山本人のサインは入れさせなかったはずだ。その小山という人は戦傷で精神障害をおこし、福島県真野町の良子の実家に引きとられて世話になっていた。実家の人たちは良子の画のお手本用に小山に画を描かせていたんだ。もちろん精神障害者の小山にはそんなことはわからない。狂った頭で幻想的な、それゆえに天才的な画をどんどん描いていたんだ。そんな事情だから、この小山のサインがつくりごとになっている」

小池はひと息入れるように言葉を切ったが、すぐにあとをつづけた。こんどは声の調子がいちだんと高くなっていた。

「君は小山政雄の生家をさがし当てて九州へ飛んだと云《い》ったが、それは大分県宇佐郡高住町字神領にある政雄の甥《おい》の小山宗夫という人のことだろう？」

小池は突込んだ。

風呂敷《ふろしき》画商は仕方なさそうにうなずいた。が、小池がどうしてそこまで知っているのかという意外な表情はそれほど見えなかった。小池はその顔をじろりと眺めた。

「その高住町へはぼくも前に行って宗夫に会っている。そのときは叔父の政雄の画などは家に一枚もないと云っていた」

「そのあと、政雄さんが福島県の真野町の降田良子の実家で死なはったあと、描き溜《た》めてた画が降田家から甥の家に送り返されたんどす」

「小山政雄が真野町の降田良子の実家に寄寓《きぐう》していた事実を君はどうして知ったのか？」

「そら、あんた、そやさかい或《あ》る情報でわかったと云うてますがな」

「ふん、情報ね。情報といえばボカせるからな。大分県の小山政雄の甥の家を知ったのも、その情報か？」

「へえ、そうどす」

原口が平然と答えたので、小池のほうがいら立った。

「でたらめを云うな」

小池は思わず大喝した。

「君はじぶんで努力してよそからその情報を仕入れたのでもなければ、大分県なんかにも行っていない。ある人物にぜんぶ筋書きを教えられて、ぼくをここへ誘いこんだのだ」

「小池はん。ぼくはそんな……」

「この場になって、つべこべと言訳はもうやめてくれ。君の話にツジツマが合わないのは、ぼくはとっくに気がついているのだ。いいか。君は降田家に小山政雄の画が二十何枚も残っていて、それが政雄の死後に甥の家に送り返されたように云っているが、狂える画家・政雄の画はもうこの世に一枚も存在しないのだ」

「なんのことどっしゃろ？」

「良子の次兄の敬二というのが、真野町の家で政雄の面倒を見ていた。カメラ屋の敬二は政雄の画が出来上ると、それをカラーフィルムに撮影して、東京の良子のアパートに送ったあと、原画のほうはかたっぱしから焼却していたからさ。妹の良子がその画から取って〝天才画〟を描いているという証拠が残らないようにな」

これは初耳らしく、風呂敷画商は眼を大きくむき出して小池の顔を見つめた。

「東中野のアパートにいる降田良子のもとには最初から小山政雄のナマの画が送られてこなかったんだ」

「…………」

「良子へ送られてきたのは、兄貴の敬二が撮ったカラーフィルムか、そのプリントだけだったのだ。良子はその写真を見て、各部分を盗《と》って、それをモザイク的に構成して自分の画として描いていたんだ。画は良子のもとには送られてきてない。その必要はなかったのだ。カラーフィルムを手紙の中に入れて送ってくれば、それが小山政雄の原画に代るんだからな」

その方法を見破るまで、どのように苦労したかわからない。大きな油画がアパートに配達されてくるのを知るために鉄道便、トラック輸送便などをさぐった。良子のアパートの隣室に栗山弘三の甥の池野三郎を入れたのも、良子の「アトリエ」にあると思われる小山政雄の画をつきとめさせるためであった。

いまから思うと、降田良子の手本の画すなわち原画、という幻覚にひきずりまわされていた。その幻の曇りが眼から落ちたのは、「室田欽治回顧作品展」の目録をつくるために遺作のカラーフィルムを択《えら》んでいたときだった。それがカメラ店をひらいていた降田敬二につながった。かくされていた方法がようやくわかった。——

裏で低いもの音がした。

小池はどきっとした。恐れるようにそれに耳を傾けた。が、それきり裏での音がしなくなると、また原口に眼をむけた。

「いいかね。降田良子の天才画のほんとうの秘密をくわしく話してあげよう」

小池は云いはじめた。

「小山の画をカラーフィルムにおさめたいばかりに良子の兄貴、降田敬二というんだが、両親がやっている山湖堂という菓子屋の隣に城南カメラ店というのを開いた。もともと彼はカメラ道楽なんだが、カメラ店を開いた理由は、小山の画を撮ったカラーフィルムの現像焼付をカラーフィルム専門の現像所に頼むにあった。カラーフィルムの現焼ばかりは、一般の者は直接に専門現像所に依頼できない。それはカメラ店を通してだけだ。しかし、降田敬二が街のカメラ店にその現焼をたのみに行けば、妹の画の秘密をカメラ店の者に知られるおそれがある。敬二や降田家の人たちの警戒心は異常なくらいだ。無理もない、それを知られると、降田良子は他人の画を盗作しているという非難がおこっていまや女流天才画家として上り坂にさしかかっている彼女がいっぺんに没落してしまうからね。肉親の愛情から出た秘密の防禦《ぼうぎょ》であり、警戒心の強さなんだ。そのためには身内の者が自分でカメラ店を開くしかない。城南カメラ店がこのようにして生れたというわけだ」

小池はひと息入れた。「では、専門のカラーフィルム現像所でその秘密を知られないかというと、その点は心配はない。専門の現像所は各カメラ店からくるおびただしい数のカラーフィルムを機械作業でこなしているから、いちいちフィルムの画面を透かして見たり、あるいはプリントを見たりするヒマはないからね。たとえそれを見る工員があったとしても、その写真の画と降田良子の画とを結びつける者はいない。ところが街のカメラ店に頻繁《ひんぱん》に小山の画のフィルム現像を出せば、現像所からもどってきたそれをカメラ店の店員などが見るかもしれないので、その写真の洋画と、東京で油画を描いている良子とを結びつける可能性もある。降田家は素封家だから、あの地方の者はほとんど降田家の動静を知っているし、また興味をもっているからね。これはどうしても敬二がカメラ店を開かねばならんことになる。城南カメラ店は、カラーフィルムの現像焼付を芙蓉《ふよう》工業所郡山《こおりやま》支所に出していたよ。ぼくが城南カメラ店に行ったとき、その芙蓉工業所の所員がフィルムのとり集めと、現焼の済んだものの配達にきていたからね。敬二は、お客さんから依頼されたもののなかに、じぶんの撮った小山政雄の画のカラーフィルムを突込んで現像所に出していたんだ。……敬二にしてみれば、そういう目的だけで開いたカメラ店だから、べつに店を繁昌《はんじょう》させる必要はない。白黒フィルムの現焼はもちろんカメラ店がやるのだが、そういう労力もしたくない。横着といえばそれまでだが、カメラ店を開いたそもそもの目的が違うから仕方がない。だが、カメラ店が白黒フィルムの現焼を引きうけないという点にぼくの疑問が生じた。これはおかしい、ヘンだな、と思った。だが、残念ながらそのときはそれ以上に疑問は深く進まなかった。やっぱりカメラ好きの敬二がひらいた道楽商売かな、と思っただけだった」

小池はつづける。「……ところが、その秘密がわかったのは、こんどひらく室田欽治展の目録つくりに、それを載せるために室田の洋画を撮影したカラーフィルムを見ていたときだ。その瞬間、はじめて頭にひらめいたね。ああ、これだったのか。カラーフィルムさえあれば、なにも小山の原画を良子へ送らなくてもすむではないか。十五号とか三十号ぐらいになるとかなり大きい。そんな厄介なものを送らなくとも、カラー写真を手紙の中に入れて郵送すれば済む話だ。それに、良子が原画を横においてキャンバスに描いていると、だれに見られるかもしれない」

ここで小池はちょっと笑った。

「そのばあいのもう一つの厄介は、良子が描き終ったあとの小山の画の始末だ。そんなものはうっかり置いておけない。処分に困る。そこへもってゆくと、カラーフィルムなりプリントだと、用済み後は焼いてしまえばいいからね。いたって簡単だ。やっぱり、カラーフィルムだよ。その証拠に、小山政雄が病死すると、降田敬二はすぐに城南カメラ店を閉鎖してしまったそうだ。もう小山の画を撮影することが永久にできなくなったからだ。……はじめは、小山の死と城南カメラ店の廃業との関連がどうしてもわからなかったが、カラーフィルムに気がついてから、なにもかも解けたよ。だから、存在しない小山の原画が彼の甥に送られてくるはずはなく、君がそれを買ってくるわけもない。君のウソはぼくにははじめからわかっていたんだ」

原口が顔をくしゃくしゃに歪《ゆが》めた。

「それを承知で、だまされたふりをしてぼくがここまで誘われてきたのは、君にこの小細工をたのんだ人物がだれかというのをはっきりと知りたかったからだよ。原口さん。いったい、あんたの依頼人はだれかね。はっきり云いなさいよ」

小池は身がまえるようにすわり直した。裏手の物音が高く耳に入ったからだ。

「裏にいるのは、あんたの従弟《いとこ》さんかね、それとも殺しの請負人かね？」

小池の声が大きくなった。

「だがね、そこに聞えるように云っておくが、ぼくが此処《ここ》に来ているのは、もう叢芸洞には通知してあるし、叢芸洞から警察に連絡してあるよ」

原口はおどろいたが、まさか、という顔をした。

「そんなはずはないと思っているのかね。じゃ、云ってやろう。君があの喫茶店からすぐにぼくをタクシーに乗せたのは上出来だったがね。どうせだれかに指令されたことだと思うけど、ぼくを店にも自宅にも帰さず、また電話をかける余裕も与えなかったことがね。しかし、ぼくは、これはおかしいと思ったから、叢芸洞に三回連絡した。あんたの眼の前でだよ。……ほう、びっくりした顔をしているな。半信半疑らしいね。じゃ、云ってやるよ。その第一回の連絡はあの喫茶店のレジの女にだ。ぼくが計算伝票をポケットに入れて、手洗いに行ったのをおぼえているだろうね。そのトイレの中で、伝票の裏に走り書きしたよ。《当店の方におねがい。京都の原口基孝とこれから青梅《おうめ》方面へ向う旨《むね》をすぐに東銀座の叢芸洞画廊の店員へご連絡を乞《こ》う、小池》と電話番号も赤のボールペンで書いておいた。ぼくらが店を出たあと、レジの女の子はその文字を読んで叢芸洞にすぐに電話しているよ」

原口は鉛の棒を呑《の》んだような顔をした。

「第二回の連絡は、八王子の料金所の係員に通信した。あんたも忘れてはいないだろう、ぼくが小さな金にくずしたいといって新しい一万円札を出したのをね。あの一万円札の裏にやはりボールペンで《当料金所の係員におねがい。いま原口に連れられてここを通過したが、身に危険ある旨を東銀座の叢芸洞画廊にすぐに電話を乞う、小池》とこれも電話番号を書いておいた。赤い、大きな字だから目立つ。これも喫茶店のトイレの中で一万円札にあらかじめ書いておいた。なるべく新しい一万円札をえらんだ。料金所の係員は、一万円札の新しいのはかならず裏表をひっくりかえして検《しら》べてみるからね。だから、料金所では身の危険という赤文字からすぐに叢芸洞に電話しているよ」

原口は咽喉《のど》から異様な呻《うめ》き声を出した。

「最後の連絡は、この下まできたタクシーの運転手にたのんだ。ぼくが運転手にチップをやったのをあんたは知っているだろうね。あの千円札三枚を重ねた間に、紙片をはさんでおいた。これも喫茶店の手洗所の中で、伝票と一万円札とともに赤のボールペンで書いておいたのだ。《運転手さんへ。わたしの身の危険が迫っている。東銀座の叢芸洞に至急電話して警察に連絡するようにお伝え乞う。小池》という文句だ。もちろん叢芸洞の電話番号は書き添えてある。運転手はもらったチップの額を車の中であらためて見るにちがいないから、そのメモもかならず読む。彼が叢芸洞に電話することはもちろんだ。このようにぼくは三回つづけて叢芸洞に連絡しているんだ」

小池は音の熄《や》んだ裏口へむけて云《い》った。

「君らが、コーラに入れた睡眠薬でぼくを眠らせたうえ殺そうと思っても駄目だ。そんなふうに、ちゃんと連絡をとっているからね。余人に知られずにぼくをここに連れこんだと思ったら大間違いだ。あんたらの計画は、ぼくをだれにも知られることなくこの青梅の一軒小屋に運びこみ、殺したあと死体を奥深い山林に埋めようというのだろう。どっこい、そうはいかんぜ。もしもかりにぼくを殺してみろ、ぼくの連絡で犯人の一人は京都の風呂敷《ふろしき》画商原口基孝だと割れているからすぐに殺人犯人として逮捕だ」

原口が電灯の下で真蒼《まつさお》になって慄《ふる》えだしたのが小池の眼に映った。原口は、ふらふらと立ち上った。

「さあ、早くここを逃げないと、もうすぐ警察や叢芸洞の連中がやってくるぜ。あんたも、それから裏口にひそんでいるだれかさんもだ。逃げて行けば、ぼくはあんたらのしたことは警察には黙っている。これは約束する。ただ、原口さん、あんたにだけはこの際、はっきりと答えてもらいたい。この誘い出しをあんたにたのんだ依頼人の名前だ！」

梟《ふくろう》が冴《さ》えた声で啼《な》いた。

16

翌日の午前九時、小池直吉は自分の家からまっすぐ弁護士の堀口豊三を訪ねて行った。

堀口弁護士も叢芸洞の得意先というよりは小池の顧客の一人である。もし小池が独立して画廊を開くなら、さっそくその応援者になってくれるはずだった。

小池が早朝に電話したので、堀口は彼の事務所へ出るのを延ばして自宅で待ってくれていた。応接間に朝の日ざしが斜線になっていた。

「蒼《あお》い顔をしているね。今朝の電話でも君の声はヘンだったし、何があったのか?」

いつも軽口をいう弁護士だが、小池の血走った眼を怪訝《けげん》そうに見つめた。

「これから警察へ訴えに行こうと思っていますが、その前に先生に話を聞いていただいて、有効なご助言なりご指示を仰ぎたいと思いまして」

小池の声は昂奮《こうふん》に震《ふる》えていた。

「警察に?　なにか画の盗難でもあったのか?」

「そういうことではありません。昨夜、わたし自身がある人間に誘拐《ゆうかい》されて、その場所で殺されそうになりました」

「ほほう」

弁護士は卓上の函《はこ》から煙草《たばこ》を一本取って火をつけた。煙の先が五十号の南仏風景の前をうすれてよぎる。この葛野宏隆の画も小池が堀口に世話したものだった。

「まあその茶でも飲んで、ゆっくり話してくれるかね」

堀口は相手を落ちつかせるように云《い》ったが、小池は茶碗《ちゃわん》にひと口つけただけだった。彼は昨夜から睡《ねむ》っていなかった。幅の大きい顔だが、ひと晩で眼が落ちくぼんで見えた。

「先生、こういうことです」

小池は昨日午後六時すぎからの経験を話しはじめた。まだ気持が昂《たかぶ》っているので、言葉がつかえたり、声が奇妙に変ったりした。

弁護士は眉《まゆ》を寄せて聞いていた。ときどき頤《おとがい》に指を当てて思案げな顔をした。大事なところは聞き直してメモに取った。

小池のかなり長い訴えは終った。さめやらぬ昂奮のあまりに順序も乱れがちな彼の話を頭の中で整理するかのように眼を閉じていた堀口は、その瞳《ひとみ》をふいと露《あら》わして小池を見つめた。

「君の三度にわたる巧妙な連絡は、ちゃんと叢芸洞に届いて、店員や警官がその小屋に駆けつけてきたのかね?」

「いいえ。来ません」

「どうしてだね。連絡が届かなかったのかね?」

「そういう連絡ははじめからしなかったのです」

小池は、ここではじめてかすかに口もとに微笑を洩《も》らした。

「というと?」

「そのどたん場で思いついたんです。なんとかその小屋を逃げる方法はないかと必死に知恵を絞った末です。原口基孝は東銀座の喫茶店からずっとぼくの傍をはなれずにいる。ぼくの行動はみんな原口が見ている。そこを逆に利用したんですよ。喫茶店のトイレにぼくが入ったこと、伝票をレジの女の子に手渡して金を払ったこと、中央高速道路の八王子インターチェンジの料金所で一万円札を支払ったこと、最後にタクシーの運転手へ料金とチップとを渡したこと、この三つがぼくの頭にぱあっと閃《ひらめ》いたんですね。三つの場面はことごとく原口が見ている。そこで、伝票の裏、一万円札の裏の走り書き、運転手へのメモという思いつきが浮んだのです。まったく天の助けでした。ぼくがトイレからすぐ出てきたのは原口も知っているので、すこし考えると、そんな連絡文字などを書く時間のなかったことがわかりそうなのに、彼は気がつかなかったのです。先方はぼくの云うのを真にうけてびっくりし、ぼくが小屋を逃げ出すのを呆然と見送っていました」

小池は脱出を思い出し額に滲《にじ》んでくる脂汗《あぶらあせ》をぬぐった。

「それはうまくいってなによりだった」

「はい。もしあの誤魔化しを思いつかなかったら、ぼくはコーラに入った睡眠薬を飲まされて睡り、もう一人裏口に忍んでいた奴《やつ》と二人がかりで絞め殺され、青梅の奥深い山林の土中に埋められるところでした。相手はぼくに周囲と連絡させないことで行方不明にするのが狙《ねら》いでしたからね」

「危ないところだった。幸運だったよ」

「いまでも胸がどきどきします」

「それで、君は原口にだれがこの仕事を彼に依頼したかを訊《き》いたわけだね。原口の口からそれが出たかね？」

「原口は絶対に云いませんでした」

「君はさらに彼を問い詰めなかったのかね？」

「あんまり問い詰めると、こっちの身が危ないと思いましてね。ぼくはとにかく小屋を脱出することにあせっていましたから。それはもう、まったく虎《とら》の尾を踏む心地でした。また、原口にしても、ぼくを殺す前でしたら、頼んだ相手の名前を洩らしたかもしれませんが、手出しができずに放免するのですから、それは云いっこないです。あんまりぼくが執拗《しっこ》くそれに喰いさがると、向うは逆上してどんな行動に出るかわからないと思いましたからね。せっかく助かる希望が出たのに、そんなことでまた命を失う羽目になってはたまらないと思ったんです」

「それはそうだね」

「それに、だれが原口にぼくを消すように頼んだか、ぼくには見当がついていましたから」

「だれだ?」

「動機をもつのは二人います、一人は光彩堂の中久保だと思いました」

ここで小池はその理由を述べた。降田良子の「天才画」の根を小池が追及しているのを中久保社長が知り、商売の邪魔者を消すにあった。それでなくとも、中久保にとっては叢芸洞の小池は眼障《めざわ》りでならない存在だった。社長の大江信太郎は病床に臥《ふ》せている。やりての番頭小池さえ居なければ、叢芸洞は光彩堂の競争相手から落伍《らくご》する。

——

「おや、君はいま、動機をもつ一人は中久保だと云ったね？　実行はそうではなかったのか？」

堀口は聞き咎《とが》めた。

「昨夜、床の中で思いあたったんです。実行をくわだてたのは、あとのもう一人です」

「え、だれだ？」

「ウチの社長の大江です」

小池は憤《いきどお》りの声を上げた。

「え、大江君が？　君んとこの社長が？」

堀口弁護士は信じられぬ眼で小池を見つめた。

「ぼくの言葉をお疑いになるのはもっともですが、小山政雄の生家が大分県宇佐郡高住町というところにあるのをつきとめて、その甥《おい》の宗夫という人に会いに行ったのはぼくです。ですから、この出張は大江に話し、東京に帰ってからもすぐさま大江に報告していま す。この小山の生家が大分県の田舎にあるのを知っているのは大江だけです。光彩堂の中久保社長も支配人の山岸君も知らないでしょう。そう断言していいと思います」

堀口はすこし間を置いて訊いた。

「なぜ、大江君は君を殺す計画をしたのかね？ 店の最大の働き者であり、大黒柱であり、功労者である君を？ 君を失ったら叢芸洞は暗闇《くらやみ》じゃないか。自分は病気で動けない、息子はまだ小さい。たしか中学生だったな？」

「そこですよ、先生。大江がぼくを消そうとした原因は」

「はてな」

「お分りになりませんか？ そういう叢芸洞の状態のなかで、ぼくが出て行って独立したら、どうなりますか？ ぼくが独立にあたって叢芸洞の主だった顧客、先生をはじめ、いいお得意先を全部さらってぼくの新しい店のものにすると大江は思っていたんです」

「あ、そうか。……なるほどな」

「自分は病気。あととりになる一人息子はまだ中学生。ぼくもいい加減に年を喰っているから独立して自分の店をもつのもそう遠くないだろう。そのときは、いま云ったようなことで、叢芸洞画廊は潰滅《かいめつ》的な打撃をうける。まあぼくの力はそれほどでもないのですが、病中の社長には悲観的な予想しか浮んでこない。だいたい大江は病気のせいもあって、猜疑《さいぎ》心《しん》が強くなっています。被害妄想《もうそう》に陥りがちになります。ぼくは店を任されているようで、決してそうではないのです。その日の営業成績はかならず電話で報告したうえ、女店員に伝票、帳簿、銀行通帳を見せに日参させなければならない。ぼく自身も一週間に二、三度は病床におうかがいして報告することが半ば義務づけられています。そういう猜疑心が大江に強くなったもう一つの原因は、あの奥さんですよ」

「細君が？」

「はい。あれは後妻でしてね。だから息子が小さい。亭主は年寄りのうえに、老人性結核です。いつ死ぬかわからない。奥さんとしては心ぼそい限りです。奥さんはぼくに親切にして気をつかってくれていますが、それもぼくを店にいつまでも引きとめておきたいからです。けれども、それにはぼくの年からして限界がある。それが奥さんの悩みです。その煩悶《はんもん》を亭主に始終うったえていたと思います。ぼくにはそれがよくわかりますよ」

「ううむ」

「いちばんいいのは、ぼくが叢芸洞を出て独立する前に、ぼくを死なすことです。そうすれば、店の営業成績は落ちても、大切な顧客の多くを失うことはない。そのうちにいま中学生の一人息子も大きくなって、あとつぎができる。大江夫婦の目算はそこにあったわけです」

雇い主に裏切られた功労者は悲憤の声を絞った。

「うむ。まったくおどろいたな。すぐには信じられないくらいだ」

堀口弁護士は動揺して云った。

「しかし、ぼくがいま申し上げた叢芸洞の事情と、大江夫婦の気持からすると、ご納得いただけるでしょう？」

小池は、うつむく堀口の広い額にむけて云った。

「うむ。そう聞けば、大江君夫妻の気持を忖度《そんたく》できないではないがね」

「じゅうぶんに推定できますよ、はっきりと証拠も見ています」

「なに、証拠を見たって？」

「そうです。一週間くらい前です。ぼくが大江社長の家に行くと、その床の間のわきに中原亥之助の十五号の風景画が置いてありました。ぼくが見てないので、店を通さずに直接に社長の家に持ちこまれたらしいのです。ぼくに訊かれて大江はすこしあわてて、息子の同級生の親から義理で買わされたようなことを弁解していましたが、中原亥之助は関西画壇の重鎮で、大阪に住んでいます。大阪と京都、ぼくはその場ではわからなかったが、あとでピンときました。京都の風呂敷《ふろしき》画商の原口基孝がじかに社長の家にもちこんだなと思いあたったんです。原口は中原先生にとり入って、その画《え》をよく動かしていましたからね」

「原口はなぜ君に黙って大江さんの家にその画を売りこんでいたのかね？」

「そこですよ、先生。これまで原口は光彩堂一辺倒のため、光彩堂に遠慮してウチの叢芸洞にはあまり出入りしなかったんです。それが、ちゃんと中原亥之助の画を社長に直接に持ちこんでいる。ははあ、と思いあたりましたね。あれは社長が原口に電話するか手紙を出すかして、こっそりと自宅へ呼んだのですよ。そのとき原口から中原亥之助の十五号の画を高く買ってやった」

「そのときに大江社長は原口に君を消すように頼んだというのかね？」

「そうです。原口にたいするエサは、ぼくが死んだあとは原口を後任の叢芸洞画廊支配人にするという約束でしょうね。原口だってもう五十歳ですから、いつまでも風呂敷画商でもないでしょう。一流の画廊の支配人はかれにとって快適なはずです。これまでのように風呂敷画商として軽蔑《けいべつ》されたり売り込みの苦労をしたりする必要はなく、いちおう画家たちからも尊敬されますからね。そんなことで大江は何もかもうちあけて原口に引きうけさせたのですよ。ぼくは原口が小山政雄のことを話すのをきいて、そのネタがぜんぶ大江から出ているのがわかりました。つまり、ぼくが大江に報告した内容が原口の話の材料になっているのです。たとえば、原口がぼくに見せた十五号の小山政雄の画は、小山が放浪中に瀬戸内海のある市の素封家にみとめられ、その家に逗留《とうりゅう》して描いたと云《い》っていました。小山政雄の放浪癖は、ぼくが大分県高住町に行って甥の宗夫から聞いてきた話です。それも大江に報告しましたから、大江からそれをまた聞きした原口基孝が小山政雄の瀬戸内海放浪談をでっちあげたんですよ」

「ううむ。なるほどね」

堀口弁護士は腕を組んだ。

「中原画伯の画が社長の家にもちこまれている証拠を見たことといい、いまの小山の放浪談といい、原口を教唆《きようさ》しているのは大江信太郎に間違いありません」

小池は力強く断言した。

弁護士は顎《あご》に手を当て天井に眼を向け、小池の述べた話に自分の思案を浸《ひた》すようにちょっと黙っていた。

「原口は五十歳ぐらいだといったね。体格は君とどっちがいい？」

その視線を小池にもどして訊いた。

「それはわたしでしょう。原口は瘠《や》せていますから。ただし、ぼくはこんなに肥《ふと》っているので心臓が弱いです。すこし激しく動くと息切れがします」

「まともに格闘となったら年上で肉体的に劣っている原口は君にかなわないから、睡眠薬をコーラに入れて飲ませ、眠ったところを絞殺《こうさつ》でもするつもりだったのかな？」

「原口のほかにも人間がいました。年よりの原口だけでは心もとないし、本人も不安でしょうからね。眠ったところを絞殺するにしても、ぼくがそのとき意識がさめて暴れでもしたら原口の手に負えなくなりますからね。もっと若い男が用意されていましたよ。ぼくを連れこんだ小屋が原口の従弟《いとこ》の持ちものというのはもちろん嘘《うそ》です。たぶん大江がぼくを消すのに頼んだ殺し屋が手配した小屋でしょうね。原口と小屋の中で話しているときに裏で何度も物音がしていましたが、あれは殺し屋がそこにひそんでいて、飛び出す機会を待つまでわれわれの話を聞いていたのだと思います」

「殺し屋は、依頼人の身辺からも被害者の身辺からも捜査に浮んでこないが、原口はどうなるかね？　原口は君とそれほど親しくないにしても、風呂敷画商として画商関係の人間だ。捜査の線上に浮んできた場合を大江社長や原口は当然に予想していたろう。つまり原口のアリバイの用意だよ。それはどうだろう？」

「原口は内妻といっしょに東京に来ていました。東銀座で原口に声をかけられたときも内妻が近くにいました。彼女はデパートに買物があるといってそこから離れましたが、あれは原口がぼくと接触するのを確認するための様子見だったと思うのです。ですから原口がぼくをタクシーに乗せて行くところまで、あのへんのもの蔭《かげ》にかくれて見届けていたと思いますよ」

「ありそうなことだね」

「ぼくの殺害死体が出て捜査がはじまり、原口が当夜の行動を警察に訊かれても、あの内妻は原口のアリバイに協力します。あの女はしたたか者のようですから」

「しかし、近親者の証言は警察ではあまりとり上げないよ」

「そこですが、その原口のアリバイ証言に大江夫妻が加わったら完璧《かんぺき》でしょう。たとえば、その晩は原口を自宅に泊めましたというようにね。大江の家には隔日に通ってくるお手伝さんしかいませんから、その言いぶんは警察に通ります。京都から一カ月に一度くらいの割合いで東京に出てくる風呂敷画商ですから、画商の家に泊ったといっても不自然ではありません」

「うむ」

「それにね、先生。そのように東京には月一度しかこない京都の人間で、これまで叢芸洞にもあまり出入りしないし、ぼくともつきあいがないのですから、捜査線上に原口が浮ぶことはまずない。相手はそれを見こしていたと思うんです」

小池は新たな悲憤がこみ上って鼻が詰った。

「君の話を聞いて、よくわからないところがある。君ははじめに、自分を消す動機が光彩堂の中久保社長にもあったと云ったね。あれはどういう意味だ。叢芸洞と光彩堂とは、鋭く対立した商売仇《がたき》の間というじゃないか?」

弁護士は疑問をはさんだ。

「商売仇になるのは互いに自分の利益を守るからです。さきほど申し上げたように、光彩堂の中久保には、ぼくに降田良子の天才画の秘密をほじくられたくないという商売上の防衛意識があります。叢芸洞の大江には自分の死後、店の将来を考えてこの小池が邪魔になっています。これも商売の防衛意識です。ぼくを除く動機は同じでも、大江のほうが切実だったわけです。だから大江が先に行動にあらわしてきたのです。なにしろ大江は自分の生命が長くないのを知っていますからね。まだ小さいあととりの一人息子と店の将来を病床でくよくよと考えた末に、京都の原口基孝をひきずりこんだと思うのです。叢芸洞画廊支配人のエサで原口はそれに乗った。殺し屋を傭《やと》ったのも、たぶん原口でしょう。そのへんの詳しいことは、原口を逮捕して警察で取調べると全部判《わか》ると思います」

「うむ。……逮捕ね」

堀口弁護士は低く、ぽつんと呟《つぶや》いた。

「そうです。ぼくはこれから警察に昨夜の被害を訴えに行こうと思います。先生、協力してください。ぼくといっしょに警察に行ってください。おねがいします」

小池は太い頸《くび》を折った。

「うむ。……」

弁護士はうつむき、中指で額を揉《も》んでいたが、

「しかし、君は殺されていない」

と、ひとりごとのように低い声で云った。

「そりゃそうです。だから先生にこうして生きて相談しに来られたのです。殺人未遂です」

「原口は、君を殺すつもりで青梅《おうめ》の小屋に誘ったと君に云ったのかね？」

「そんなことをわざわざぼくには云いません。始終黙っていました。ぼくに図星をさされて度胆《どぎも》を失い、口が開きませんでした」

「警察の取調べで原口は全面的にそれを否認するだろうな」

「否認したって、げんにぼくが昨夜そういう目に遇《あ》ってるんですから、無駄じゃないですか？」

「そういう目？　君は、原口か、あるいは小屋の裏にかくれていたというもう一人の

男にとび出されて、凶器でもって実際に殺害されかかったかね？」

「いや、そこまではゆきません。むこうの計画はぼくに大声を出されたり暴れられたりしないように、睡眠薬を入れたコーラを飲ませようとしたんですからね」

「そのコーラに睡眠薬が入っていたことが君にどうしてわかった？」

「そりゃ、わかりますよ。ぼくが飲まないコーラのコップをすすめると、原口は蒼《あお》くなって一口も飲みませんでしたから」

「原口が飲まないからといってそれに睡眠薬が入っていたという証拠にはならない。二はいめのコップまで飲みたくなかったのだといえばそれまでだ。そのコーラに睡眠薬が入っていたという証明がない。警察にはその検出方法がない。その液体はもちろん川などに捨てられているだろうからね。睡眠薬が入っていたというのは君の推測にすぎない」

「しかし、先生。ぼくは夜半に青梅の山中の小屋に原口に欺《だま》されて連れこまれたんですからね。状況からいってタダごとではありませんよ」

「君は風呂敷画商原口に欺されたというけれど、その小屋に小山の画が存在しないことを十分に知っていたじゃないか。知ったうえで原口とタクシーに乗って行ったんだから、欺されたことにはならない。また誘拐にもならない」

「そ、それはですね。それは原口がどういう目的でぼくをそこに誘ったか、その依頼者はだれかをさぐるために、欺されたように見せかけて行ったんですよ」

「それごらん。欺されたように見せかけたのだから、欺されたわけではない。かえって君のほうが相手を欺している」

「まあそれならそれでいいです。けど、夜あの小屋にぼくを連れこんで、ぼくに身の危険を感じさせたのは事実ですからね」

「原口は君に暴力を振ったかね？」

「いや、それはありません。それというのが、さきほども申し上げたようにコーラに入れた睡眠薬を飲ませて、ぼくが睡《ねむ》ったところを殺《や》ろうとしたからですよ」

「君はそのコーラを飲まなかった。そうして、こうして無事に帰ってきた。コーラに睡眠薬が入っていたというのはあくまでも君の推察にすぎない。それとも君が小屋を出てくるとき、原口ともう一人ほかの殺し屋と思われる人物は、君の行動を暴力で阻止したかね？」

「それはしません。それはぼくが三回にわたって叢芸洞の店員に行先を連絡していると云ったからです。いまにここへ警察が来るぞと云ったもんだから、その言葉に恐れて手出しができなかったんです。裏に忍んでいた殺し屋もそれを聞いて最後まで出てきませんでした」

「とにかく君には手をふれなかったわけだ。そうして君が出て行くときも何も手出しをしなかった。そうすると、これは監禁罪にもあたらない。君は暴力や脅迫による拘束をうけてないのだからね」

「しかし、身の危険が……」

「それは君の一方的な感じ方ということになる。君が身の危険を察して、東銀座の喫茶店、高速道路の料金所、タクシーの運転手に渡した連絡メモでもあると、少しはそれが具体的な証憑力《しょうひょうりょく》となるが、それらが君のトリックによる架空となると、なんにも存在しない」

小池は大きな肩を上下させて喘《あえ》いだ。

「先生。そりゃ、ひどい、それではぼくは警察に訴えることはできないのですか？」

「どういう被害届を出すのかね？　欺されて連行されたのでもない、誘拐でもない。君は自発的な意志からそこへ行ったんだからね。相手は君を暴力で拘束したのではない。だから暴行罪も監禁罪も成立しない」

「しかし、先生。それはあんまりひどすぎます。もしぼくがあの場で、連絡のトリックを思いつかなかったら、ぼくはやつらに殺されていますよ。あの山中の小屋に闇夜《やみよ》に誘いこんだこと自体が異常じゃありませんか。殺人未遂罪がむつかしかったら、すくなくとも殺人予備罪にはなりますよ」

小池は声をふりしぼった。

「殺人予備罪というのは、殺人用に準備していた凶器の発見とか、具体的な予備行為の立証とかがなされなければ成立しないものなのだ。君のばあいは、それができない」

「あの場でじっとしていたら殺された。ぼくの知恵で逃げたから危ないところを助かった。それでも相手を訴えることはできないのですか？」

「たしかに、君の云うとおりだと、じっとしていたら君は殺されたかもしれない。だが、法律は、か、も、し、れ、な、い、ことを犯罪の対象にしてないのだ。たとえば、ある家に泥棒が入った。戸をこじあけて居間近くまで忍びこんで来た。そのとき家人の足音が聞えたので、泥棒はあわてて逃げた。この場合、もし泥棒と家人とがばったり顔を合わせてみろ。泥棒はたちまち強盗に居直るかもしれない。そうして家人らを縛って金品を強奪するかもしれない。悪くすると刃物を振って家人を傷害するかもしれない。最悪のばあいは殺すかもしれない。金品を取るまでにはならなかったけれど、か、も、泥棒の侵入はそういう事態に発展する可能性をいっぱい含んでいる。けれども、かもしれないという曖昧《あいまい》な、未知の可能性では罰せられないのだ。せいぜいが窃盗未遂罪、普通で家宅侵入罪だ。このばあいは、それでも泥棒が屋内に侵入したという証拠がある。君のばあいは被害を受けたという証拠は何もない。つきつめてゆくと、何も存在しない」

「先生、そ、それはひどい、それはあんまりです」

小池は大きな手で顔を掩《おお》った。

「降田良子が年下の青年と同棲《どうせい》をはじめたそうだ」

「なんでも東中野のアパートの隣室にいた若い男だというね。彼女はその男を自分の部屋にひきとったそうだ。アパートの家主の話だと、男ぎらいと思われていた良子が、よくもあんなに尽すというくらい男の世話をやいているそうだ。その男というのが頼りない、へなへなの青年なのにね。どういう気持なんだろうな」

この噂《うわさ》が、光彩堂画廊を出所にして画商仲間にひろがった。光彩堂はもう降田良子を秘密にしていなかった。——降田良子の画《え》が急激に悪いほうへ変化していったからである。

降田良子の最大のファンだった陽和相互銀行の社長寺村素七が、

「こりゃア、ひどいよ」

中久保に云《い》って彼女の画を相手にしなくなった。

画の値もガタ落ちとなった。これまでが、つくられたブームのように高すぎたのである。

彼女の画が落ちたのは、狂える画家小山政雄が死んだため、その手本がなくなったからではなかった。彼女には次兄の敬二から送られてきたカラーフィルムの小山政雄の画がまだまだ残っていて、これから彼女が使おうとすれば使えるものが相当にあった。

それにまた、たとえそのフィルムの画が尽きても、それから養分を摂取してきた画家には、これまで使った部分部分をもいくらでも変えて応用し、描きつづけることができる。降田良子にはそれだけの天分があった。

その天分を彼女が失ったのは、池野三郎からあまりに母性本能を触発され過ぎて彼を愛するようになり、まるで年上の世話女房のように彼への保護にうちこんだすえ、平凡な女に変化してしまったからだった。

彼女のカリスマ的ともいえる異常性格が壁の剝落《はくらく》のように除《と》れると、その「天才画」もまたひどくつまらぬ画に堕《お》ちてしまった。

彼女に投資した光彩堂は失敗し、叢芸洞の大江信太郎は、支配人小池直吉が店をやめていった一年後に死亡した。

美術評論家沢木庄一は降田良子の「転落」について、さっそくアメリカ輸入の流行語をとり入れて書いた。

「女流天才画家といわれる新人ほど不確実なものはない」

解説

中島河太郎

松本清張氏の初期の作品に、『小説日本芸譚《げいたん》』と題する異色作がある。雑誌発表時には古田織部《おりべ》、世阿弥《ぜあみ》、千利休、運慶、鳥羽僧正《とばそうじょう》、小堀遠州、写楽、本阿弥光悦《ほんあみこうえつ》、葛飾《かつしか》北斎、岩佐又兵衛《またべえ》、雪舟、止利仏師《とりぶっし》の十二人が採りあげられている。作者は「ここに収めた主題の美術家たちは、私なりの勝手な解釈の人間である」といい、自分の頭の中に出来上った人物を書いただけだから、一つの「歴史小説」としてうけとって頂きたいと断っている。

前代の、殊《こと》にこういう芸術に携った人びとは資料が乏しいばかりか、紛飾された伝記が多いので、作品からじかに作者が看得したイメージのほうが、真実に迫っているかもしれない。ともかく作者独自の観点から、個人と権力との軋轢《あつれき》をいきいきと描きながら、芸術家たちの気魄《きはく》を浮き彫りにしている。

これほど多くの芸術家たちを俎上《そじょう》に載せているのは、松本氏がはやくから絵ごころがあり、商業デザイナーとして活動しておられたことと密接な繋《つな》がりがあるにちがいない。

それより二年ほど前の昭和三十年に発表された『青のある断層』は、画商と画家が登場して、この『天才画の女』の先蹤《せんしょう》として興味深いモチーフを具《そな》えている。銀座に画廊をもつ画商には、画壇の鬼才といわれる画家を育てたという自負があった。画家は天才的な名声をはせ、新風をおこしたが、まだ〝大家の地位〟は確立していなかった。その彼が描けなくなったことが画商には分った。画商は売り込みにきた青年の画に眼《え》を光らせた。稚拙だが何かがある。彼はその画を携えて画家に見せた。その眼は昂奮《こうふん》していた。行きづまった画家に、青年の絵の何かが暗示を注入し、それによって画家が新しい野心を創《つく》り出す。そして青年の画は焼き捨てられる。後半の展開もたのしいが、それはさて措《お》いて、「摂取は芸術の世界で必要なことだ」と考える画商に対して、この『天才画の女』では、画商が探偵役となって、天才画の源流をつきとめようとする構成をとっている。

『天才画の女』は「禁忌の連歌」第三話として、「週刊新潮」の五十三年三月十六日号から、十月十二日号にかけて連載された。

本篇では青年の代りに、三十前後の女性が登場する。銀座の一流画廊に画を売り込みに来たのは同じで、このほうは支配人の目を惹《ひ》きつけたのである。新人や無名の画家の画にはかならず先人の模倣がどこかにあるが、だれの真似《まね》もしてないところに長所を認めた、というのだ。

その支配人だけではなく、添えものとしてただで届けた先のコレクターの社長が気に入って、もっとこの画家のものを集めたいと言い出した。ところが彼女はタブローは一枚もないし、エチュードは完成した画ではないから渡せないと、にべもなく断った。

画家志望としては実に風変りな態度だが、作者はここで画壇における新人育成のからくりと、美術評論家という存在の卑小さをまざまざと描き出している。

三十三年の『真贋《しんがん》の森』でも、大学教授で美術史学の権威が真贋をちっとも見きわめられないし、その後継者の教授も鑑定眼を養おうともしない。そういう空虚なボスやニセモノに、出来のいい贋作をつきつけてたぶらかしてひと泡ふかそうと企らむのが主人公である。ここでもただ権威に縋《すが》りついているだけの学者、研究者と称せられているものの実態が、仮借なくあばかれている。

美術評論家と画商とが相互に受益者関係にあるなら、新聞雑誌の美術記者も似たものかもしれない。それにまた店舗をもたぬ風呂敷《ふろしき》画商まで登場して、画壇の複雑怪奇な仕組を紹介して、素朴な読者を啞然《あぜん》とさせる。しかしこれはひとり画壇に限らず、政界でも財界でも、学界、文壇、劇壇等々、どの世界にも見られる現象かもしれないが、殊に魑魅魍魎《ちみもうりよう》性の強い画壇に作者の鋭鋒《えいほう》は向けられているのだ。

画には具眼の士であり、新人の発見には特別な感覚をもっているコレクターの寺村社長の嘱望する画家というので、福島県出身の降田良子《おだよしこ》は注目され、一年後には作品展開催の運びになった。展覧会の目録には「十歳ノ頃ヨリ画筆ニ親シム。師ニ就イタルコトナシ。展覧会等ノ出品歴ナシ。内外作家カラノ影響ハ特ニ受ケズ。美術団体ニ属サズ」とあって、まるで突如現われた異星人に他《ほか》ならなかった。

それが筆者自身も何をいったのか分らないような、高踏的、カリスマ的文章の評論家たちの推薦のことばに後押しされている。画壇の話題を呼んだし、これを企画した画商のライバル同業者の支配人小池は、はじめ彼女の画に係《かか》わったことがあっただけに、余計強い関心をそそられた。彼女の経歴は独学を誇示しているが、かならず受けた影響が存在しなければならない。彼女の画のルーツをさぐり出そうとするのが、後半の課題となっている。

松本氏の作品の顕著な功績のひとつに、地方風土の描写が挙げられる。従来のミステリーが大都市での犯罪、一家内での惨劇に限られがちであったのに対して、作者は好んで舞台を地方に移しているが、その風物の的確な再現は、画家の眼を感じさせるのである。作者の筆によって、未知の地域に遊心をそそられた読者も決して少なくないはずである。

ただ本篇で小池が女流画家の出自を求めて出向いた先の、福島県真野町、大分県高住町はどちらも架空の地であった。真野町は東北本線を上野から乗って二時間半、支線に乗り換えて十五分で真野駅につく。山に囲まれた城下町で、天守閣あとの案内の高札に、正保《しょうほう》二年に秋田氏が領主となり、五万五千石とある。そうなると阿武隈《あぶくま》山地に囲まれた三春町に相当する。

三春人形、三春駒《こま》で知られたこの町を、私も訪ねて城趾《じょうし》の落莫《らくばく》とした眺めにがっかりした思い出があるが、なにしろ架空の城趾公園であり、天王神社なのだから、実際との相異を言うつもりはない。大分の高住町のほうは、宇佐郡とあって駅から西に向うのだから、院内町こそふさわしいと思うが、それもどうでもよい。作者のツボを心得た遠近法によって、実在さながらに読者をその地にいざなってくれるのである。

この東道《とうどう》役の小池は、女流新人の画の「源流」をつかみたいばかりに、肥《ふと》った身体《からだ》で東奔西走するのだが、彼の絶えずにこにこしている顔の下に隠されている粘り強さと推理力はしたたかなものがある。彼を杖《つえ》とも柱とも頼んでいるはずの病社長が、調査行の暇と資金を与えているのも、ふとっぱらといえぬこともない。

小池の思案は白黒フィルムの現像を扱わないカメラ店の経営法にも肯《うなず》きかねるし、傷痍《しょうい》軍人に支給される恩給の手続きも確かめずにはおかぬほど、すみずみに及んでいる。そして天才画家の実家に精神障害者の居ることをつきとめた。これは小池にも社長にもある暗示を与えた。はじめ漠然とした疑惑から出発したものが、次第に手応《てごた》えを感じ、何かがつかめそうになる緊迫感こそ、ミステリーの醍醐味《だいごみ》であろう。それがすらすらと解けてしまわず、試行錯誤を繰り返しながら、漸進《ぜんしん》する焦燥感がまたたのしいのである。

天才女流画家の名声があがっている一方では、剝偽《はくぎ》工作が進行しているのだが、彼女にかつて画の手ほどきをしながらまったく無視された老画家とその甥《おい》、風呂敷画商などを点在させていた作者は、終結へ向けてかれらを動員して、その所を得させる構成のたしかさはさすがに老巧である。

天才画の秘密の解明が間近いと見て、読者が気をとられていると、作者はさらにもう一つの裏面の工作を用意していて、クライマックスを効果的ならしめている。二重三重にも張りめぐらされた策謀は、画壇に限らぬかもしれぬが、虚名を擁している画家と、もちつもたれつの画商、取り巻き評論家、美術記者と、戯画化されなくても、頽廃《たいはい》的な構図がおのずと浮かび上ってくるようである。

日本には約四千という古美術商がいるらしい。業者間の熾烈《しれつ》な競争や、業者と鑑定家の癒着《ゆちやく》など、古美術界の陋習《ろうしゆう》を糾弾《きゆうだん》したのが、四十年の長篇『雑草群落』である。この千枚を越す大長篇では殺人事件は起こらない。それにもかかわらず、策謀と血族の秘密を解き明かすプロセスは、終始サスペンスを孕《はら》んでいる。

四十六年の『内なる線影』では、ヒッピー画家と、R会審査員の洋画壇の泰斗の死を扱っている。画家を対象に推理小説的趣向をこらしたものだが、むしろ作者は画家、それをとり巻く環境が現代ほど痛烈な批判にさらされて然《しか》るべきことを説こうとしている。この『天才画の女』はミステリーの手法をとっているため、画壇への諷刺《ふうし》があるいは利《き》きすぎるようにも見えるが、欺瞞性《ぎまんせい》に痛棒を加えようとする作者への共感を抑えがたい。

天才画家の野望が挫折《ざせつ》するにしても、いったんは易々《やすやす》と成就《じようじゆ》するかと思われる仕組が、一般読者には奇異な感があるかもしれない。権威に対しては弱腰になりがちの日本人への頂門の一針ともいえる。ともかく見事にサスペンスと推理を堪能《たんのう》させて、まだまだミステリーの世界に愛想づかししない作者の健在がうれしい。


（昭和五十七年八月、文芸評論家）

この作品は昭和五十四年二月新潮社より刊行された。

表記について

新潮文庫の文字表記については、原文を尊重するという見地に立ち、次のように方針を定めました。

一、旧仮名づかいで書かれた口語文の作品は、新仮名づかいに改める。
二、文語文の作品は旧仮名づかいのままとする。
三、旧字体で書かれているものは、原則として新字体に改める。
四、難読と思われる語には振仮名をつける。

なお本作品中には、今日の観点からみると差別的表現ととられかねない箇所が散見しますが、著者自身に差別的意図はなく、作品自体のもつ文学性ならびに芸術性、また著者がすでに故人である等の事情に鑑み、原文どおりとしました。

（新潮文庫編集部）

新潮文庫最新刊

西加奈子著
夜が明ける
親友同士の俺とアキ。夢を持った俺たちは希望に満ち溢れていたはずだった。苛烈な今を生きる男二人の友情と再生を描く渾身の長編。

江國香織著
ひとりでカラカサさしてゆく
大晦日の夜に集った八十代三人。思い出話に耽り、それから、猟銃で命を絶った――。人生に訪れる喪失と、前進を描く胸に迫る物語。

結城真一郎著
#真相をお話しします
日本推理作家協会賞受賞
でも、何かがおかしい。マッチングアプリ・ユーチューバー・リモート飲み会……。現代日本の裏に潜む「罠」を描くミステリ短編集。

森絵都著
あしたのことば
小学校国語教科書に掲載された「帰り道」や、書き下ろし「％」など、言葉をテーマにした9編。すべての人の心に響く珠玉の短編集。

柞刈湯葉著
幽霊を信じない理系大学生、霊媒師のバイトをする
理系大学生・豊は謎の霊媒師と出会い、奇妙な〝慰霊〟のアルバイトの日々が始まった。気鋭のSF作家による少し不思議な青春物語。

緒乃ワサビ著
天才少女は重力場で踊る
未来からのメールのせいで、世界の存在が不安定に。解決する唯一の方法は不機嫌な少女と恋をすること?! 世界を揺るがす青春小説。